THE PRINCESS
OF
BOOKS
AWAKENS

〈本の姫〉は謳《うた》う

3

Ray Tasaki
多崎礼

講談社

目次

第八章　7
第九章　119
第十章　189

ナーレ
ジョッコ川
モール湖
クラ
ウィード
エニーレ川
カネレクラビス
テ川
メディウム湖
ミッドレイ湖
ヴィオルチェ
カミーヌス
トレヴィル砂漠
メリディエス湖
サウザンスーラ
アディーン湖
ハーパー
カクタス川
ミラクルム湖
カエルレウム湖
ファゴート
アフェクト湖
バニストン
ノーストップ
ベトム湖
サニディ
リボーン
ヴィキナス湖
レモータ湖
トレド
N

カルボー
オルトゥス砂漠
リーウス
ミニョル湖
ラテル
ワイ
エクセリク湖
スペクルム湖
プラトゥム
クロリーン山
ウォラーレ湖
フロリーン
ブローミン山
アルンド
アンスタビリス山脈
ベリディス湖
イオディーン山
ブロムペース
イニティウム
フリークスクリフ
フォンス
サール
カクメン
ミースエスト
ビビタス湖
カトゥス
モルスラズリ
プルンブム
ヘルム
アケルウス
シルールス
サブルム湖
テルグム砂
エンド川
SPENCER'S MAP SHOP
ソリディアス大陸

これは二つにして一つの物語。

謎多くして、いずれすべてが繋がり明かされる物語。

アンガス・ケネス――〈本の姫〉と旅をする青年。「聖域」時代の記憶をもつ。

〈俺〉――刻印暦一六六六年生まれ。第十三聖域『理性《リーズン》』で育つ。

〈本の姫〉は謳う　3

装幀　鈴木久美
装画　緒賀岳志
地図画　芦刈将

第八章

1

夢を、見ていた。
長い長い——長い夢を。

選択するのはお前だ
お前に宿った刻印が
希望をもたらすのではない
お前自身が『希望』なのだ
お前がそれを失えば
未来は破滅へと収束する

生か死か
希望か絶望か
存続か滅亡か
決めるのはお前だ
目の前にある憎悪と憤怒《ふんぬ》に
恐怖と絶望に惑わされるな

この声を聞くのは初めてじゃない。
けれど、どこで聞いたのか思い出せない。

私が干渉すれば、それはすべて真実となる
遥《はる》かな過去も遠き未来も
変えようのない真実となる
一度でも観測してしまったら、もう戻れない

貴方《あなた》は誰？

お前が深淵《しんえん》を覗《のぞ》き込《こ》むときは
深淵もまたお前を覗き込んでいる
私に触れれば触れるほど
お前は未来を引き寄せる
私が見てしまった――
見てはならなかった未来を引き寄せてしまう

誰――？
貴方は――誰なんだ？

お前は、私を見てはならない

白い部屋で目を覚ました。

目映《まばゆ》い白い壁。白い天井。灯《あか》りもないのに部屋全体が明るい。

ここはどこだろう？　天国というには寂《さび》しすぎるし、地獄というには穏《おだ》やかすぎる。

「アンガス？」

姫の声がする。横を見ると、顔のすぐ傍《そば》……枕《まくら》の上に開いた『本』が置かれている。

「姫――」掠《かす》れた声でアンガスは尋《たず》ねた。「ここは、どこですか？」

「第十七聖域内にある病室だ」

「病室……？」

アンガスは呟《つぶや》いて、上半身を起こした。掛けられていた毛布が落ちる。胸には白い布が幾重にも巻かれていたが、着ていたはずの服は見あたらない。

「――え？」

毛布を持ち上げて、自分の体を眺《なが》める。かろうじてパンツは穿《は》いていたが、身につけているのはそれだけだ。

「ど、どうしてですか？」

アンガスは慌てて毛布を肩まで引き上げる。

「ぼ、僕、ふふふ、服を着てませんよ！」

「当たり前だ。何日寝ていたと思っている」

呆《あき》れたというように、姫は額に手を当てる。

「ツァドキエルを倒し『Arrogance《傲慢》』と『Betrayal《背信》』、さらに『ツァドキエルの書』にあった『Ignorance《無知》』と七角柱にあった『Delight《歓喜》』を回収してから、もう三週間以上経過しているんだぞ？」

それを聞いて、彼の脳裏にあの惨状が蘇《よみがえ》った。

「ウ、ウォルターは無事ですか？」アンガスは急《せ》き込《こ》んで尋ねた。「セラは？　ジョニーとレッドは？　アークも再起動してやらないと――」

「レッドは消えた。ウォルターは隣の部屋で寝ている。アークも再起動した。案ずるな、みんな無事だ」

「じゃ、会えるんですね？」

「ああ――だが、その前に話がある」

姫の言葉に、ベッドから片足を下ろした格好でアンガスは静止した。

「なんですか？　改まって？」

「世界に文字《スペル》を撒《ま》いたのは、私だ」

「――え？」

「その罰として、私は文字《スペル》を集める運命を科せられた。これは私の贖罪《しょくざい》だ。それをお前に肩がわりさせるわけにはいかない」

姫はぐっ……と拳《こぶし》を握りしめる。

「今回のことで、文字《スペル》はそれの宿る臓器しか守らないということがわかった。今のお前は文字《スペル》に生かされているわけではない。つまり……たとえ文字《スペル》を回収しても、お前に害はないということだ」

「ち、ちょっと待ってくださ――」

「四十六ページを開け、アンガス。お前の右目の文字《スペル》、今、ここで回収する」

アンガスは右目を押さえた。「冗談じゃない。僕がいなくて、この先どうするつもりなんですか！」

「なんとかする」

「なんとかって――」

「今までお前は私に付き合ってくれた。それを無視するのは仁義に反すると思い、お前が目覚めるまで待った。これが最後の我《わ》儘《まま》だ。アンガス、私の言う通りにしてくれ」

「……イヤです」

「お前は世界を破滅させたいのか！」

眦《まなじり》をつり上げて、姫は叫んだ。

「かつて私は『解放の歌《リベルタカントゥス》』を歌ってしまった。それが世界に災厄をもたらしたのだ。お前が撃たれた時、もしあのまま『本』が開かれていたら、私は歌ってしまっていただろう。もう二度と歌わないと心に決めていた『解放の歌《リベルタカントゥス》』を――」

「でも姫は歌わなかったし、僕もこうして生きています」

アンガスは姫の台詞《せりふ》を遮《さえぎ》った。姫の苦悩も理解出来るが、これだけは譲れない。

「僕には僕のものじゃない知識がある。それを使って危機を乗り越えろってことなんだと思います。だからこそ、僕は姫の相棒に選ばれたんですよ」

「だがお前は死ぬ身だ。この先、今回のようには上手《うま》くいかない時だって来るかもしれない」

「けど、ここで諦《あきら》めてしまったら世界は滅ぶんです。だったら気が済むまでやった方が、いっそスッキリすると思いませんか？」

アンガスは咳払《せきばら》いをし、改まった声で続けた。

「すべてを知るのは誰でも怖い。けれど後悔するくらいなら、今、傷を負い、血を流した方がはるかにマシだ――そうでしょう？」

「……どこかで聞いたことのある台詞だな」

「ええ、受け売りです」

「アザゼルのか？」

「いいえ、姫のです」

「――私の？」

「はい」と答えてから、アンガスは恨めしげに姫を見た。「もしかして、忘れちゃったんですか？」

姫は喉《のど》の奥で呻《うめ》いた。両手で髪をくしゃくしゃと引《ひ》っ掻《か》き回す。

「私も歌姫の端《はし》くれ、自分の口から出た言葉には責任を持たねばならない」

縺《もつ》れた黒髪の下から、上目遣いにアンガスを睨《にら》む。

「お前は本当にそれでいいのか？」

「はい」

「どうなっても知らないぞ？」

「覚悟は出来てます」

アンガスは笑った。そんな彼を見上げ、姫は盛大なため息をつく。

「お前は馬鹿《ばか》だ。まがうかたなき真性の大馬鹿者だ」

「そうかもしれません」

「そんなだから『Hope《希望》』に選ばれてしまうんだ」

「はいはい」

「『はい』は一度でいい」

そう言って、ようやく姫は笑った。ベッドサイドに置いてあるハンドベルを指さしてみせる。

「早く誰かを呼べ。いつまでも裸のままでは風邪をひく」

そうだった。忘れていた。

アンガスは毛布を体に巻き付けると、ハンドベルを振った。カランカランと乾いた明るい音がする。

十数秒後、白い扉が開いた。

「ああ、ご主人様！」

アークはアンガスに駆け寄ると、彼をぎゅっと抱きしめた。

「もう二度とお目覚めにならないかと思っておりましたぁ！」

「わかった！　わかったから抱きつくな！」アンガスはアークを押し戻した。「まったく大袈裟《おおげさ》だなぁ」

「大袈裟なものですか！　肋骨《ろっこつ》が四本折れた上に、折れた肋骨が動脈に刺さりかけていたんですよ！」

それがどれほどの怪我《けが》なのかはわからないが、捲《まく》し立てるアークの剣幕からして、かなりの重傷であることは間違いなさそうだ。

「どうりで死ぬほど痛かったはずだ」

「呑気《のんき》に言うな、この馬鹿者が」ベッドに置いた『本』の上から剣呑《けんのん》な声が聞こえる。「死んだら目玉を残して腐るんだぞ？　目玉だけの下僕など、グロいばかりでなんの役にも立たんではないか」

姫はまだご機嫌斜めだ。せっかく収めた話を蒸し返されてはたまらない。アンガスはアークに向かって問いかけた。

「誰が起動コードを？　その人が新しいご主人様になるんじゃないの？」

「さすがアンガス。いいコト言う」

にやにや笑いながらジョニーが部屋に入ってきた。嫌そうに顔をしかめるアークの肩を叩《たた》き、なれなれしく肩を組む。

「ほぅら、やっぱりオレが新しいご主人様になるんじゃねぇの」

「ご主人様が重複した場合、選択権は前のご主人様にあるんです」

ジョニーの腕を振り払い、アークはベッドサイドに跪《ひざまず》いた。祈るような眼差《まなざ》しでアンガスを見上げる。

「どうかこれからもご主人様と呼ばせてください！」

「お前、それは反則だぞ！　なぁアンガス、こんな節操なし、売っぱらって金に換えちまおうぜ！」

そんなこと考えてもいないくせに……と思ったが、アンガスは口には出さなかった。

「アーク」と呼びかけ、彼は続けた。「僕の着替え、持ってきてくれる？」

「はい、喜んで！」

アークは嬉々《きき》として立ち上がり、部屋を出ていく。

それと入れ替わりに、戸口に姿を現したのはセラだった。彼女は出入り口で立ち止まったまま、じっと彼を見つめている。

「セラ、無事でよかった」

アンガスの言葉に、セラは何かを言い返しかけた。が、何も言わずに開いた口を閉じ、俯《うつむ》いてしまう。アンガスの胸に不安がよぎった。まさか、また声が出なくなってしまったのだろうか？

「おい、ヘタレ男」と姫がジョニーを見た。

「お～いヘタレ、姫が呼んでるぞ――」とあらぬ方に呼びかけてから、ジョニーは勢いよく姫を振り返った。「――って、オレのことかい！」

「お前以外に誰がいる？」

憮然《ぶぜん》とした表情で姫は言う。

「私を連れて、しばらく外に出ていろ」

「なんで――」と尋ねかけ、彼はセラとアンガスを交互に見る。「はいはい、そーゆーコトね」

ジョニーはベッドの上から『本』を取り上げた。

「姫はオレが預かっとく。ま、無理しない程度にしっかりやんな」

「しっかりって……」何をだ、何を！　と言い返す間もなく、ジョニーは出ていってしまった。

部屋にはアンガスとセラだけが残された。

セラは俯いたまま、ぎゅっと唇《くちびる》を噛《か》みしめている。なんと声をかけたらいいのかわからず、アンガスは戸惑った。彼女には訊《き》きたいことも、伝えたいこともたくさんあったはずなのに――どう切り出したらいいのかわからない。

「私、アウラで『鍵の歌《クラヴィスカントゥス》』を歌わされていましたの」ささやくような声が聞こえた。「雨の少ないアウラでは、井戸の建設は長年の悲願でしたわ。そこにレッドは目をつけたのです。彼は井戸と引き替えに、毎日人々に歌を聞かせることを望んだのですわ」

「セラ――」

「私、屋根裏に閉じこめられて、食事もろくに与えられず、家畜以下に扱われたのですわ。でも町長の娘セラ・フォスターは綺麗《きれい》な服を着て、美味《おい》しいものを食べて……私、彼女が羨《うら》ましかったのですわ。私が彼女ならいいのにと、心底思ったのですわ」

今まで黙っていた分を取り戻すかのように、彼女は滔々《とうとう》と話し続ける。

「それを見抜かれていたのですわね。私の元に悪魔が——ツァドキエルの支配を受けた者がやってきましたの。お前ならもっと上手く歌えるはずだという甘言にそそのかされて、私、本気で『鍵の歌《クラヴィスカントウス》』を歌ってしまいましたの。それがどんな恐ろしい出来事を引き起こすのか、知りもしないで——」

「セラ」アンガスは彼女の独白を遮った。「もういい。アウラで何があったのかはわかってる。だから無理に話さなくてもいいんだ」

「いいえ。アンガスには聞いてほしいのですわ」

セラは顔を上げた。目は赤くなっていたが、彼女は泣いてはいなかった。

「私の『鍵の歌《クラヴィスカントウス》』を聞いて、アウラの住人は狂い出したのです。銃を持つ者はそれを乱射し、刃物を持つ者はそれを振り回し、何も持たない者は石を拾って、互いに殺し合ったのですわ。あの恐ろしい光景……あれを私は忘れたいと願い……そして……本当に忘れてしまったのです。すべては私のせいですのに……アウラの人々を殺したのは私ですのに」

声が震えた。目を伏せると、堪《こら》えきれなくなった涙がこぼれ落ちる。華奢《きゃしゃ》な肩、細い首、体を震わせ、声を押し殺して泣いている。見ていられなくなって、アンガスはベッドから立ち上がった。長い間寝ていたせいか、足の筋肉が萎《な》えている。ふらつく足を踏みしめ、それでもなんとかセラの前に立つ。

「セラ、君はもう充分苦しんだ。そんな風に自分を責めないで」

「いいえ、いいえ」彼女はアンガスと目を合わせることなく、首を横に振った。「私も……アウラで死んでしまえばよかったのですわ。そうすればアンガスに会うこともなく、アンガスをこんな目に遭わせることもなかったのですわ」

体が勝手に動いた。

気付いた時には彼女を抱きしめていた。

「……アンガス？」

驚いたように、セラが身じろぎした。が、アンガスは彼女を放さなかった。

何も言えなかった。彼女が負った深い心の傷を癒《い》やす言葉などない。胸に溢《あふ》れるこの想《おも》いを正確に伝える言葉もない。出来るのは、抱きしめることだけだ。

「ごめんなさい。貴方を遠ざけようとして、旅の間中、ずっと知らんぷりして――」

「…………」

「貴方を守ろうとしましたのに……私……何も出来ませんでした。このまま何も告げることが出来ないまま……貴方を失うかと思うと――私、怖くて――」

まるでしがみつくように、セラはアンガスを抱きしめた。

「私……とっても……怖かっ……」

「――僕もだよ」

声を上げて泣き出したセラの背中を、アンガスは優しく撫《な》でた。「君が連れて行かれた時は、不安で心臓が潰《つぶ》れそうだった」

セラは彼を見上げた。涙に濡《ぬ》れた瞳《ひとみ》が光を映してきらきらと輝いている。セラが目を閉じた。二人の顔が近づき、その唇が今にも触れ合おうとした時――

突然、扉が開いた。

「ご主人様、着替えをお持ちしまし――」

そこで自動人形《ドール》は静止した。アンガスとセラは飛び離れた。その勢いで、アンガスが体に巻き付けていた毛布が落ちる。慌てて拾い上げたものの、セラは真っ赤になって顔を覆《おお》った。

「――のわあ！」

奇声を発し、自動人形《ドール》は機能を回復した。手にしていた洋服を投げ出し、慌てて一礼する。

「し、失礼いたしました！」

「アークっ！」

頬《ほお》を真っ赤に染めたまま、セラは叫んだ。

「乙女の一世一代の告白を台無しにしやがりましたわねっ！　このスカタン人形っ！」

「すみません、すみません」

「いいえ、絶対に許しませんわ！」

「すみません、お嬢様。どうかお許しを！」

逃げ出すアークとそれを追うセラ。廊下へと駆け出していく二人を裸のまま追いかけるわけにもいかず、アンガスは床に落ちた服を拾い上げた。

「そうだよな」

独《ひと》りごち、苦笑混じりのため息をつく。

「それよりも先に、やることがあるよな」

セラはウォルターの婚約者だ。どういう事情があるにしろ、決着はつけなければならない。

アンガスは服を着て、部屋を出た。

白い廊下、すぐ隣に扉がある。アンガスはそれに触れた。白い扉は横へ動き、彼に道を開いた。

アンガスが寝ていたのと同じ、真っ白な部屋だった。ベッドに身を横たえていたウォルターは、アンガスを見て上体を起こした。その顔色は紙のように白い。

「あ、そのまま、横になってて」

アンガスは、ウォルターが寝ているベッドまで歩いていくと、その端に腰掛けた。

「いつ目が覚めたの？　傷はもう大丈夫？」

「俺の心配なんか、しなくていい」

ウォルターは苦しそうに顔を歪《ゆが》めた。

「俺はお前を裏切った。お前を利用しただけでなく、お前を撃ち殺そうとした」

「それは文字《スペル》のせいだよ」

「いいや、俺だ。あれは俺の意志だった」呻《うめ》くように言って、彼はぐっと左手を握りしめた。「操られているという自覚はなかった。ツァドキエルの意志は、同時に俺の意志だった。お前を殺すための引き金を引く瞬間さえ、俺はなんの疑問も抱かなかった」

「だからそれが文字《スペル》の力なんだってば」

しかしウォルターは頑《かたく》なに首を振る。

「俺はお前が羨ましかった。父から傍にいることを許されたお前が妬《ねた》ましかった。そんなお前を傷つけてやりたいと思った」彼は両手で頭を抱《かか》えた。「俺なんだ――引き金を引いたのは俺なんだよ！」

「……困ったな」

アンガスは腕を組んだ。心に潜む負の感情を増幅させる。それこそが文字《スペル》の呪《のろ》いなのだということを、どう説明すればわかって貰えるだろう？

彼は体の向きを変え、ウォルターを正面から見た。

「じゃ、まだ僕のこと撃ち殺したいと思ってる？」

「馬鹿言うな！　そんなこと思うわけないだろ！」

「ほらね？」

アンガスはにこりと微笑《ほほえ》んだ。

「誰の心にも闇《やみ》はある。ウォルターはそれを利用されただけなんだよ」

「けど、お前は俺を疑わなかったじゃないか。裏切られるとわかっていたのに、俺についてきてくれたじゃないか。殺されかけ、重傷を負っても、お前は俺を助けてくれたじゃないか」

「僕は臆病《おくびょう》だから、大切な人のことまで疑わなきゃならなくなったら何も信じられなくなる。誰も信じずに生きていけるほど、僕は強くないんだ」

アンガスは手で右目を覆った。病室で目覚めた時から、バンダナを巻いていないことには気づいていた。『希望』はウォルターを救うのか殺すのか。祈るような気持ちで、彼は続けた。

「最近ようやく気づいたんだ。僕は一人じゃない。僕らは一人じゃないんだって」

「お前はそうだろう。けど俺は――」

「ウォルターには僕がいる。僕達は友達だ。昔も今もこれからも、ずっとずっと友達だ」

アンガスは彼に手を差し出した。

「だからウォルター。君も一人じゃないんだよ」

ウォルターは答えず、差し出された手を見つめた。

「俺は――お前を撃ち殺そうとしたんだぞ？」

「もう、まだ言うかな？　撃たれた本人が許すと言ってるんだから、もういいじゃないか」

「そんな簡単に片付けられる問題かよ！」

「じゃ、どうすればいいんだよ？　ウォルターが納得するまで、許すと言い続ければいいのか？」

「それじゃ逆だろ。まったくお前ってヤツは……」

ウォルターは左手で顔を覆った。その喉の奥から、嗚咽《おえつ》とも笑いとも区別がつかない声が漏れる。

「俺を……許してくれるのか？」

「もちろん」

ウォルターは何かを言いかけた。が、何も言わずに口を閉じる。

「──ウォルター？」

「誓うよ」彼はアンガスの手を握った。「俺はもう二度とお前を裏切らない。だから──」

「だから？」

「俺もアンガスと愉快な仲間の一員に加えてくれ」

「それはもう大歓迎だよ！」

アンガスは笑った。ウォルターも笑った。彼の白い頬に、ようやく血の気が戻ってくる。

「ああ、そうだ」

急にアンガスは表情を改めた。

「それとは別に──一つ訊いてもいい？」

「なんだ？」

「あの……」と言ったきり、なかなか続けられない。気まずさをごまかすために親指の爪《つめ》を弾《はじ》きながら、アンガスは小声で呟く。

「──セラとはどこまでいったの？」

沈黙。気になってアンガスが顔を上げるのと同時に、ウォルターは爆笑した。

「真顔で何を訊くのかと思えば──それかよ！」

ベッドの上に倒れて、身をよじって笑っている。笑いすぎて傷に響いたらしい。呻いて右肩を押さえ、それでも懲《こ》りずに笑い続けている。

「そんなに笑わなくてもいいじゃないか！」

憤慨《ふんがい》してアンガスは言い返した。

「ずっと気になってたのに、今の今まで訊けなかったんだぞ！」

「悪い悪い」

笑いすぎて涙が出たらしい。ウォルターは目元を拭《ぬぐ》った。

「確かに一つ屋根の下で暮らしてたけど、それは彼女を人質に使おうとした天使の意志だ。セラはかわいいけど、さすがに十五歳以下は俺の守備範囲じゃない。安心しろ、何もしちゃいないよ」

アンガスはホッと安堵《あんど》の息をついた。それを見て、ウォルターは無事な方の肩をすくめる。

「何を心配してるんだか。どこから見ても、彼女はお前一筋だろ？」

「だって、再会した時にはもうウォルターと婚約してたし……」

「それはお前を歓喜の園におびき寄せるための作戦だ。彼女を連れて行くと言えば、お前は絶対についてくるからな」

そこでウォルターはポンと手を打った。

「ああ、でも婚約はまだ解消されていないんだよな。あと三年待てば十七歳か。彼女、すごい美人になりそうだし、これは待つ価値あるかもな」

「う、ウォルター？」

「解消も何も、あれは初めからニセモノの誓いでございますわ！」

二人は出入り口を振り向いた。そこにはセラが、両手にコーヒーの入ったカップを持って立っている。彼女はその一つをアンガスに渡し、もう一つをウォルターに渡そうとして、その直前で手を止めた。

「そういうこと言ってアンガスを困らせると、またコーヒーをぶっかけますわよ？」

「それはごめん被《こうむ》りたいな」

ウォルターは慌ててカップを受け取った。

「さぁ、仲直りの乾杯をするとよろしいですわ」

「そうしよう」

ウォルターはアンガスを見つめ、コーヒーの入ったカップを目の高さまで持ち上げた。

「お前の『希望』に」

アンガスも同じようにカップを上げてみせる。

「愉快な仲間達に」

打ち合わされた二つのカップは、くぐもった音を立てた。


ツアドキエルの支配から解き放たれた歓喜の園の人々は、最初はひどく戸惑ったものの、徐々に落ち着きを取り戻していった。

彼らは天使隠しに遭った人々だった。文字《スペル》に祈りを捧《ささ》げる者達を集めるため、ツアドキエルはパロットを利用した。パロットという鳥は独自の精神ネットワークを持ち、精神感応能力の強い者に懐く習性がある。ツアドキエルはパロットを西部山岳地帯に解き放ち、鳥が懐いた者を自動人形《ドール》達に狩らせていたのだ。

その中の一人、ベルンという名の最年長の男は言った。

「私達はここで暮らそうと思います」

まだ幼《おさな》い頃、ベルンはここに連れてこられたのだという。

「もちろん容易ではないでしょうが、ここはすでに私の故郷なのです。私達はここに争いのない村を――真の楽園を創《つく》ろうと思います」

その方がいいかもしれない……とアンガスは思った。天使隠しにあった者達が戻っても、西部山岳地帯の村人達は彼らを歓迎しないだろう。

けれど、気がかりがないと言えば嘘《うそ》になる。

「ツァドキエルはもういない。もう文字《スペル》はないんです。文字《スペル》がなくては思考エネルギーを取り出すことは出来ない。この楽園を維持し続けることは難しいと思います」

「その点は大丈夫です、ご主人様」

応えたのは、ウリエルと名乗った女性体の自動人形《ドール》だった。レッドによって強制停止させられた自動人形《ドール》達を再起動させたのはアークだ。そのアークの主人であるアンガスは、彼らにとってもご主人様になるらしい。

「ツァドキエルは月に一度、もっとも精神感応能力の高い者を選び、自分の胸の刻印に触れさせ、傀《かい》儡《らい》として歌わせることにより思考エネルギーを取り出していました。そのエネルギーはすべて、ツァドキエルの生命《いのち》を維持するためのものでした」

ウリエルは穏やかな声で説明を続ける。

「冷凍睡眠中の天使達の生命維持を含む聖域の機能は、ツァドキエルの刻印から得た思考エネルギーとは別のエネルギーシステムを利用してございます」

「別のエネルギーシステム？」

「第十七聖域にはエネルギーコンデンサーがございます。それに地熱による発電システムを組み合わせ、聖域の維持に充《あ》てております」

　ウリエルは他の自動人形《ドール》とは微妙に異なっていた。表情といい、立ち居振る舞いといい、人形というより人間に近い。その様子は少しアークに似ている。

　そこでアンガスは気づいた。聖域の地下に眠る天使族――その中にいた肩に傷を負った女性。ウリエルは彼女に似ているのだ。そもそもウリエルは四大天使の名だ。それを名乗る自動人形《ドール》が、ただ者であるはずがない。

「ウリエル――さん」アンガスは戸惑いがちに問いかけた。「もしかして貴方は、第十七聖域の四大天使の一人なんですか？」

「私は四大天使のウリエルではありません」

　彼女は目の前に左手を広げた。その小指には銀色の小さな指輪が填《は》められている。「このアクセスクリップに蓄積されたウリエルの記憶――私はそれを受け継いでいるだけでございます」

　ウリエルは微笑んだ。自動人形《ドール》のものとは思えない、どこか陰のある微笑みだった。

「ツァドキエルは神になろうとしていました。ウリエルは彼を恐れ、他の天使達を連れて、その支配下から逃げ出そうとしたのです。けれど彼はそれを許しませんでした」

「貴方の肩に文字《スペル》があったから――ですか？」

　アンガスの言葉に、ウリエルはかすかに目を見張った。

「ご主人様は何もかもお見通しなのですね？」

「と、いうわけじゃないけど……」

　地下に眠っていたウリエルの傷――まるで怒りにまかせて皮膚を剝《は》ぎ取ったような傷跡。ウォルターに移植されていた文字《スペル》は『背信』だった。

「四大天使でありながら、聖域を逃げ出したのは、貴方の肩に『背信』があったからじゃないかと……そう思っただけです」

「お察しの通りです」

ウリエルは目を伏せた。

「聖域がまだ空にあった時分、ツァドキエルはあれほど傲慢《ごうまん》な男ではございませんでした。この聖域が兵器として使われるところだったのを、救ってくれたのも彼でした。けれどその胸に刻印が現れて以来——彼は変わってしまった」

「文字《スペル》は人を狂わせるから」

アンガスの言葉に、自動人形《ドール》は目を開いた。

「ウリエルはツァドキエルを裏切り、彼の元から逃げ出しました。『背信』のせいだとツァドキエルは思ったようでしたが、それは違います。ウリエルは彼が恐ろしかったのです。変わっていく彼に、ついていくことが出来なくなってしまったのです」

おそらく彼女はツァドキエルのことを愛していたのだろう。そしてツァドキエルもまた、彼女を愛していたのではないだろうか。文字《スペル》が刻まれることがなければ、彼らはここに真の楽園を築いていたかもしれない。

でも、それを口にすることは出来なかった。ツァドキエルは死に、天使達の楽園が復興することは、永遠にかなわなくなってしまった。

「ウリエルは、いつも私達を支えてくれました」黙り込んだアンガスに代わり、ベルンが口を開いた。「もしこの先、私達がここに真の楽園を築くことが出来ましたなら、ウリエルに天使達を目覚めさせて貰《もら》おうと思います」

アンガスはベルンを見た。彼にとって天使は、自分の人生を狂わせた憎むべき相手のはずだ。なのにベルンは皺《しわ》深い顔に微笑みを浮かべている。

「憎しみは何も生み出さないと、貴方に教えられました。それがいつになるか、はたして可能かどうかもわかりませんが、私達も出来る限りのことをしたいのです」

「わかりました」とアンガスは言った。「でも無理はしないでください。もし生活が行き詰まったら、パロットを使って僕に連絡すると約束してください」

「はい」

ベルンは力強く頷《うなず》き、その隣でウリエルは深々と頭を下げた。

「この方々は、私達が必ずお守りいたします」


目を覚ましてから一ヵ月。アンガスとウォルターの体力も回復し、いよいよ山を下りる日がやってきた。世話になった人々に礼を言い、丘の中腹にある神殿から、やってきた道を逆に辿《たど》り始める。

通過するたびに閉じられてきた岩扉は、自動人形《ドール》達の計らいで、すべてが開かれていた。今後、この道が閉じられることはない。来る者は拒《こば》まず、去る者は追わない。すべてはそれぞれの意志に任せる。それが新しい楽園の選択した道だった。

「またここを抜けるのかよ～」

長い通路を前に、うんざりとした声でジョニーが言う。

「やっぱ自動人形《ドール》達の手を借りた方がよかったんじゃねぇの？」

「どうぞ、止めませんよ？」通路に足を踏み入れてアンガスが反論する。「でも自動人形《ドール》に抱きかかえられて山を越えるなんて、僕はごめんです」

「そうは言ってねぇよ。ただざ、もっと他に抜け道があるんじゃねぇかってこと。ほら……デイヴ達がどこから来て、どこに行ったのか。結局わからなかったじゃん？」

　ジョニーの言う通りだった。

　レッドがここに来るのは初めてではなかった。それについては、ツァドキエルと記憶の一部を共有していたウォルターが説明してくれた。

「レッドはツァドキエルから歌姫の存在を知らされた。それで彼はカネレクラビスを襲い、歌姫をさらったんだ。四人の歌姫、そのうち一人は彼が貰うことになっていた。残りの三人は情報料代わりにここへ持ち帰る約束だった。けど……レッドはそれを裏切った」

　レッドは歌姫達を文字《スペル》とともに大陸中の町に送り込んだ。スカイラークはフリークスクリフに、ホーリーウィングはアウラに。

「世界を滅ぼすと言っていたけど、レッドは一体何をしようとしてるんだろうな」

「ま、そのへんは深く考えてもしょうがねぇよ」

　レッドにああまで言われたのに、ジョニーはあまり応《こた》えていない。性根が軽いと言ってしまえばそれまでだが、彼には彼なりの勝算があるらしい。

「あいつの本音が聞けただけでもヨシとするさ。あとは文字《スペル》を切り離してから考える。ほら、ウォルターの例もあるしさ。文字《スペル》さえ離れれば、デイヴも正気に戻るって」

　そう簡単にはいかないのではないかとアンガスは思う。レッドは文字《スペル》に操られているのではなく、文字《スペル》を受け入れてしまっている。彼は自分の意志で、世界を滅ぼそうとしているように見える。

疑問はまだある。あの時、レッドはどうして僕を殺さなかったのか。ジョニーを生かしておくのはまだ理解出来るとしても、文字《スペル》を回収してしまう僕を、生かしておく理由はない。

自問し続けるアンガスの腕に、セラが触れた。

「何を考えていますの？」

「ああ――えっと……セラのこと。これからもセラって呼んでいいのかなって」

彼女の本当の名はホーリーウィング。でも今更、呼び方を変えるのも難しい。

「それでしたら、引き続きセラと呼んでくださいませですわ」彼女はアンガスの肘《ひじ》をぎゅっと摑《つか》んだ。「彼女を殺したのは私ですもの。彼女の名で呼ばれれば、私は自分の罪を忘れませんわ。そうすることで、自分を戒《いまし》め続けたいと思いますの」

「うう……お嬢様は真面目《まじめ》すぎます」

セラの荷物も背負ったアークが感涙にむせぶ。

「まだお若いのですし、そこまで思い詰めなくてもよろしいのではないですか？」

「やかましいのですわ。スカタン人形は黙って荷物持ちをしていやがればよろしいのですわ」

セラはアークに冷たい。キスの邪魔をされたこと、まだ根に持っているらしい。

長い通路を抜け、鍾乳洞《しょうにゅうどう》を抜け、彼らは再びコウモリのフンに突き当たった。行きにそれをかき分けてくれたベンジャミン・ファーガソンを思い出し、アンガスは胸が詰まった。今となっては、彼がどんな人間だったのかさえわからない。人のいい西部親爺《おやじ》だったかもしれないし、もっと別の人間だったのかもしれない。彼は今――歓喜の園の見晴らしのよい丘に眠っている。

「かき分けるのも面倒だな――よし！」

姫はそう言い、アンガスを見上げた。

「吹き飛ばすぞ。しっかり支えていろよ？」

姫の呪歌《じゅか》。巻き起こった風は堆積《たいせき》したフンや虫もろとも、入り口の岩まで吹き飛ばす。

「うええ……」

もうもうと巻き上がった埃《ほこり》とフンと虫の残骸《ざんがい》の中、彼らは先を争うように外に出た。岩の上から見下ろすと、高原はすでに枯れ草に覆われていた。いつの間にか季節は巡り、夏が終わろうとしていた。

埃を払い落としながら空を見上げると、そこにはラティオ島が浮いていた。島が落とす影の中からそれを見上げる。アンガスはツァドキエルが残した言葉を思い出した。

〈真実を封印し、希望を生み出す〉

〈そうか、そういうことだったのか〉

ツァドキエルは、いったい何に気づいたのだろう。

2

もうすぐ夜が明ける。

空に撒き散らされていた白銀の星々は、ひとつ、またひとつ、その姿を消していく。夜明け前、中心湖《メディウム》を渡る風は冷たかったが、それでもリグレットの手は温かかった。

「『大地の鍵』の役目を終えたら、お前の所に戻る。言葉を交《か》わすことは出来なくなっているだろうが、それでも必ずお前の元に戻る」

そこで言葉を切り、彼女は光る地平線に目をやった。青さを取り戻しつつある空に黒い島影が浮かんでいる。俺の手を握る彼女の手に力がこもった。

「だからお前も、待っていると約束してくれ」

俺は躊躇《ちゅうちょ》した。約束すると言葉にするのは容易《たやす》い。だが口にすれば、それはきっと嘘になる。

彼女は稀代《きたい》の歌姫だ。彼女を超える歌い手がそうそう現れるとは思えない。それに彼女はまだ若い。これから何回も『大地の鍵』に選ばれるだろう。

彼女の帰りを俺は何年待てばいい？　避けられぬ戦《いくさ》へと転がり落ちていくこの世界で、俺はあとどれだけ生きられるだろう？

「約束は出来ない」

呻くように俺は答えた。右手に『理性』の杖《つえ》を握りしめる。

「お前が人々を導く『大地の鍵』になるのであれば、俺はお前を守るために戦う。俺にしか出来ないやり方で、俺も戦う」

俺は楽園を逃げ出した。後に残された者のことなど、考えてもみなかった。その結果がこれだ。この戦禍を招いたのは俺だ。すべては俺のせいなのだ。

「今度こそ俺は戦う。この心臓が最後の鼓動を刻むその瞬間まで、大切な者を守るために戦う」

「——そうか」

リグレットは俯《うつむ》いた。

「ならば……止めることは出来んな」

風に波打つ長い黒髪。震える細い肩。手を伸ばし、彼女を抱きしめたかった。けれどそれは許されない。夜が明ければ、彼女は『大地の鍵』となる。俺一人の腕の中に、留《とど》めておくことは出来ない。

決して——そう、決して。

「たとえこの身が滅びても、俺の魂はお前とともにある。俺の心はいつでもお前の傍にいる。それだけは……どうか忘れないでくれ」

湖に目を向けたまま、リグレットは頷いた。

「お前が落ちてきた時――白い鳥が落ちてきたのかと思った」

あの時、俺は母湖《マーテル》に沈み、一度、死んだのだと思う。

そして引き上げられ、俺は生まれた。この大地に、大地の人として。

「あの時、お前は私の声を聞いたと言ったな。私がお前の真名《まな》を呼んだ――と」

「ああ。でもあれが俺の真名なのかどうか、俺にはわからない」

「ならば確かめておくべきだな。真名はその者の魂を表す。真名を他人に明かすということは、魂を捧げるのと同じ意味を持つのだ」

彼女は真剣な眼差しで俺を見上げた。

「なんという名だったか、教えてくれるか？」

「――リベルタスだ」

ひゅ……と彼女が息を呑む音が聞こえた。

「それは太古の言葉で『自由』という意味だ」

自由……聖域という名の牢獄《ろうごく》で俺が追い求めていたもの。『自由《リベルタス》』――それが俺の真名なのか。

リグレットは俺の手を放し、代わりに俺の服の襟を摑んだ。彼女の顔が間近に迫る。眉《まゆ》がキリリとつり上がっている。どうやら怒っているらしい。

「アザゼル。その名前、他の女には決して明かすな。リコリスにも……ペルグリンにもだ」

「ペルグリンにもか？」

「ああ見えて、あれはお前を気に入っている。お前が連れ去られた時、彼女がどんなに悲しみ、自分を責めたか。お前にはわからな――」

そこで彼女は、うっと言葉を詰まらせた。眉を寄せ、困惑気味の表情を浮かべる。少し手を緩《ゆる》め、今度は上目遣いに俺を見上げた。

「……ペルグリンにだけは許す」

俺は思わず笑ってしまった。

「笑いごとではない。真名は魂の名前。変えることも選ぶことも出来ない。真名を奪われるということは、魂を奪われるに等しいのだ」

リグレットは俺の襟から手を離し、自分の鳩尾《みぞおち》のあたりを押さえた。

「私が生まれた時、ドリーミングは予言した。私が将来『大地の鍵』になることを。その時、天使達との戦いが始まることも――」

「私の体には、文字《スペル》がある」

彼女の手は震えていた。淡々と訴えるその声には、恐怖が滲《にじ》んでいる。

「――文字《スペル》？」

「世界の魂の欠片《かけら》のことだ。お前は『刻印』と呼んでいたな」

なん――だって？

「それは私の真名を意味しているのだという。このことはドリーミングと父母しか知らない。恐ろしくて、いままで誰にも明かせなかった。でも、お前には知っておいてほしい」

水平線に太陽が現れる。白い光が目を射る。

光が彼女を縁取り、髪を輝かせる。さながら頭上に光の冠を戴《いただ》くかのように。

「私の真名はエマ」

彼女の目が俺を見つめる。琥珀《こはく》色の瞳が陰り、漆黒の闇に覆われている。

ゾクリと背筋が冷えた。

これは人の目ではない。

俺の直感を裏付けるように、彼女は続けた。

「エマは太古の言葉で『世界』を意味するのだ」

3

アンガス達は三日かけて山を下り、三ヵ月ぶりにサールに戻ってきた。彼らはそこでハムレットとオフィーリアと再会した。喜んだオフィーリアはいつも通りアンガスの髪に噛みつき、セラは目を剝《む》いて、栗毛《くりげ》の牝馬《ひんば》に摑みかかった。

旅に大きな馬車は不要だと判断したウォルターは、自分達が乗ってきた幌馬車《ほろばしゃ》を売り、その金で二人の用心棒に給金を支払った。一頭だけ売らずに残した馬に鞍《くら》をつけ、彼は今、それに乗っている。

セラはジョニーの馬車に同乗し、手狭になった荷台からアークは降りて、その横を歩いた。

彼らはミースエストを目指した。話し合った結果、一度カネレクラビスに立ち寄ろうということになったのだ。セラを連れ帰って、カプト族を安心させてやりたかった。それにドーンコーラスがレッドと行動をともにしていることも報告しなければならない。残るもう一人の歌姫シルバーアローはどこにいるのか。それはセラにもウォルターにもわからないという。

「彼は歌姫に選出されて日が浅いんでございますの。まだ一度も祭り《パウワウ》に参加していませんし――ですから顔も声も、私は知りませんの」

彼もドーンコーラスのように、レッドと行動をともにしているのだろうか。それともどこかの町で、滅びの歌を歌っているのだろうか。


二週間後、馬車はミースエストに到着した。久しぶりに見る東部風の町並みと水蒸気関車《スチームモーティヴ》。その駅舎の前を通りかかった時、アンガスは言った。

「ちょっと止めてください」

御者台《ぎょしゃだい》のジョニーと馬車の横を歩いていたアークが、ギクリとして彼を見る。

それに気づかずアンガスは続けた。

「先に行っててください。新見聞《ニュースペーパー》買ってきます」

「取り押さえろ、アーク！」

「はいっ！」

真顔のアークに組み伏せられ、アンガスは仰天した。「な、なんなんだっ⁉」

「忘れもしない、あれは一年前のこと——」

ジョニーは御者台に立ち上がり、芝居がかった仕草《しぐさ》で胸に手を当てた。「まさしくこの町この場所で、アンガスは新見聞《ニュースペーパー》を買いに行ったきり、二度と戻ってこなかった」

「ああ——そんなこともありましたね」

「金ヅルに逃げられて、あの後、どんなに苦労したか……忘れねぇ、オレは忘れねぇ！」

「はいはい、わかりましたよ。恥ずかしいから御者台で力説すんのはやめてください」

と言っても、ジョニーが納得するはずもなく、結局アンガスはセラとジョニーを伴って新見聞《ニュースペーパー》を買いに行くことになった。待合室で新見聞売り《ニュースペーパーマン》を見つけ、十シェル硬貨を支払い、一部買い求める。

さっそくそれを読み始めたアンガスに、セラが尋ねた。

「どんな記事が載ってますの？」

「う〜ん」アンガスは唸《うな》った。「どれもあまりいいニュースじゃないなぁ」

一面に載っていたのはバニストンでの銃撃戦だった。バニストンでは銃火器の持ち込みを禁止している。それに従わなかった西部の無法者《アウトロー》達と市保安官《シティ・マーシャル》の間で撃ち合いになったのだ。死人こそ出なかったものの、一人の保安官《マーシャル》が足を撃たれたと幻影《ヴィジョン》が物語る。

アンガスは新見聞《ニュースペーパー》を傾けた。二面の記事は、燃油《バーニル》採掘に乗り出した燃油《バーニル》会社が、現地の人々と対立している模様と告げていた。村人達は燃油《バーニル》採掘場に立てこもり、徹底抗戦のかまえを見せているという。

その村の名をしめす印を見て、アンガスは息を呑んだ。

「平原《プラトゥム》だって……？」

それは連盟保安官《リーグ・マーシャル》ネイサン・エヴァグリンの故郷だった。

嫌な予感がした。

「保安官《マーシャル》事務所に行く」

アンガスは『本』に新見聞《ニュースペーパー》をはさんで歩き出す。

「ついてくるなら止めないけど、ちょっと急ぐよ」

小走りにメインストリートを抜け、保安官《マーシャル》事務所に向かう。扉をノックしようとした時、それは内側から開かれた。市保安官《シティ・マーシャル》の制服を着た若い男と、あやうく衝突しそうになる。

「や、すまない」

男は謝って、帽子を取った。短い黒髪と、褐色の肌色をした精悍《せいかん》な顔立ちが現れる。

「急いでいたものだから――」

「エヴァグリン連盟保安官《リーグ・マーシャル》はいらっしゃいますか？」アンガスは早口に切り出した。「僕はアンガス・ケネスといいます。彼とは知り合いで――」

「ああ、君がアンガスくんか！」

若い保安官《マーシャル》はアンガスの手を握った。

「僕はネルソン・オニール。ミースエストの市保安官《シティ・マーシャル》だ。君の話は連盟保安官《リーグ・マーシャル》から聞いてるよ」

「連盟保安官《リーグ・マーシャル》に会いたいんです。至急、話がしたいんです。どこに行けば会えますか？」

オニール市保安官《シティ・マーシャル》の表情が曇った。

「もし君が協力を求めてきたら、問答無用に手を貸すようにと言われてるんだけど――今はちょっと難しいな」

アンガスはゴクリと唾《つば》を飲み込んだ。

今、プラトゥムでは土地の者と燃油《バーニル》会社が対立している。燃油《バーニル》会社は村長から採掘権を譲与されている。法を犯しているのは、立てこもっている村人達の方なのだ。しかしあの義に厚い連盟保安官《リーグ・マーシャル》が、貧しい村から安く買《か》い叩《たた》いた権利書を認めるだろうか。ましてやプラトゥムは彼の故郷。燃油《バーニル》会社はそれを破壊しようとしているのだ。

「間違っていたらごめんなさい」と前置きして、アンガスは続けた。「エヴァグリン連盟保安官《リーグ・マーシャル》はプラトゥムにいるのではないですか。事態の鎮静化に乗り出したわけではなく――村人達とともに立てこもっているのでは？」

「察しがいいな……その通りだよ」

なんとも暗い表情で、オニールは答えた。

「上からの命令でね、僕は今から騎兵隊を引き連れて、彼らを排除しに行かなきゃならないんだ」

4

聖地カネレクラビスにはすべての部族の代表者が集まっていた。その数は二百を超える。が、中には歌姫を持たない部族もあった。まだ技量が足りないとして、参加を見送る部族もあった。

今回の祭り《パウワウ》に参加する歌姫は全部で五十八名。

そして『大地の鍵』を決定する祭り《パウワウ》が始まった。広場の中央にある石舞台を大勢の大地の人が取り囲む。各部族の歌姫が舞台に立ち、次々と歌声を披露する。

歌姫といっても女性とは限らない。少年もいれば屈強な体をした戦士もいる。性別も年齢も様々だ。彼らはみな素晴らしい歌い手だった。粗削《あらけず》りだが生命力に溢れた歌声が、晴れた空に響き渡る。聖域のオペラハウスで見た歌劇に較《くら》べたら、お世辞にも洗練されているとは言い難《がた》い。けれど彼らの歌声は躍動感に満ちていた。聴いているだけで体が熱くなってくる。

俺はふと第十三聖域のラジエルを思い出した。彼がこの祭り《パウワウ》を見たらなんと言っただろう。きっとひどく感激して、大袈裟な身振りで彼らを誉《ほ》め称《たた》えたに違いない。十大天使のくせに妙に憎めない男だった。彼はどうしただろう。第十三聖域と運命をともにしたとは思えない。どこかに逃げ延びて、今も新しい本を作り続けているかもしれない。

「いよいよだぞ」

俺の隣に座っていたペルグリンがささやいた。

「リバティの出番だ」

俺は無言で頷いた。

広場の中心にブラックホークとリグレットが現れる。鮮やかな歌姫の衣装に身を包んだリグレットは、大地の人としては並外れて小柄《こがら》だった。なのにその小さな体には、他を圧するような威厳《いげん》があった。昨夜は一睡もしていないはずなのに、疲れた様子はまったく見せない。

集まった人々も、俺と同じことを感じたのだろう。ざわめいていた広場が水を打ったような静けさに包まれる。

石舞台の上にリグレットを残し、ブラックホークは後方に退いた。リグレットは背筋を伸ばし、凛《りん》とした眼差しでまっすぐ前を見た。

目が合った——ような気がした。いや、気のせいじゃない。何千という人の中に埋もれている俺を見つめ、彼女はゆっくりと口を開いた。

夢を抱きし兄弟達よ
お前は一人ではない
たとえ現実に打ちのめされ
今は泣きながら眠ったとしても
立ち上がれ！　兄弟達よ！
そうだ、お前は一人ではない！

広場にはオペラハウスのような音響設備はない。なのにリグレットの声は広場の隅々《すみずみ》にまで響き渡った。人々が声もなくどよめく。幾多の素晴らしい歌姫達の中でも、リグレットの歌声は突出していた。

希望を抱きし兄弟達よ
我らは一人ではない
たとえ幾夜も続く不安と孤独に
押《お》し潰《つぶ》されそうになったとしても
立ち上がれ！　兄弟達よ！
そうだ、我らは一人ではない！

耳でなく、心で聞け。
大地の人が物語を伝える時に言う常套句《じょうとうく》だ。
彼女の歌はまさしくそれだった。耳にではなく、心に直接訴えかける。魂を揺り動かし、心を捉えて放さない。

立ち上がれ、我が兄弟！
夢見ることを諦めるな！
その希望を手放すな！

リグレットは拳を頭上に突き上げた。

お前は一人ではない！
そうだ、我らは一人ではない！

人々は立ち上がって呼応した。

「我らは一人ではない！」

「そうだ、我らは一人ではない！」

大地を揺るがす大合唱。知らぬ間に俺も立ち上がり、拳を突き上げて叫んでいた。

「我らは一人ではない！」

俺の隣でペルグリンも、クロウも、ウォルロックも叫んでいた。

「我らは一人ではない！」

リグレットが歌い終わっても、大合唱はなかなか鳴りやまなかった。後にも先にも、広場にいる群衆を総立ちにさせたのは彼女だけだった。

すべての歌姫が歌声を披露し終えた後、各部族の首長《チーフ》は輪になって話し合いを始めた。人々はそれを遠巻きに見守る。誰一人、物音一つ立てなかった。

話し合いはすぐに終わった。首長《チーフ》達が輪を解くと、舞台の上に一人の老婆が現れた。肌は黒かったが、その髪はすっかり白くなっていた。どっしりとした貫禄《かんろく》のある体格からは威厳が漂う。ただの太った婆《ばあ》さんでないことは一目でわかった。

「あれが今の『大地の鍵』、メンブルム族のトークダムだ」

ペルグリンの言葉に、俺は納得して頷いた。彼女こそ十八年にもわたって『大地の鍵』を務めてきたという歌姫なのだ。

「次代の『大地の鍵』が決定した」

腹の底に響くような、低い豊かな声でトークダムが宣言した。

「私の跡を継ぐのは、ラピス族の歌姫リバティだ」

割れるような歓声が広場を揺るがした。人々が歓喜の声を上げ、足を踏みならす中――俺は喪失感とともにその事実を受け入れようと努力していた。

石舞台にリグレットが現れる。

トークダムは手に持っていた茶色いものを、恭《うやうや》しくリグレットに差し出した。リグレットは一礼し、それを受け取った。

彼女が手にした茶色いもの。あれは――

「……本？」

リグレットは茶色の革表紙に手を当て、群衆に向かって宣言した。

「『大地の鍵』、確かに譲り受けた」

首長《チーフ》達が膝《ひざ》をついた。広場に集まった人々もそれに倣《なら》う。呆然《ぼうぜん》と立ちつくしていた俺の腕をペルグリンが引っ張り、跪かせる。隣で頭《こうべ》を垂れているペルグリンに向かい、俺は尋ねた。

「おい、なんで地上に本があるんだ？」

「ホン――？」

ペルグリンは怪訝《けげん》そうに尋ね返した。

「なんだ、それは？」

「今、トークダムがリグレットに手渡したヤツだ」

「あれは『大地の鍵』だ。かつて天からやって来た白い兄弟アザゼルが、我ら大地の人に平和と平穏をもたらすために残したものだ」

待ってくれ。アザゼルは聖域が大地を離れた頃の人物だろう？　だとしたら『大地の鍵』は有史以前から、この大地に存在していたことになる。

俺は顔を上げ、リグレットの腕に抱かれた本を見つめた。

あの本はなんだ？　あの本をもたらしたアザゼルとは——一体何者なんだ？

5

アンスタビリス山脈の西。そこに広がる針葉樹林をようやく抜けたと思ったら、巨大な湖が彼らの行く手を塞《ふさ》いだ。

「冗談だろ？」

目の前に広がる風景を見渡して、ウォルターが呟いた。

「なんでこんな所に湖があるんだ？」

アンガスは馬車の荷台に立ち上がった。ウォルターの言う通り、眼前に湖が広がっている。赤黒く濁《にご》った湖面に生命の息吹は感じられない。まるで巨大な水たまりだ。

ウォルターは最新のスペンサー地図を広げた。

「くそ、また地形が変わりやがった。店にある地図の在庫、どうしてくれるんだよ」

「ま、自然には逆《さか》らえねぇよ。迂回《うかい》しようぜ」

ジョニーは手綱を握った。馬車を牽く二頭の馬が鼻面《はなづら》を巡らせる。湖の縁に沿って走り出す……と思いきや。馬達は足を踏みならし、空に向かって嘶《いなな》いた。怯《おび》えたように何度も首を振る。

「おいおい、どうしたどうした？」

ジョニーが慌てて手綱を引く。停止した荷台に細かな震動が伝わってきた。

「地震だ……」

アンガスの呟きに応《こた》えるように、地面が揺れた。木々がザワザワと揺れ、大地がミシミシと嫌な音をたてる。荷台に座っていたセラが不安そうに周囲を見回す。怯える馬を宥《なだ》めながらウォルターが言う。

「けっこう大きいな」

揺れは次第に収まりつつあったが、それでも馬達は落ち着かない。

「最近、多いね」

誰へともなくアンガスは呟いた。西部山岳地帯は東部に較べて地震が多い。けれどここ最近の頻度は異常だった。

「これも文字《スペル》の影響ってか？」

まさかね？　というようにジョニーが肩をすくめる。

それに渋《しぶ》い顔で姫が答えた。

「無関係ではないだろうな。大地と人の心は密接に関係している。人々の間に不安が広がれば、大地は鳴動する」

「それがレッドの狙《ねら》いなのかもしれませんわ」

セラが呟く。一度はそれに手を貸してしまった自分を責めているような口調だった。

「レッドは地震で世界が滅びるのを悠長に待っているような男じゃない。もっと直接的な方法を考えているはずだよ」と言って、アンガスは小声で続けた。「それが何なのかは、まだわからないけど」

「ま、いいさ」とウォルターが続けた。彼は馬車を先導するように馬を歩かせる。「俺達は俺達の道を行くだけだ」

肩越しに振り返り、アンガスに向かって片目をつぶってみせる。

「そうだろ？」


一ヵ月前——ミースエストで。

「プラトゥムに行きたい」とアンガスが言った時、仲間達は反対した。これはプラトゥム村と燃油会《バーニル》社の問題であり、自分達が口出しすべきことではない。レッドが何を考えているのかわからない以上、自分達は文字《スペル》を集めることに専念すべきだ。しかも山脈はすでに雪冠を戴き、周囲は冬の気配を帯びてきている。冬の西部を旅する厳しさは、昨年嫌というほど味わっている。一つ間違えれば遭難しかねない危険を冒してまで、プラトゥムに向かう理由はない。

正論だった。しかしアンガスは譲らなかった。人々の心が荒廃していくのを止めることも、旅の目的の一つのはずだ。なのに恩人の危機を見過ごしてしまっていいのか。

押し問答の末、アンガスは言った。

「ここはいつも通り、姫に決めて貰いましょう」

みんなの視線が集中する中、それまで沈黙を守っていた姫は重々しく口を開いた。

「この世に偶然はない。すべては大いなる意志による必然なのだ」

彼女は自分を取り囲む面々をぐるりと見渡し、きっぱりと断言した。

「プラトゥムに行くぞ」

それで、すべてが決定した。

オニール保安官《マーシャル》が率いる騎兵隊と一緒にミースエストを出てから一ヵ月。いくら旅慣れているとはいえ、騎兵隊の機動力にはついていけない。遅れること一週間あまり。今年初めての雪がちらつく中、アンガス達はついに最後の峠までやって来た。

眼下に赤茶けた丘陵地帯が広がっている。剝《む》き出《だ》しになった乾いた赤土、舞い上がる砂埃《すなぼこり》、点在する灌木《かんぼく》の茂みは埃を被って白茶に変色している。カラカラに乾いた草の塊《かたまり》が風に千切れて転がっていく。豊かな水を湛《たた》えたスペクルム湖はどこにもなく、木々は枯れて倒れ、生き物の姿も見あたらない。

エヴァグリンから聞いていた青い湖と緑あふれるプラトゥム。この季節に緑の丘を期待するのは間違っているとはいえ、目の前にある風景はあまりに寒々しかった。

「やはりすべての偶然は必然であるようだ」

姫の声に、アンガスは手元の『本』に視線を戻した。姫は眼下を指さす。その先にあるのは黒い木組みの塔。燃油《バーニル》採掘の掘削櫓《リグ》だ。

「あのあたりから文字《スペル》の気配がする。どうやらこの事件にも、文字《スペル》が関係しているようだぞ?」

アンガスはぎょっとして眼下の光景に目をこらした。フリークスクリフの例もある。しかし乾ききった大地に文字《スペル》らしきものは見あたらない。

荒野の半《なか》ば、丘の頂上に灰色の建物群がある。プラトゥム村だ。その少し手前には簡易テントの集落があった。楯《たて》に小麦をあしらった東部連盟《イースタンリーグ》の旗が掲げられている。どうやら騎兵隊の宿営地らしい。

黒い櫓《やぐら》が立っているのはそれらの東、丘を下ったあたりだった。掘削櫓《リグ》の周囲には侘《わび》しい小屋が建てられている。あり合わせの木材を組み合わせ、その間に布を張っただけの粗末《そまつ》な小屋だ。あそこにプラトゥムの人々が立てこもっているのだろう。

「あれじゃ本格的な冬は越せないな」

この土地に長年暮らしている彼らにも、それはよくわかっているはずだ。

姫は眉間《みけん》に皺を寄せた。

「思ったよりも差し迫った状況のようだな」

「これもレッドの計画の一つなんでしょうか？」

アンガスの問いに、姫はムッとしたように彼を見上げる。

「そんなこと、私にわかるわけがなかろう？」

「お姫さまの言う通り。考えるだけムダムダ」

ジョニーは手綱を譲る。足を止めていたハムレットとオフィーリアが再び前進を始める。

「急ごうぜ。でないと日が沈む前にプラトゥムに入れなくなっちまう。今夜こそ、暖かいベッドで寝たいもんな」


プラトゥムはネイティヴの流れを色濃く残す村だ。周囲に広がる広大な草原地帯で羊を放牧し、それで生計を立てている。丘では村の人口の三倍にも及ぶ羊の群れが、地面にへばりついた枯れ草を食《は》んでいた。

その中を通り抜け、アンガス達は騎兵隊の宿営地に到着した。オニール保安官《マーシャル》が笑顔で彼らを出迎える。

「村は燃油《バーニル》会社の掘削員達でいっぱいだよ。よかったら予備のテントを使ってくれ」

長旅で旅費も底をつきかけていたし、ウォルターに宿代を払わせるのも申し訳ない。アンガスはありがたく厚意に甘えることにした。

その夜、オニールのテントに夕食に招かれたアンガスは、彼に現在の状況を尋ねた。

羊肉のシチューに小麦のパンを浸して食べながら、オニールは難しい顔で話し始めた。

「すべての原因は土地の乾燥化にあるんだ」

「もともとあまり雨の多い地域じゃないのに、最近さらに雨量が減った。例年、雨期になるとこの辺りには山の方から肥沃《ひよく》な土を含んだ水が流れ込んで、恵みの洪水を引き起こすんだけど、昨年も今年もそれがなかった。大地が乾燥して食料が乏《とぼ》しくなると羊は草の根っこまで食べてしまうから、新しい芽が育たない。これはプラトゥムにとっては死活問題だ」

明日の食事にも困窮する村の様子を見て、プラトゥムの村長は決断を下した。彼はプラトゥム村を含む周辺の土地を燃油《バーニル》会社に売却したのだ。

「問題は、それが村長の独断だったってことなんだ」

新しい産業を取り入れ、仕事を得て、給金を貰って生活する。プラトゥムを存続させるにはそれしかないと村長は考えた。けれどプラトゥムは古い村だ。そこに暮らす人々には、この土地を守ってきたという自負がある。先祖代々受け継いできた土地を安価で売り払うことには抵抗がある。自然を破壊する燃油《バーニル》採掘に従事することも、燃油《バーニル》会社に属し、安い給金で働くことも、彼らには我慢ならなかったのだろう。

「幾度か話し合いが持たれたけど、交渉は平行線に終わった。強行採掘に踏み切ろうとした会社に対し、プラトゥムの男達は掘削櫓《リグ》の周辺に小屋を建て、そこに立てこもって抵抗している」

「それで――エヴァグリン連盟保安官《リーグ・マーシャル》は？」

「彼らを説得しに行って、そのまま戻らなかった。掘削櫓《リグ》を監視している燃油《バーニル》会社の人間が言うには、時折小屋の間を歩き回る彼の姿が見られるそうだ。てことは、連盟保安官《リーグ・マーシャル》は自らの意志で、あそこに留まったと考えた方が無難《ぶなん》だろうな」

オニールは大きなため息をついた。

「彼らは掘削櫓《リグ》に登り、近づく者に対して威嚇射撃をしてくる。まだ死者こそ出ていないが、負傷者はすでに二十名に達している。こんな膠着《こうちゃく》状態が三ヵ月近く続いている。燃油《バーニル》会社の人間も、もう我慢の限界だと言うんだな」

村長が土地を売却した以上、燃油《バーニル》会社には採掘権がある。立《た》ち退《の》きを要求する権利があるのだ。

「今日も燃油《バーニル》会社の代表ジョン・レミングに会ってきたけど、不法占拠を続ける人間を強制排除せよの一点張りでね。どうやら東部の人間には、土地に対する愛着ってものが理解出来ないらしい」

まいったよ、とオニールは煙草《たばこ》に火をつけた。縺れた黒髪を引っかき回す。まだ三十歳そこそこだろうに、目尻《めじり》に皺が寄っている。褐色の顔にも疲労の色が濃い。

「西部の田舎者《いなかもの》を追い出せと言われても、西部出身の僕としては気持ちが萎えるね。立てこもっている人々の気持ちもよくわかるし。出来れば争わず、誰も傷つけずにすませたいんだ」

その言葉に、アンガスは頷く。

「掘削櫓《リグ》の周囲で銃撃戦にでもなれば、天然ガスに引火して大爆発を引き起こす可能性もありますしね」

「それでなくても、僕は連盟保安官《リーグ・マーシャル》と銃撃戦をする気にはなれないけどね」

そこでだ、というようにオニールは膝を打つ。

「僕は立場上、掘削櫓《リグ》には近づけない。けど君は別だ。君はエヴァグリン連盟保安官《リーグ・マーシャル》に信頼されている。どうか掘削櫓《リグ》を明け渡すよう、彼を説得してくれないだろうか？」

頼むと言って、彼はアンガスに頭を下げた。

「顔を上げてください、オニール保安官《マーシャル》」

アンガスはにっこりと笑って答えた。

「説得に行かせてくださいって、今、僕の方からお願いしようとしていたところなんですから」

　アンガスは借りたテントに戻った。彼の話を聞いて、真っ先に反対したのはウォルターだった。

「見張りが狙ってるんだろ？　そんなとこに近づいたら撃たれるに決まってるじゃないか！」

「でも僕は保安官《マーシャル》でも騎兵隊でもないし……」

「そんなの関係ない。エヴァグリンならともかく、他の連中はお前の顔を知らないんだ。騎兵隊かどうかなんて区別がつくもんか」

　ジョニーがいたら「こんなナマっちょろい騎兵隊員がいるわけないだろ」と一笑に付してくれただろうが、あいにく彼はいない。久しぶりの村だ。彼がテントで大人しくしているわけがない。アンガスが戻ってきた時には、もう出かけた後だった。今頃は飲んだくれているか、カード遊びに興じているだろう。

「でも他にあそこに近づく方法はないんだよ」

　そこでアンガスは言葉を切って、ウォルターの顔を見つめた。「あそこには文字《スペル》があるんだ。このまま膠着状態が続けば状況はさらに悪くなる。プラトゥムの人々が文字《スペル》の影響を受けているのだとしたら、解決出来るのは僕だけだ」

「それは理解出来ますわ」

　今度はセラが口を開いた。

「でもアンガスを一人で行かせることには納得がいきませんわ。私達は仲間でしょう？」

「お嬢様のおっしゃる通りです」ここぞとばかりにアークが身を乗り出した。「私もお供します！」

「アークは駄目だ」アンガスは即答した。「西部の人は天使を嫌ってる。それだけで話し合いどころじゃなくなるよ」

「言っちゃなんだが、それはお前だって同じだろ？　お前の外見はどう見たって天使寄りだ」

ウォルターの指摘にアンガスは顔をしかめた。どうやら墓穴を掘ったらしい。彼は話の向きを変えることにした。

「立てこもっている人達の気持ちを考えてみてよ。大勢で行くより一人で行った方がいいに決まってる」

「そりゃそうだが……」

「屈強な男なら警戒されるかもしれません。でも私なら平気なはずですわ」

セラの言葉に、アンガスは苦笑した。

「男ばっかりが三ヵ月近く立てこもってるんだ。そんな場所にセラを連れていくわけにはいかないよ」

「どうしてですの!?」

「どうしてって……訳はウォルターに聞いてよ」

「なぜ俺に振る！」

「そういうことに関しては僕より詳しいだろ」アンガスは自分の胸の辺りを指さした。「それにウォルターは、僕に借りがあるはずだ」

「お前っ……それをこういうとこに使うのか！」

「貸しは貸しだからね」

アンガスは動じずに、にやりと笑ってみせる。

「ホントのこと言うと、ウォルターに頼みたいことがあるんだ。一人じゃ無理だろうから、セラとアークにも手伝って貰って」

「――なんだ？」

「今回の騒動は土地の乾燥化に端を発している。雨量の減少は僕らではどうしようもない。けれど恵みの洪水がもたらされなかったのには、別の原因があるんじゃないかと思うんだ」

ウォルターは顎《あご》を引き、低い声で答えた。

「ここに来る途中で見た――あの湖だな？」

アンガスは頷いた。

「地震で崩れた土砂が雪溶け水を堰《せ》き止《と》めたから、あそこに湖が出来たんじゃないかな。もしそうなら、障害物さえ取り除けば水はプラトゥムに流れ込むはず」

「そう簡単にはいかないぞ。あれだけの水量だ。下手に堰《せき》を切ればプラトゥム村を押し流しかねない」

「だからこそウォルターに頼みたいんだ。測量は君の得意分野だろ。あの湖を決壊させ、プラトゥム平原に恵みの洪水を引き起こせるかどうか、調べてほしいんだ」

「けど、いいのか？　水が流れ込んだら、ここ一帯は泥地と化す。そしたらもう燃油《バーニル》採掘どころじゃなくなるぞ？」

「そうだね」アンガスは重々しく頷く。「実はそれが狙いなんだ。利用価値のなくなった土地なんて、持っていても仕方がないはず。そうなったら燃油《バーニル》会社も安く譲ってくれるんじゃないかな？　プラトゥム村の人々でも買い戻せるくらいの額で？」

「お前――」ウォルターは呆《あき》れ顔で椅子《いす》に座り直した。「いつの間にそんな悪知恵が働くようになったんだ？」

「誰だって、いつまでも素直な子供じゃいられないものさ」

そう言いながら、アンガスはニヤニヤと笑う。

「で、やってくれる？」

渋々《しぶしぶ》、ウォルターは頷いた。

「そういうことなら仕方がないな」

「でも、やっぱりアンガス一人をそんな危険な場所に行かせるわけには参りませんわ」

「そうですとも！」

「お前達、何か忘れていないか？」

セラとアークの反論に終止符を打ったのは、尊大な姫の一言だった。

「心配など無用だ。アンガスには他でもない、この私がついているんだからな」

6

新しい『大地の鍵』が選出された後、広場は祝いの場と化した。バイソンの肉が振る舞われ、人々は大いに食べ、トウモロコシ酒の杯を空けた。太鼓の音が鳴り響き、男も女も輪になって踊り始める。

踊りに行こうと言うクロウの誘いを断り、俺は一人、ラピス族のティピに戻った。水で薄めたトウモロコシ酒を飲みながら、新たな歌姫となったリグレットに思いを馳《は》せる。

彼女は今、先代の『大地の鍵』トークダムとともに、湖畔の小屋にこもっている。そこで彼女は『大地の鍵』としての心得を口伝《くでん》されるのだという。

もう彼女に手は届かない。あの柔らかな手を握ることも、華奢な肩を抱きしめることも出来ない。

それに――

俺は銀の杖を握りしめた。その柄《え》に残る『理性』の刻印。第十三聖域とともに失われた者達。大勢の天使が死に、俺だけが逃げ出した。自分が犯した罪を忘れたわけではない。俺だけが自由を得て、幸福になることなど、許されるはずがない。

その翌日。

天使達との戦いに備えるため、広場に各部族の首長《チーフ》達が集まった。俺は彼らに状況を説明した。

「聖域を維持するため、天使達は思考する人間を必要としている。いずれ奴《やつ》らは地上に住む大地の人を狩り始めるだろう」

「望むところだ」

体格のいい壮年の男が答えた。勇猛果敢で知られるコル族の首長《チーフ》ベアフットだった。

「我らの力、白い人に見せつけてくれようぞ」

そうだ！　と賛同の声があがる。

「来るなら来い！」

「目に物見せてくれようぞ！」

「確かに、天使の戦闘能力は大地の人の足元にも及ばないだろう」

俺は言葉を切り、人々の声が静まるのを待つ。

「だが奴らは人の心を縛る技を使う」

「心を……縛る？」

「そうだ。奴らは言葉に暗示を乗せる。言葉で体の自由を奪うんだ」

信じられない、というように首長《チーフ》達は首を振る。

当然だ。彼らは天使など見たこともないのだから。

「実際にやってみせられたらいいんだが、俺はこの通り首輪付きだからな。言葉に暗示を乗せられないんだ。直接、接触していれば別だが――」

「触れれば試せるのか？」

まだ年若いケーパ族首長《チーフ》ホークアイが手を挙げた。

「だったらオレで試してくれ。どんなものかわからないのでは戦いようがないからな」

願ってもない申し出だった。俺は彼を手招いた。

「わかった。こっちに来てくれ」

ホークアイは立ち上がり、俺の傍にやってきた。俺よりも頭二つ分は背が高い。長い手足にはバネのような筋肉がついている。

「まずは俺の手を握ってくれ」

そう言って、左手を差し出す。大地の人は握手を嫌うが、それでもホークアイはためらうことなく俺の手を握った。

「――こうか？」

「俺は離されないように首長《チーフ》の手を握る。首長《チーフ》はそれとは逆に、俺の手を振りほどいてみてくれ」

「いいとも」

「では――」俺は傍に座っているブラックホークに目を向けた。「合図してくれ」

彼は頷き、立ち上がった。俺達の手の上に右手を添えると、低く鋭い声で言う。

「――始め！」

俺は左手に力を込めた。骨が折れそうなくらいに彼の手を握りしめる。なのに勝負は一瞬でついた。ホークアイは一秒とかからず俺の手を振りほどいた。

「なるほど、白い人が非力というのは本当らしい」

揶揄《やゆ》するようにルーフス族の首長《チーフ》が嗤《わら》った。

俺は特に虚弱体質なんだと言いたい気もしたが、余計に情けなくなるのでやめておいた。その代わり、すまなそうな顔をして立っているホークアイに再び左手を差し出す。

「もう一勝負だ」

「オレは、かまわんけど……」

「今度は奥の手を使う。さっきのようにはいかないから手加減せずにやってくれ」

「ああ――わかった」

頷きはしたが、ホークアイの顔には何度やっても同じだろう？　と書いてある。

俺達は再び握手をした。先程と同じようにブラックホークが手を添える。違うのは……俺がホークアイの目を正面から見据えていたことだ。

「――始め！」

ブラックホークの合図と同時に、俺は低い声に思念を乗せた。

「手を離すな」

ホークアイの腕の筋肉が盛り上がる。けれど俺達は握手したままだ。彼が力を抜いているわけではない。その証拠にホークアイの額にはぷつぷつと汗が噴き出し、腕の筋肉には血管が浮いている。彼は低く呻いた。顔が紅潮し、腕がぶるぶると震える。俺は軽く手を握っているだけだ。なのにホークアイは、俺の手を振りほどくことが出来ない。

「そこまで」とブラックホークが言った。

「手を離せ」と言って、俺は彼の意識を解放し、彼の手を離した。

「――信じられん」

呟いて、ホークアイは自分の手を見た。長い指を開いたり閉じたりする。

「今はオレの意志で動く」驚愕《きょうがく》と畏怖《いふ》が入り混じった眼《め》で、彼は俺を見つめた。「なのに、さっきは動かなかった」

「手を抜いたんだろうが？」野卑な声でルーフス族の首長《チーフ》が言う。「非力な白い人如《ごと》きに負けるようでは、ケーパの力もたいしたことはない」

「なんだと――？」

「だったら貴方も試してみるか？」

眦を吊り上げるホークアイを制して、俺は言った。

「相手が誰でも同じだ。彼を疑うのなら、貴方自身の手で確かめるといい」

「ごめんだね」

ルーフス族の首長《チーフ》はフンと鼻を鳴らした。

「お前だって白い人だ。敵ではないとどうして言える？　そんな奴に手を差し出すほど、オレは間抜けじゃない」

「アザゼルはラピスの一族だ」淡々とした声でブラックホークが言う。「彼を疑うということは、我が一族を疑うということだ」

「ラピス族だから信じろというのか？　笑わせるな。十年前の戦で、ブラックホーク、お前が俺達一族に何をしたか。忘れたとは言わさねぇ」

「口を慎《つつし》め、ルーフスの」

野太い声でコル族の首長《チーフ》ベアフットが割って入った。

「昔の因縁《いんねん》を蒸し返すために集まったのではない」

むっとしながらもルーフスの首長《チーフ》は黙り込んだ。それを見て、ベアフットは再び俺に目を向ける。

「白い人が怪しげな技を使うことはわかった。して、我らにそれを防ぐ方法はあるのか？」

俺は頷いた。

「まず奴らの声を聞かないこと。奴らの目を見ないこと。奴らに直接触れないこと。そして一番大切なのが、決して操られないという強い信念を持つことだ。それだけ守っていれば、十大天使以外の精神攻撃は避けられるはずだ」

「その十大天使とやらが出てきた場合には？」

「走って逃げろ」

「なんと、敵に背を向けろと言うのか！」

「そうじゃない。戦うなら弓矢や斧《おの》や槍《やり》が届く範囲の敵と戦えってことだ。物陰から術をかけてくる卑怯《ひきょう》者なんか相手にするな」

「しかし……」

「天使の中には百人もの心を一瞬にして縛る者もいる。刃《やいば》を交えることもなく殺されることが、名誉といえるか？」

あのハイブリッド達――奴らに太刀打ち出来るのは俺だけだ。いや、俺でも奴らが束《たば》になってかかってきたら手の打ちようがない。

「まずは逃げること。それが一番だ。大地の人は天使よりも足が速い。まずは逃げて、再戦の機会を待つんだ」

俺は両手を合わせた。これからが本題だというように、周囲をぐるりと見回す。

「とはいえ、実際に貴方達が刃を交えることになるのは自動人形《ドール》達だろう」

「どーる？　何者だ？」

「天使そっくりだが天使ではない。天使の命令で動く人形だ。人間よりもはるかに力が強く、背中に翼を持ち、空を飛ぶ。右手に弓よりも強い飛び道具を隠し、しかもその肌は岩のように硬い。石のナイフでは傷一つつけられないだろう」

ううむ……と呻く声がする。彼らの武器はいまだに石製が主流なのだ。

「しかし奴らにも弱点がある。それは頭と左手だ。奴らの頭には制御装置が、左手には記憶装置がある。それを破壊してしまえば、奴らは動けなくなる。人の体でいうなら首と左肩関節だ。そこを狙え」

俺は数日かけて、大地の人に様々な武器の作り方を実演してみせた。

ふいごで火を焚《た》き、鉄鉱石から鉄を抽出する。鉄を鍛《きた》えて刃や矢尻《やじり》を作り出す。炭と硫黄と硝石から黒色火薬を作る。その有効な使い方と、取り扱いに関する注意を付け加えるのも忘れなかった。

またパロットや狼煙《のろし》を使った連絡手段も徹底的に教え込んだ。一通りのレクチャーがすめば、彼らはそれぞれの部族が待つ土地へと戻っていく。連絡を密にしなければ、部族全員が連れ去られてしまう危険性もある。聖域が空を自由に移動出来ることを考えれば、守るべき大陸はあまりに広い。

　戦いに役立ちそうな知識をあらかた伝え終わった後、俺は各部族の首長《チーフ》に提案してみた。

「カネレクラビスの周辺にすべての部族を集められないだろうか？　心縛は強力だが効力を及ぼす範囲は狭い。いざとなったら大勢で囲んでしまえばなんとかなる。そのためにも、これからは協力して戦った方がいい。天使達の聖域は危機に瀕《ひん》している。そう長くは持ちこたえられないはずだ」

　ルーフス族の首長《チーフ》は俺の提案を一笑に付した。その他にも移動距離の長さを懸念する首長《チーフ》や、土地を離れることを嫌う首長《チーフ》もいた。二百余りある部族のうち、カネレクラビス付近に移住すると言ったのは五十余りしかなく、部族内で話し合って決めるという意見が大半を占めた。

　大地の人には互いに争ってきた過去がある。おおらかに見える彼らにも、少なからず確執が存在する。クロウは「オレ達は大地の人。すべてが兄弟」と能天気なことを言うが、その大地の人も一枚岩ではないようだ。

　何かあった場合にはパロットを飛ばすか、狼煙を上げて合図することを誓い合い、各部族の代表者達はそれぞれの故郷へと帰っていった。

7

　翌日、アンガスはオニールとともに燃油《バーニル》会社の代表であるジョン・レミングに会いに行った。掘削櫓《リグ》一帯の土地はレミング氏のものだ。入るには彼の許可がいる。面倒だが仕方がない。

　レミングはプラトゥムの村長の家に滞在していた。現れたのは背の低い男だった。不健康に浮腫《むく》んだ白い顔。薄茶色の髪はお情け程度にしか残っていない。突き出た下腹は、仕立ての良いスーツのボタンを今にも弾《はじ》き飛《と》ばしそうだった。

「お前のような若造がエヴァグリンと知り合いだというのか？」

レミングは値踏みするように、じろじろとアンガスを眺めた。あまり気分は良くなかったが、事を荒立てても仕方がない。

「はい、そうです」

「奴はお前のことを信用しているかね？」

「ええ――多分」

「頼りないな。本当に大丈夫か？」

この問いはアンガスに向けられたものではない。問われたオニールは気まずそうに肩をすくめた。

「私が赴《おもむ》くよりは効果的だと思いますよ？」

レミングは舌打ちした。西部の奴はどいつもこいつもと忌々しげに呟く。聞こえてますよ、と言いたかったがアンガスは我慢した。

「とにかくエヴァグリンさえ排除すれば、あとは烏合《うごう》の衆だ。なんとでもなる」

レミングは背後に立っている大柄《おおがら》な男に手を振った。男はガンベルトと、ホルスターに収まった六連発回転銃を差し出す。レミングはそれを掴み、アンガスの前に突き出した。

「ハンガー社製の最新式六連発銃。全弾装填《そうてん》済みだ。これを使え」

「ご心配はありがたいんですが、僕は話し合いに行くだけです。銃は必要ありません」

「話し合うだと？」

レミングは鼻で笑った。

「お前はこれでエヴァグリンを撃ち殺すのだ」

何を言われたのか、理解出来なかった。アンガスは目の前にある六連発を見て、その意図を悟り、再びレミングに目を戻す。

「お断りします」怒りを抑え、冷静な声を出そうと努力した。「今のは聞かなかったことにします。殺人教唆は罪にあたりますからね」

「エヴァグリンの連盟保安官《リーグ・マーシャル》の肩書は、東部連盟《イースタンリーグ》の代表マイケル・ロックウェルの指示で、すでに無効になっている。不法占拠を先導する犯罪者を殺したところで、罪に問われることはない」

アンガスはオニールを振り返った。本当ですか？　と目顔で尋ねる。オニールは渋い顔をしたまま、わずかに頷いてみせた。

「わかっただろう？」

勝ち誇ったようにレミングは言った。

「もちろんタダでとは言わん。特別に報酬を用意しよう。五万ギニーでどうだ？」

「——安いですね」

「ふむ……あんな奴でも元連盟保安官《リーグ・マーシャル》だからな。では十万でどうだ？」

話にならないというようにアンガスは首を振った。「彼を排除した後、残された人々が自棄《やけ》になって掘削機《リグ》に火を放ったらどうするんです？　燃油《バーニル》会社にとって、火災はもっとも恐れるべき事態のはずでしょう？」

「西部の田舎者にそんな知恵があるとは思えんよ」

「追い詰められたネズミは猫を咬《か》むって言うでしょう？」アンガスはニヤリと笑った。「もし僕が、なんの被害も出さずに彼らを立ち退かせることが出来たら、彼らを罪に問わないと約束してくれますか？」

「かまわんが……本当にそれだけでいいのか？」

「ええ、もちろん」

アンガスはにっこりと笑って、立ち上がった。

「では僕が戻るまで、彼らには手を出さないと約束してください。下手に彼らを刺激して銃撃戦になるなんて展開、貴方も避けたいでしょう？」

「うむ……わかった」

レミングは渋々、頷いた。それを見てから、アンガスは傍に立っているオニール保安官を見上げる。

「今の約束の証人になってくださいますか？」

「もちろん、引き受けよう」

オニールは答え、アンガスの背中を小突いた。

頼んだぞ、と言うように。


アンガスは一度テントに戻った。それから準備を整え、ウォルター達とともに宿営地を離れた。ジョニーと彼の馬車はまだ戻っていなかった。そこでウォルターの馬にセラが同乗し、アークは徒歩でついていくことになった。

別れ際、まだ心配そうな顔をしている三人に向かい、アンガスは言った。

「それじゃ、また後で」

「お前も気をつけてな」

にこやかに手を振ってから、アンガスは彼らに背を向けた。『本』を抱え、掘削櫓《リグ》に向かって歩き出す。

掘削櫓《リグ》は丘の下方、緩やかな斜面に立っていた。木で組まれた背の高い櫓《やぐら》を、廃材で造られた小屋が囲んでいる。地面に打ち込んだ木の杭《くい》に、獣皮を張り巡らせただけの粗末な代物だ。風が吹くたび獣皮がはためき、中が露《あら》わになる。あれでは寒さはおろか、風を防ぐことさえ出来ないだろう。

アンガスは開いたままの『本』を右手に抱え、もう一方の手で白い布を掲げた。

「そんなものがなんの役に立つ？」

姫の問いかけに、アンガスは答える。

「白旗は戦意がないことを意味します。それは東部でも西部でも共通のはずです」

「それでも撃ってきたらどうする？」

「だとしても、いきなり当ててはきませんよ」

アンガスは掘削櫓《リグ》に目を向けたまま言う。

「彼らは土地を守りたいだけで、争いを望んでいるわけじゃない。僕はそれを信じます」

「人を信じる、か。まさにお前の真骨頂だな」姫は低い声で笑った。「では、お手並み拝見といこう」

揶揄するような口調だったが、どこかしら誇らしげな響きも帯びていた。

「だがここには文字《スペル》がある。文字《スペル》は存在するだけで人の心に影響を及ぼす。油断するなよ？」

「はい！」

大地には無数のひび割れが生じていた。ささくれた地表はまるで蛇のウロコのようだ。枯れた葦《あし》の茎が吹《ふ》き荒《すさ》ぶ北風に揺れている。かつてはここにも水があった証拠だ。歩くたび、足下で目の粗《あら》い砂がじゃりじゃりと音を立てる。

不意に、記憶外の知識が閃《ひらめ》いた。

この砂は、もしかして……

ター――ン……！

銃声が青空に響いた。数歩先の土がビシリと爆《は》ぜる。アンガスは足を止め、頭上で白い布を振った。

「撃たないでください！　武器は持っていません！」

応えはない。アンガスは白旗を揚げたまま、大声で呼びかける。

「僕はアンガス・ケネスといいます。エヴァグリン連盟保安官《リーグ・マーシャル》に会いに来ました」

数秒の沈黙の後、低くてよく通る声が答えた。

「――アンガス・ケネス？」

声とともに、小屋の陰から背の高い屈強な体つきの男が現れる。顔の下半分は黒い髭《ひげ》で覆われ、身につけたシャツも薄汚れていたが、間違いない。それはエヴァグリン連盟保安官《リーグ・マーシャル》だった。

「なんと、こんな所で再び出会おうとはな！」

その時、また銃声が響いた。今度は背後からだった。エヴァグリンが小屋の陰に身を隠す。

アンガスは振り返った。

十トラムほど離れた地面に一人の男が伏せている。地面と同色の布を被って偽装しているが、その手に長銃をかまえている。アンガスを囮《おとり》に使い、ここまで近づいてきたのだろう。

「僕が戻るまで手を出さない約束だろう！」

アンガスの叫びに、姫の呪歌が重なった。

呼吸の文字よ
其処《そこ》より此処《ここ》へ
此処より彼方《かなた》へ
来たりて慟哭《どうこく》の音を響かせよ

巻き起こった突風は、砂色の布もろとも狙撃手《そげきしゅ》を吹き飛ばした。レミングの後ろに立っていた、あの大男だった。姿を露わにした男に銃撃が集中する。男は掘削櫓《リグ》に背を向け、慌てて逃げていく。

その隙《すき》にアンガスは白い布を投げ捨て、掘削櫓《リグ》に向かって突進した。小屋の陰に転がり込んだ途端、ぞろりと並んだ六連発の銃口が彼を出迎える。

「話をしに来ただけです。抵抗はしません」

アンガスは開いた『本』を右手で支えたまま、両手を上げた。一見しただけで武器を持っていないことがわかるよう、コートは脱いできている。なのに彼を取り囲む男達の顔からは警戒の色が消えない。やつれて薄汚れた顔に目だけがギラギラと光っている。三ヵ月にも及ぶ立てこもり生活で、ろくに食べていないのだろう。危険な状態だなと、アンガスが考えた時――

「まったく、どいつもこいつもムサくるしい顔をしおって……」

姫はフンと盛大に鼻を鳴らした。

「だから文字《スペル》につけ込まれるのだ。この愚か者どもが」

アンガスは内心ヒヤリとした。しかし怒り出す者もいなければ、彼が手にした『本』に目を向ける者もいない。男達には姫の声が聞こえていないのだ。近くに文字《スペル》があることは間違いない。が、彼らはまだ、それに触れてはいないのだ。

「みんな、銃を下ろすのだ」

アンガスを取り囲んだ男達の間を割って、エヴァグリンが姿を現す。

「アンガス・ケネスは見た目こそ天使だが、中身はまがうかたなき西部の男だ。それは私が保証する」

近くで見ると、エヴァグリンもずいぶんとやつれていた。分厚い胸板も盛り上がった筋肉も、一回り縮んでしまったように見える。

「息災そうで何よりだ」

けれど笑顔は変わらなかった。エヴァグリンは親しみを込めて、アンガスの肩をぽんと叩いた。

「して何故《なにゆえ》にここへ？　見ての通り少々立て込んでおってな。心苦しいが、歓迎はしてやれそうにないのだ」

「承知しています」

まだ銃口を下げようとしない周囲の男達を無視し、アンガスはエヴァグリンを見上げた。

「以前、保安官《マーシャル》は言ってくださいましたね。助けが必要な時には、いつでも声をかけてくれ。地の果てにいようとも、おぬしの元に馳《は》せ参じよう――と」

「ああ、いかにも」

「あの言葉をかけて貰った時、僕はとても嬉《うれ》しかった。だからこの先、もし保安官《マーシャル》が窮地に陥《おちい》ることがあったなら、たとえ地の果てにいようとも貴方の元に駆けつけようと心に決めていました」

「黙れ！」目をギラつかせた男が言った。「お前に何が出来るってんだ！」

「本当にそうですよね」

アンガスはその男に向かって頷いてみせた。

「部外者の僕に出来ることなんて何もないんじゃないか。行くだけ無駄なんじゃないか。ここに来るまで、ずっとそう考えていました」

そこで言葉を切り、彼は再びエヴァグリンを見上げる。

「でも、来てよかった。ここには僕にしか解決出来ないことがある」

エヴァグリンが片眉《かたまゆ》を跳ね上げた。

「まさか——文字《スペル》か！」

アンガスは頷いた。「自然と人の心は密接な関係にあるのです。人の心が荒廃すれば、自然もまた荒廃する。以前に保安官《マーシャル》は『プラトゥムは緑あふれる美しい土地だ』とおっしゃいましたね？　ですが今、その大地は乾き、荒野と化してしまっている」

「我らの心の荒廃が、大地の荒廃を招いたというのか？」

「そうです。この付近に、人の心を荒廃させる文字《スペル》が隠されています。文字《スペル》はたとえ目《ま》の当たりにすることがなくても、近くに存在するだけで人の意識に影響を与える。じわじわと……真綿で首を絞めるように、人の心を侵食する」

周囲の男達が息を呑むのがわかった。誰一人として言い返す者はない。西部人は迷信深い。文字《スペル》の呪いを信じている者も多い。

「詳しい話を聞く必要がありそうだな」

エヴァグリンは身を翻《ひるがえ》した。

「こちらへ。風も防げぬ質素な小屋だが、外よりはましであろう」

彼は掘削櫓《リグ》のすぐ傍にある小屋へとアンガスを導いた。床には山羊《やぎ》の毛皮が敷かれ、部屋の隅には枯れ草の束が積み上げられている。が、それ以外には何もない。獣皮の隙間《すきま》からは容赦なく風が吹き込んでくる。屋外とたいして変わらない寒さにもかかわらず、引火を恐れてか、室内に火の気配はない。

「座ってくれ」

エヴァグリンは毛皮の上に胡坐《あぐら》をかいた。その正面にアンガスも腰を下ろした。彼の背後、小屋の出入り口を塞ぐようにして、大勢の男達が小屋の中を覗き込んでいる。

「ここに文字《スペル》があると言ったな」

エヴァグリンが切り出した。

「それで、そいつは一体どこにあるのだ？」

「実はまだ見つけてないんです。どこかに隠されてるんだと思うんですが……今はまだ情報が少なすぎて、どこにあるかはわかりません」

そう答えてから、今度はアンガスが問いかけた。

「いくつか質問してもいいですか？」

「私に答えられるものならば、喜んで答えよう」

エヴァグリンの声は穏やかだったが、背中に殺気を帯びた視線を感じる。いつでも逃げ出せるよう片膝を立てたまま、アンガスは問いかけた。

「この辺りの土地では乾燥化が進み、もはや以前の暮らしは望めません。なのにどうして貴方達は燃油《バーニル》採掘に反対するんですか？」

背後で男達が色めき立つのがわかった。それでもアンガスは振り返らず、まっすぐにエヴァグリンだけを見つめた。

「生き残るために新しい産業を受け入れるのは、そんなに我慢ならないことですか？」

「余所者《よそもの》に何がわかる！」

背後から怒りの声があがった。

「ここは先祖代々俺達の土地だ。いきなりやってきた東部人に勝手されてたまるかよ！」

「土地は俺達の命だ。ここを離れちゃ生きていけねぇ。土地を奪われたら俺達ゃ死んだも同然だ！」

「出てくのは俺達じゃねぇ、東部人だ！」

「そうとも！　西部男の意地を見せてやる」

男達は口々に勇ましい雄叫《おたけ》びをあげ、六連発を空に突き上げる。このまま村に乗り込んで、一戦交えそうな勢いだ。

「落ち着け！」

エヴァグリンが一喝《いっかつ》した。いきり立っていた男達がシンと静まりかえる。ピリピリとした緊張感の中、エヴァグリンはゆっくりと立ち上がった。

「誓いを忘れたか？　豊饒《ほうじょう》なる土が再び洪水によってもたらされることを信じ、それを待つと、我らは誓ったのではなかったか？」

男達は顔を見合わせる。意味ありげな視線が交わされる。そのうちの一人が思い切ったように口を開いた。

「ネイサン……あんたの言う通りだ。けど、もう限界だってことはあんたもわかってるだろ？　このまま飢えて死ぬぐらいなら、最後にガツンと一撃、奴らに喰《く》らわしてやろうじゃないか」

「それも一つの手だ。面子《メンツ》を保《たも》つには最適な方法であろう」

「なら……」

「だが戦えば、我らは殺される。後には負債を抱えた女子供や老人達だけが残される。土地を守るために家族を犠牲にし、おぬしらはそれで本望か？」

　エヴァグリンの言葉に、男達は唇を噛んだ。エヴァグリンはたたみかけるように言葉を続ける。

「耐えるのだ。眠りながら雨を待つ虫のように。今は身を潜め、奇跡を信じて待つのだ」

　気勢を上げていた男達は力なく肩を落とした。寒そうに丸まった背中、不審と絶望に陰った瞳、もう限界だなとアンガスは思った。彼らの怒りは遠からず爆発する。文字《スペル》の狂気が人の理性を凌駕《りょうが》する瞬間が近づいてきている。そして一度たがが外れてしまったら、いかにエヴァグリンをもってしても、彼らを止めることは出来ないだろう。

「さあ、配置に戻るのだ。監視を怠《おこた》るな」

　エヴァグリンは右手で外を指さした。その指示に従い、男達はのろのろと歩き出す。最後の一人が離れるのを見届けて、アンガスは彼に問いかけた。

「彼らの反応、保安官はどう思いますか？」

「その前に保安官と呼ぶのはやめて貰えまいか？」

　彼は顔を歪め、自嘲《じちょう》的に笑った。

「私とて彼らと同じなのだ。燃油《バーニル》採掘はプラトゥムを破壊する。この平原を守るためなら、燃油《バーニル》会社の奴らを皆殺しにしてもかまわない。そう思ったのも、一度や二度ではないのだよ」

「それは――」

「ああ、これが文字《スペル》の呪いなのだろうな。私もまた知らない間に、文字《スペル》の影響を受けているのだろう」

エヴァグリンは再び床に腰を下ろすと、重いため息をついた。

「プラトゥム村の者は墓を持たない。死者は火葬され、その灰は大地に撒かれる。ここには我が妻の魂が眠っている。愛する者が眠るこの地を、私はなんとしても守りたい。土足で踏み入ってくる輩《やから》がいれば、力ずくでも排除する。暴力的だと蔑《さげす》まれようとも曲げるつもりはない。これは私の意志なのだ」

アンガスは言葉に詰まった。

そこまで自覚していてなお「奇跡を待つ」と言う。なんて自制心の強い、冷静な人なんだろう。この人は世界に必要な人だ。こんな所で失われてはいけない人だ。

「実を言うと、一つだけ策があります」

周囲を見回し、人がいないのを確認してから、アンガスは続けた。

「ここに来る途中、山の中腹に新しい湖が出来ているのを見ました。あれを決壊させれば、ここいら一帯に恵みの洪水をもたらすことが出来ると思うんです」

「——本当か」

エヴァグリンは顔を上げ、まじまじと彼を見つめた。

「そんなことが可能なのか？」

「それを確かめるために仲間達が今、湖まで調査に行っています」

「それこそ私達が待ち望んでいた奇跡だ」エヴァグリンは腰を浮かし、アンガスの手を両手で握った。「協力は惜しまぬ。私に出来ることがあれば、なんなりと言ってくれ」

「でも、まだ問題があるんです」

真剣なエヴァグリンに気圧《けお》されて、アンガスは無意識に後じさった。

「もし洪水を引き起こすことが出来たとしても、文字《スペル》がここにある限り、きっとまた別の災《わざわ》いが引き起こされる。それを防ぐためには文字《スペル》を回収しなければなりません。けど、それがどこにあるのかわからない」

「うむ……確かにその通りだ」

エヴァグリンは難しい顔をして座り直した。

「それで、何か手がかりはないのか？」

「なくはないです」アンガスは彼の目の前に『本』を広げてみせた。「見えますか？　姫の姿が？」

「久しぶりだな、筋肉男」姫は彼を見上げ、ニヤリと笑う。「やれやれ、しばらく見ないうちにますます暑苦しくなりおったな？」

「――聞こえました？」

アンガスの問いに、エヴァグリンは首を横に振る。

「残念ながら、私には姫様の声を賜ることも、ご尊顔を拝することも許されぬようだ」

「姫の声を聞き、姿を見るには生きた文字《スペル》に触れる必要があります。つまり貴方を含め、ここにいる人達は、まだ文字《スペル》に触れていないのです」

「しかし、ここには文字《スペル》があるのであろう？」

「ええ、それは間違いありません。でも文字《スペル》は目に見える場所にあるとは限らないんです。雨に濡れるとか、水につけるとか、一定の条件下でしか現れない文字《スペル》もあるんです」

ううむ……と唸って、エヴァグリンは腕を組んだ。じっと考え込んだ後、おもむろに口を開く。

「先程、文字《スペル》は目に見えなくても、近くにいる者達に影響を及ぼすと言ったかな？」

「はい、その通りです」

「だとしたら、奇妙ではあるな」彼は強《こわ》い髭をガシガシと掻《か》いた。「この事件が起こるまで、プラトゥムは平和な村だった。貧しくはあったが、それでもみなで助け合い、穏やかに暮らしてきたのだ。とても文字《スペル》の呪いを受けてきたとは思えん」

「レッドが――」と言いかけて、アンガスは言葉を改めた。「誰かが争いを起こさせるために、文字《スペル》をここに運び込んだのかもしれません。あの櫓の木組みとかに、怪しい文様は見あたりませんでしたか？」

「あの掘削櫓《リグ》はプラトゥムの廃屋を取り壊した廃材で造られたものなのだ。それはないと思う」

「では試掘された燃油《バーニル》の中とか？」

「あれはまだ完成しておらぬのだ。まだ燃油《バーニル》を汲《く》み上げることは出来ん」

「他に心当たりはありませんか？　新しくここに持ち込まれた物が何かあるはずなんです」

　エヴァグリンは考え込み、やがて頭を横に振った。

「何も持ち込ませないよう、我らはここに立てこもったのだ。もし余所者が持ち込んだ物があれば、真っ先に排除しているはずだ」

　今度はアンガスが唸る番だった。新たに持ち込まれた物はない。しかし文字《スペル》はここにある。つまり文字《スペル》は前々からここにあったのだ。なのに今の今までなんの悪影響ももたらさなかった。そんなことがあり得るのだろうか？

「文字《スペル》のことは伝説でしか知らぬ私が、おぬしに意見するのもおこがましいのだが――」

　そう前置きしてから、エヴァグリンは続けた。

「これもまた、水が涸《か》れたせいではあるまいか？」

「たとえ水に沈んでいたとしても、文字《スペル》の持つ影響力は防げないと思います」

「そうなのだが、プラトゥムに伝わる昔話にこういうものがある」

エヴァグリンは身を乗り出し、豊かな声で語り始めた。

「かつてプラトゥムは草木も生えぬ荒野だった。そこに住む者達はみな飢えて、争いが絶えなかった。それを見た山の神は大洪水を起こし、人々の怒りを押し流した。我に返った人々は互いに争うのをやめ、山の神に感謝した。それを見て、山の神は言った。これからは毎年、豊かな水を平原にもたらしてやろう。だからもう争うな——と」

アンガスはゴクリと唾を飲み込んだ。

「つまり……洪水が文字《スペル》の呪いを防いでいた？」

この事件の発端は土地が涸れたことにある。そう言ったオニールの言葉を思い出す。

「そうなると、どうあっても恵みの洪水を連れてこなきゃなりませんね」

『本』を抱え、アンガスは立ち上がった。一瞬遅れて、エヴァグリンも腰を上げる。

「最善を尽くすと約束します。けれど上手くいくという保証はありません。もしかしたら貴方達の苦労を無にしてしまうかもしれない」

エヴァグリンを見上げ、アンガスは続けた。

「それでも僕を信じてくれますか？」

「無論だとも！」

「では、準備が出来たら狼煙を上げて合図します。白昼、山の方に煙が見えたら、皆を連れてここから避難してください」

「承知した」

エヴァグリンはアンガスの肩に右手を置いた。ずしりとした重みを感じた。

「おぬしが来てくれたことに心から感謝する。洪水を引き起こすことが可能であれ不可能であれ、この感謝の気持ちは変わらぬ。この騒動が片付いた後、私に命があったなら、余命のすべてはおぬしに託そう」

「ありがたいお言葉ですが、辞退しますよ。保安官にはこれからも世界の法を守って貰わなきゃなりませんから」

「しかし、私はもう連盟保安官《リーグ・マーシャル》では……」

「肩書なんて関係ない。人々が貴方を尊敬するのは、貴方が連盟保安官《リーグ・マーシャル》だからじゃありません。貴方が正しい信念の持ち主だから、人々は貴方に憧《あこが》れるんです」

悪戯《いたずら》っぽく笑ってアンガスは自身を指さした。

「もちろん僕もその一人です。ですからこれからも、貴方には僕の英雄《ヒーロー》でいてほしい」

エヴァグリンは面喰《めんく》らったように瞬《まばた》きした。

「そのように正面切って言われると——恥ずかしいものだな」

「ですね。僕も照れくさいです」

「……おぬしには敵わぬな」

険《けわ》しく強《こわ》ばっていたエヴァグリンの頬が緩んだ。

「文字《スペル》を集め、世界を救うという大役が、なぜおぬしに託されたのか。わかるような気がするよ」

夜になるのを待って、アンガスは掘削櫓《リグ》を離れた。彼が交渉している間は手を出さない約束だ。出ていくところを見られなければ、そのぶん時間が稼げる。とはいえ、あのレミングのことだ。約束を守るとは思えない。急ぐに越したことはないだろう。

　月明かりだけを頼りに山道を登っていく。そのアンガスに、姫が声を掛けた。

「掘削櫓《リグ》周辺を水没させるだけなら、私が雨を降らせればすむことではないのか？」

「ええ……」アンガスは声を潜めた。「ですが土地は乾燥しきっています。一時の雨ではすぐにまた干上がってしまう。それではたとえ文字《スペル》が回収出来たとしても、プラトゥムは守れない」

「つまり湖を決壊させる真の目的は、平原に洪水をもたらすことにあるのだな？」

「ごめんなさい」

　ささやくように答え、アンガスは小声で付け足した。

「最近、なんだか遠回りばかりしていますね。レッドが何を考えているのかわからない以上、文字《スペル》の回収を最優先に考えるべきなのに……」

「謝ることはない」と姫は言った。「人々の希望を守ることは世界を守ることに通じる。それは文字《スペル》の回収以上に必要なことだ。遠回りをしているとは思わん」

　意外だった。てっきり『余計なことに首を突っ込んでいる暇はない』と、怒られるものだと思っていた。アンガスは歩く速度を落とし、姫に目を向けた。

「何を驚いている？」

　姫は彼を見上げて笑った。どことなく陰のある微笑みだった。「元はといえば、お前が言ったのだぞ？　人々の心が荒廃していくのを止めることも、旅の目的の一つだと」

「そうですが……文字《スペル》を回収し、姫の記憶と体を取り戻すことも大切な目的の一つです」

「――記憶か」

　ふ……と姫が息を吐いた。苦笑とため息の中間のような吐息だった。

「なくした記憶を取り戻せば、不安は消えると思っていた。なのに思い出せば思い出すほど、不安はますます募《つの》っていく。私はどうしてあんなことをしたのか。肝心なことはいまだに闇の中だ」

夜空を埋め尽くす満天の星。東の空には大月《カリタス》が輝き、西の空には小月《オディウム》が浮いている。月明かりの中を黙々と歩きながら、アンガスは言葉を探したが、良い台詞は何も浮かんでこなかった。

「お前も考えたことがあるんじゃないか？」

姫の声が、夜の静寂に問いかける。

「文字《スペル》の意志とは私の意志なのではないか、と」

一瞬、足が止まった。

が、アンガスは何も言わず、再び歩き始める。

考えたことがないと言えば嘘になる。姫は文字《スペル》を回収することで、なくした記憶を取り戻していく。それは文字《スペル》が彼女の一部だからではないのか。だからこそ生きている文字《スペル》に触れた者は、彼女を見ることが出来るようになるのではないのか。「スタンダップ」の呪文《じゅもん》を唱えることで、脳内に本を読むための回路が開かれるように。彼女の意識に触れ、それに共鳴することで、脳内に彼女を認識する回路が形成されるのではないだろうか。

「だとしたら、私は何者なのだろう」

独り言のように姫は呟く。

「なぜ私は世界の滅亡を望んだりしたのだろう」

「姫――」

アンガスは静かに呼びかけた。

「そんなの、もうどうでもいいじゃないですか」

姫は驚愕に目を見張った。

「どうでも、いい、だと？」

「どんなに後悔したところで過去は変えられない。だったら前に進みましょう。今、僕らに出来ることをしましょう」

行く手を塞ぐ倒木を乗り越え、アンガスは続ける。

「文字《スペル》が姫の意志だとしたら、僕の右目にある『希望』も姫の意志です。世界を呪い、その滅亡を望んでいたとしても、姫は希望を失ってはいなかったってことです」

そこで彼は自分自身の言葉に頷いてみせる。

「だからこそ、僕がいる」

姫は答えなかった。

アンガスは歩き続けた。

ややあってから、ため息のような声が聞こえた。

「偉そうなことを言いおって……まったく、いつの間にそんな生意気な口を利くようになったんだ？」

「あと二ヵ月で僕も十九歳です。そろそろ子供扱いはやめてくれませんか？」

「十九歳になろうが百歳になろうが、お前が私の下僕であることに変わりはない」

姫は尊大な態度で胸を張る。

「キリキリ歩け。私が体を取り戻すまで、私の足代わりになる約束だぞ？」

「はいはい」答えて、アンガスは前方を指さした。「灯りが見えます。追いついたみたいですよ」

針葉樹の森、その奥にちらちらと炎が揺らめいている。それに向かい、アンガスは足を速めた。

茂みの中に馬車が停めてある。その傍《かたわ》らには二頭の馬が休んでいる。すぐ傍にウォルターの馬もいる。火の番をしているのはジョニーだ。彼は膝の上に六連発回転銃を置いたまま、うつらうつらと舟を漕《こ》いでいる。

「なんでジョニーがここにいるんです？」

「うわぁ！」

目覚めたジョニーは慌ててホルスターから六連発を抜こうとし——そこに何もないのに気づいてさらに慌てた。

「ない、ない、銃がない！」

「銃なら膝に載せてるじゃないですか？」

「え、ああ、ホントだ」

ジョニーは六連発を摑み、かまえ直した。

「う、動くな。手を上げろ！」

アンガスはため息をついて、焚《た》き火の傍に座った。

「なに寝ぼけたこと言ってるんですか」

「なんだ……アンガスかよ」

ジョニーはホッと息を吐き、ホルスターに六連発をしまった。「まったく、驚かすない」

「頼りにならない見張りだなぁ」

アンガスは膝の上に『本』を置き、両手を火にかざした。体が冷え切っている。日のあるうちはまだ我慢出来たが、日が落ちてからはコートなしで歩くには寒すぎた。

「他のみんなは？」

アンガスの問いに、ジョニーは顎で馬車の荷台を示してみせた。

「昼間は大仕事だったらしいぜ？　二人とも疲れ切ってたんで早めに寝かせた」

「アークは？」

「奴は――」とジョニーが答えかけた時。森の奥から足音が聞こえた。暗い森の中を灯りも持たずに歩き回れる人間はそういない。案の定、現れたのはアークだった。その右腕いっぱいに薪《まき》を抱えている。

「お疲れさま」

アンガスが声を掛けると、アークは驚いたように足を止めた。

「ご主人様……？」

その手から薪がバラバラと地面に落ちる。嫌な予感がして、アンガスは腰を浮かせた――が、遅かった。アークは落ち葉を蹴散《けち》らして彼に駆け寄り、その片腕で彼をぎゅうと抱きしめた。

「ご主人様！　よくご無事で！」

「って、いちいち抱きつくなあ！」

「心配しておりました！　お怪我はありませんか？　乱暴されませんでしたか？」

「ないない。心配ない。だから放して」

「その通りですわ！　アンガスから離れやがりなさい、このへっぽこ人形！」

威勢の良い啖呵《たんか》が聞こえた。見れば、馬車の荷台にセラが立っている。居丈高に腕を組み、形のいい眉をキリリと吊り上げている。

「いつもいつも気安く抱きつきやがりまして、羨ましい上に腹立たしいことこの上ないのですわ！」

「うう……なんの騒ぎだぁ？」

荷台からウォルターが上体を起こす。眉間《みけん》を押さえ、眠そうに頭を振る。

「疲れてるんだ……眠らせてくれよ……」

アンガスは口元に人差し指を当てた。アークを押しのけ、小声で言う。

「僕も疲れた。話は明日にしよう」

「そうですね」やはり小声でアークは応えた。「ただいま夕食をお作りします。食べたら今日は休んでください」

「じゃ、そうゆうことで」膝を打って、ジョニーは立ち上がる。「後はアークに任せた。俺は寝る」

彼は毛布にくるまると、焚き火に背を向け横になる。ウォルターはまた寝てしまったらしく、荷台の陰に見えなくなっている。アークは水を入れた鍋《なべ》を火にかけ、食事の準備を始めた。そしてセラは荷台から降りてきて、アンガスの横に座った。

「寝てていいよ」とアンガスは言った。「食べたらすぐに僕も寝るから」

セラは居心地悪そうに身じろぎした。散々迷ったあげく、そっとアンガスの服の袖《そで》を摑む。

「――なに？」

問いかけると、セラは俯いたまま、蚊の鳴くような声で言った。

「……お帰りなさいです」

「うん？」

「それでは、おやすみなさい……です」

セラは手を離すと荷台に戻り、毛布を頭から被ってしまった。

一連の行動の意味が理解出来ず、アンガスは首をひねった。

「なんなんだ？」

その膝の上で姫は額に手を当て、大きなため息をついた。

「この……唐変木が」

翌朝、日の出とともに彼らは起き出した。簡単な朝食を済ませた後、例の湖へと向かう。その道すがら、アンガスは皆に昨日のことを話して聞かせた。

「じゃ、結局、文字《スペル》がどこにあるかはわからなかったんだな？」

「うん」アンガスは顔をしかめた。「でも隠された文字《スペル》と恵みの洪水には、何かしらの関係があるんだと思う」

「洪水が憎しみを押し流す——か」

ウォルターは独り言のように呟いた。

「昨日、調べてみてわかったことなんだが、あの湖の先には浸食の跡がある。毎年、雨季になると、山岳地帯には大量の雨が降る。それが川になって、あの辺りを流れ落ちていたんだろう」

彼は道の左側に広がる森を指さす。一年中、緑の葉をつけているはずの針葉樹が茶色く変色している。

「この辺りの森も、数年前まではもっと山の裾野《すその》まで広がっていたんだ。それが今はここまでしかない。土地の乾燥化が進み、木が枯れたせいで土壌が緩くなったんだな。そこに多発する地震だろ。グダグダになっていた土地は、ついに崩落した」

ウォルターは左の拳を、手綱を持つ右手に向かって振り下ろした。「で、崩れ落ちた土砂が浸食孔《こう》を埋め、水を堰き止めたってわけだ」

「じゃ、その土砂を取り除けば、水は浸食の跡に沿って流れ出すってこと？」

「その通りなんだが……」ウォルターは唇の端を皮肉げに歪めた。「言うほど簡単な仕事じゃないぞ」

「何か問題があるの？」

「説明するよりも見て貰った方が早い」彼は前方に向かい、顎をしゃくる。「見えてきた。湖だ」

湖の畔《ほとり》に馬車を停め、アンガス達は徒歩で森の中に入った。ウォルターの案内で湖畔に沿って歩く。

「この場所は峰と峰の間にあたる。もともと水が溜《た》まりやすい地形だったんだな」

やがて木々が途切れ、目の前が開けた。

「う、わぁ……」

土砂が森を押し潰していた。左手にある山肌には生々しく地滑《じすべ》りの跡が残っている。

「地滑りの幅はおよそ二百五十トラム、長さは三百トラム。土砂崩れの規模としては大きめだが、表面を固めた人工堰とは異なるからな。もっと早い段階で自壊していても不思議じゃなかった」

ウォルターは土砂の半ばに頭を突き出している大きな岩を指さした。

「湖の水圧をあの大岩が支えてるんだ。だからあの岩さえ取り除ければ堰は崩れる——はずなんだが」

そこで彼は同意を求めるようにアークに目を向ける。

「俺達だけであの岩を動かすのは無理。そうだったよな？」

「おっしゃる通りです」

アークは頷き、説明を引き継いだ。

「あの岩は凝灰岩《ぎょうかいがん》です。高さは約三十トラム。推定重量は五千トロン。地上に出ているのはごく一部で、その大半は土砂に埋もれています」

「便利だよな。叩いただけで重さも材質もわかっちまうんだから」

ウォルターは小声でアンガスの耳元にささやいた。「アークがいれば測量の手間はぐっと省ける。なぁアンガス。彼の所有権、俺に譲ってくれないか？」

「所有権って……アークは僕の持ち物じゃないよ」

「でも彼は自動人形《ドール》で、お前はその『ご主人様』なんだろ？」

「自動人形《ドール》である以前に、彼は旅の仲間だから」

アンガスの言葉に、ウォルターは肩をすくめた。そんな二人のやりとりに気づいた風もなく、アークは説明を続ける。

「ここは足場が悪いので馬を使うことは出来ません。仮に成人男性を三十人動員したとして、あの岩を掘り起こすには三ヵ月以上かかります」

「いっそ砕《くだ》いちまえばいいんじゃね？」

ジョニーの言葉に、アンガスは首を横に振る。

「岩の九割が土砂に埋もれてるんだ。たとえ姫に雷を落として貰っても、衝撃は周囲の土に吸収されちゃうよ」

「では地震を起こしたらどうだ？」と姫が尋ねる。「ちょっと揺さぶってやれば、水圧で土砂を押し流せるかもしれんぞ？」

アンガスは目を丸くして『本』を見た。

「そんなこと、出来るんですか？」

「ああ」姫は少し寂しそうに笑った。「大技すぎる呪歌は味方にも被害が及ぶから、あまり歌いたくないのだがな」

「申し訳ないが、それには賛成しかねる」

ウォルターは難しい顔をして、地滑りの爪痕《つめあと》が残る斜面を指さした。「あの山肌を見ろ。少し強い地震が来たら、きっとまた崩れてくる。そんなことになったら元も子もない」

そこでアンガスは腕を組んで考え込んだ。

「土砂は固められているわけじゃない。それなら堰を越えて流れる水には弱いはず。大雨を降らせて湖の水位を上げ、越流侵食を起こしてみたらどうだろう?」

「あの岩がなけりゃあな」ウォルターはぐるりと目を回してみせた。「それにこの土砂を吹き飛ばすには、ちょろちょろ水を流してたんじゃダメなんだ。もっと一気にどかーんと堰を切ってやらなきゃ、とてもプラトゥムまでは届かない」

「どかーん、ねぇ?」くすくすとジョニーが笑い始めた。「いいこと思いついちゃったぜ」

彼は満面に笑みを浮かべ、偉そうに胸を張る。

「お前達、このジョニー様に感謝しろよ?　オレだって時には役に立つんだぜ!」

役に立たないなんて言った覚えはないけど……という台詞を呑み込み、アンガスは首を傾《かし》げた。

「なんですか?　そのいいことって?」

「そうだ。早く言え」姫が腕まくりをしながら凄《すご》んだ。「これでつまらんことを抜かしおったら、プラトゥムまで吹っ飛ばしてくれる」

「あわわわ……」

ジョニーは慌ててコートのポケットをさぐる。

「この前、プラトゥムでレミング社の掘削作業員と賭《か》けポーカーをしたんだ。そしたらカードの女神様に気に入られたみたいで、何回やってもオレの一人勝ちでさ。あるんだなぁ、ああゆうの。まわりも『一人勝ちは許せねェ』ってんで、徹夜で続けることになっちまったんだが——」

「前置きが長い！」

姫の一喝に、ジョニーは左手を振る。

「待って待って、今出すから」

彼が内ポケットから取り出して見せたもの。それは短い円柱状の棒だった。

「コイツを使うってのはどうだ？」

ジョニーはそれをアンガスの目の前に突きつけた。茶色の油紙で包まれた棒状の筒。その上下を塞ぐコルク。てっぺんから垂れ下がった一本の紐《ひも》。

「炸薬筒《さくやくとう》じゃないですか」

アンガスはジョニーの顔をしげしげと眺めた。「どうしてこんなものを持ってるんです？」

「だから作業員から巻き上げたのよ。カードでこさえた借金のカタにさ。ヤツら曰《いわ》く、燃油《バーニル》を掘る時に、固い岩盤とかを吹き飛ばすのに使うんだとさ」

得意げなジョニーの顔と、彼が手に持つ炸薬筒。それを交互に見た後、アンガスはおもむろにアークを振り返った。

「あの大岩、凝灰岩って言ったね？」

「はい、そうです」

「大きさの割に重量の見積もりが軽いけど、もしかして礫質凝灰岩《れきしつぎょうかいがん》？」

「そうです。平均比重は一・八です」

「なるほど――」

考え込むアンガスに、ウォルターが声をかける。

「アンガス、俺達にもわかるように説明しろよ」

「ああ、ごめん」

しまったというようにアンガスは顔をしかめた。

「あの岩は見た目よりも脆《もろ》いんだ。炸薬筒の破壊力は通常ならば球形に広がるけど、衝撃波の力を一方向に集中して噴出させれば、その効果は何倍にもなる」

「……つまり？」

「つまり――」アンガスはジョニーが持つ炸薬筒を指さした。「それをうまく使えば、あの大岩を砕けるかもしれないってこと」

8

リグレットが『大地の鍵』になってから、二週間が過ぎようとしていた。その間、彼女と話す機会はおろか、顔を見ることさえ出来なかった。

出来るのは、その歌声を聴くことだけ。それで充分だと、俺は自分に言い聞かせた。

季節は種《たね》蒔《ま》きの月を迎えていた。空は青く、大地には新芽が顔を出し始めている。爽《さわ》やかな風、流れる白雲。すべては彼女の歌声を聴くこの瞬間のため。そのために世界は創られたのではないだろうかとさえ思える。

すべては大いなる意志によるものだと大地の人は言う。だとしたら俺の役目はリグレットを守ることだ。俺はそのために生まれ、この地に落ちてきた。

偶然はすべて必然。ならばたとえ魂だけになっても、俺は必ず、彼女の傍に戻ってくるだろう。

各部族の代表者はカネレクラビスを離れ、それぞれの村へと戻っていった。残っているのは歌姫の守護に当たる部族だけだ。これは三年ごとの持ち回りで、四つの部族がその任を担うことになっていた。歌の上手なメンブルム族、勇猛果敢なコル族、槍の名手が集うカプト族、それと俺を助けてくれたオルクス族だ。

ラピス族の首長《チーフ》ブラックホークは、一族の居をカネレクラビス付近に移すことを決定していた。だがそのためには一度、村に戻らなければならない。

「お前は残ってもいいのだぞ？」と彼は言ってくれたのだが、断った。俺はツァドキエルに憎まれている。俺が生きていることを知ったら、奴は必ず襲ってくる。

最後のティピがたたまれ、出立の準備が整った。そこへ長い三つ編みを背中に垂らしたオルクス族の女戦士がやってきた。両方の掌《てのひら》を見せる挨拶《あいさつ》をしてから、無表情に彼女は言った。

「『大地の鍵』がアザゼルを呼んでいル」

彼女の言葉に、俺は心臓の高鳴りを抑えることが出来なかった。リグレットが俺を呼んでいる。リグレットに会うことが出来る。

「行ってこい、行ってこい」

クロウがニヤニヤしながら俺の背を押す。「久しぶりだからって、ハメを外すんじゃないぞ？」

「オマエじゃあるまいし、アザゼルがハメを外せるわけがないだろう」

ペルグリンは荷物からパイプを取りだし、火打ち石で火をつけた。

「でもまぁ、ゆっくりしてこい。戻るまで待っていてやる」

大地に胡坐をかき、煙草の回し喫《の》みを始めるラピス族を残し、俺は銀の杖だけを持ってオルクス族の女戦士の後を追った。

『大地の鍵』の家は林の中にあった。石造りの壁と平たい石を積み上げた三角屋根。周囲には歌姫の警護を行う者達の住まいが点在している。

『大地の鍵』の家の前で、オルクスの女戦士は足を止めた。

「武器を預かル」と言って、右手を出す。

俺は銀の杖を見てから、彼女に目を戻した。

「これは武器じゃない」

だが女戦士は答えない。右手を差し出したまま、鋭い目で俺を睨んでいる。寛容な大地の人といえども、誰もが俺を受け入れてくれるわけじゃない。が、歌姫を守るという彼女の忠誠心は本物だ。

「この杖には刻印が刻まれている。それに触れることは、あんたに良くない影響を及ぼす」

俺は杖を扉の傍に立てかけた。

「ここに置いていく。それでいいだろ？」

女戦士は黙って頷くと、扉に向かって顎をしゃくった。先に入れという意味だろう。

軽く押しただけで、軋《きし》みを上げて扉は開いた。中はホーガンと同じく半地下になっていた。外から見るよりもずっと広い。白い泥で塗り固められた壁。窓があるので中は明るい。部屋の中央には山羊の毛皮が敷かれ、白木の椅子とテーブルが置かれている。

俺を見て、リグレットは小さな椅子から立ち上がった。二週間ぶりに見る彼女は、少しやつれたようだった。顔色もよくない。疲れているのだろうか。

「ラピスのアザゼルをお連れしましタ」

オルクスの戦士は床に片膝をついた。俺を見上げ、短槍の石突きでドンと床を叩く。俺は彼女に倣って床に右膝をつき、胸に手を当てて頭を下げた。

「お呼びでしょうか、『大地の鍵』」

顔を上げる。彼女はもの言いたげな顔をして俺を見下ろしている。それは俺も同じだった。話したいことは山ほどある。が、今となっては、それはもう口にしてはならないことだった。

「すまないが――」とリグレットは女戦士に声をかけた。「アザゼルと二人にして貰えないか？」

「承知しましタ」

反論するかと思いきや、両手の拳を突き合わせ、女戦士は一礼した。素早く立ち上がると、身を翻して家の外へと出ていく。

驚きとともに俺はそれを見送った。彼女にとって『大地の鍵』の命令は絶対なのだ。話には聞いていたが、『大地の鍵』というのは大地の人にとって、神にも等しい存在らしい。

「何が『お呼びでしょうか』だ。馬鹿者」

拗《す》ねたようなリグレットの声に、俺は彼女を振り返った。片膝をついた俺の目の前に、リグレットがしゃがみ込んでいる。

「私が呼びつけなければ、挨拶もせずに出立するつもりだったのだろう？」

「それは――」

「私は『大地の鍵』である前に、ラピスのリグレットだ。のけ者にされるのは好かん」

俺はつい笑ってしまった。『大地の鍵』になってもリグレットは変わらない。もう以前のようには話せないのだと、気負っていた自分が馬鹿みたいだ。

「悪かった。次回からはきちんと挨拶に来る」

「当然だ」

リグレットは重々しく頷いた。

「それと、もう一つ言いたいことがある」

「なんだ？」

「それを外していけ」

それ——？

「首輪のことだ」

「ああ——」

そうだった。リグレットはその身に刻印を宿している。彼女には首輪を外す力があるのだ。

「それをつけていたせいで天使どもに拉致《らち》されたんだろう？」

俺を見上げる琥珀色の瞳。まっすぐな視線。

「もう二度と奴らにおくれを取ることは許さない。もう二度と、お前を聖域には戻らせない。もし再び、お前が連れ去られるようなことがあったら——」

彼女の指が首輪に触れる。

「今度こそ、私は奴らを許さない」

カチリ……という音を立てて、首輪が外れた。

首筋に冷気が触れ、俺は身震いした。感覚を絞っても、冷たい思念に背筋が凍《こお》る。それは殺意だった。俺の身に何かあったら、リグレットは天使達を殲滅《せんめつ》するつもりなのだ。

「これは私が預かっておく」

リグレットは首輪を手に立ち上がった。つられて俺も立ち上がる。彼女は首輪をテーブルの上に置いた。そこにはあの本があった。革の表紙にはうっすらと赤い模様が浮かんでいる。

「そういえば――」

リグレットはテーブルの前に立った。まるで俺の視線を本から切り離すかのように。

「お前、あの杭《くい》はどうした？」

「――杭？」

「お前が持っていた、あの銀色の杭のことだ」

ああ、『理性』の杖のことか。

「あれなら外に置いてある」

俺は肩をすくめてみせた。

「武器を預かるとオルクスの女戦士に言われたんでね」

「スクァーレルだ」

「……え？」

「彼女の名前だ。尋ねなかったのか？」

尋ねても答えてくれそうな雰囲気ではなかったし、実際、聞かないで正解だった。『蠍《スコーピオン》』とか『殺人蜂《キラービー》』ならお似合いだが、『栗鼠《スクァーレル》』ではあまりに可愛《かわい》らしすぎて笑ってしまいそうだ。

「なぜ笑う？」

リグレットが不満そうに目を細める。チリチリと嫉妬《しっと》を感じる。俺は慌てて頭を横に振った。

「――なんでもない」

それでもリグレットは上目遣いに俺を睨んでいたが、「まあいい……」と言って背筋を伸ばした。

「お前が持っていた杭、あれには文字《スペル》が刻まれているのだろう？」

「あ、ああ……よく気づいたな」

俺は驚き、戸惑った。

大地の人が刻印に触れないよう、俺は常に刻印の上を握っていた。あの杖に刻まれた印を、彼女が目にする機会はなかったはずだ。

「なぜ、あれに刻印があるとわかった？」

「それは話せない」

低い声で、彼女は答えた。

「それを多きに知らしめれば不幸な未来を招く。明日がどうなるかわからないからこそ、人々は未来に希望を抱く。ゆえに真実は秘匿されなければならない」

彼女は声のトーンを落とし、俺の耳元にそっとささやく。

「だが、その決まりを一つだけ破ることにする」

何をするつもりだろう？　俺は黙って彼女を見守った。

「あの文字《スペル》は何番目だ？」

「十三番目だ」

「『Reason《理性》』だな」

なぜお前がそれを知っている？　あの本か？　初代のアザゼルが残したという本——あれはお前に何を伝えた？　あれには一体何が書かれているんだ？

その問いかけを、俺はぐっと飲み込んだ。話さないと彼女が決めたのであれば、いくら問いかけても無駄だ。

「『呪歌』というものがある。文字《スペル》に触れながら歌うことにより、思考原野から力を引き出す歌だ」

「『解放の歌《リベルタカントゥス》』のようなものか？」

「仕組みは同じだが根本が異なる。『解放の歌《リベルタカントゥス》』は『鍵の歌《クラヴィスカントス》』とあわせて歌うことで文字《スペル》から力を引き出す。けれど呪歌は、文字《スペル》の同意が得られなければ発動しない」

　そんな話は初めて聞いた。これもあの本から与えられた知識なんだろうか。

「古きアザゼルの時代から今に至るまで、呪歌が歌われたことはない。『大地の鍵』のみが知る秘歌だ。その中の『Reason《理性》』の呪歌をお前に教えておく」

　リグレットの声に、俺は彼女の顔を見つめた。

「――いいのか？」

「よくない。が、この先お前は、一族を守るためならば『解放の歌《リベルタカントゥス》』を歌うことも辞さないだろう？　自分の命を縮めるとわかっていても、お前はそれを歌うだろう？」

　俺は答えなかった。答えなくても、彼女にはわかっているようだった。

「呪歌ならば負担は少ない。だから――」

　彼女は言い惑うように、視線を落とした。まるでテーブルの上にある本を恐れるかのように、かすかに後ろを振り返り、すぐに視線を俺に戻した。

「掟《おきて》には反するが――お前に呪歌を教える」

　リグレットは俺にそれを歌って聴かせた。そう難しい歌ではない。何度か復唱しただけで、俺はそれを記憶した。

「呪歌の力を発動させるには、詠唱者が文字《スペル》に触れていなければならない」

「わかった」

　頷いて、俺は顔を上げた。

「――！」

息が止まりそうになった。

目の前に立っているリグレットの眼が漆黒に染まっていた。まるで思考原野に至る暗闇を映したかのような虚無の闇だった。

見てはならないものを見てしまったような感覚に襲われ、俺は彼女から目を逸《そ》らした。

「じゃ、行ってくる」

形ばかりの笑みを浮かべ、俺は彼女に背を向けた。

外に出て、銀の杖を取り上げてもなお、手の震えを止めることが出来なかった。

9

森の中から煙が一筋、青い空へと立ち昇っていく。湖から充分に離れた場所に避難したウォルターとジョニーとセラが、合図の狼煙を上げているのだ。

「さてと……」

アンガスは座っていた倒木から腰を上げた。

狼煙が上がってから三時間が経過している。あまり時間を空けると、余計な騒動を引き起こしかねない。立てこもっていたプラトゥムの人々はエヴァグリンの指示に従い、避難を完了してくれているだろうか。不安は残るが、それを確認する術《すべ》はない。

「そろそろいいかな？」

「いつでもどうぞ」とアークが請け合う。「準備は出来ています」

アークは上体に巻き付けていた毛布を解いた。その背には虹色《にじいろ》に輝く翼が生えている。

目の前に広がる土砂崩れの跡。堆積した土砂にはアークが掘った三本の溝が出来ている。昨日、姫が呼んだ雨で湖は増水し、溝にはちょろちょろと水が流れている。今朝確かめた時には、土砂は水を含んで、かなり柔らかくなっていた。あとは問題の礫質凝灰岩さえ砕くことが出来れば、堰は崩れるはずだ。

少なくとも、計算上では。

アンガスは開いた『本』を右手に持ちかえた。

「じゃ、始めましょうか？」

「うむ」

重々しく姫が頷く。アンガスが『本』を大岩に向けると、姫はすっと背筋を伸ばした。

生命の文字よ
沈黙の海に命を与えよ

ピリッと空気が震えた。ツンとした臭《にお》いが鼻を突く。天空から目映い光が落ちてくる！

それは狙い違《たが》わず、巨石の頂点に置かれた鉄製のフォークを撃った。衝撃が足下に伝わる。と同時に、アンガスは身を翻して森の中へと駆け込んだ。その背を守るように、翼を広げたアークが続く。

数秒後——

地を轟《とどろ》かせるような爆音が響いた。炸薬筒が爆発したのだ。焦げ臭い爆風が背後から襲いかかり、アンガスはつんのめって落ち葉の上を転がった。

「大丈夫ですか、ご主人様！」

アークに助け起こされ、アンガスは背後を振り返った。もうもうと立ち込める土煙。けれど土砂が動き出す気配はない。

――失敗か？

アンガスがそう思った瞬間。

ゴロゴロ……と低い雷鳴のような音がした。思わず空を見上げたが、葉陰から見える空には雲一つない。低い音は徐々に大きくなる。腹の底に直接響いてくる。吐き気をもよおす重低音。彼を取り囲む木々が不安げにざわめく。足の裏を通してビリビリと震動が伝わってくる。

収まりつつある土煙の中、鎮座《ちんざ》したままの岩をアンガスは凝視した。気のせいか、動いている気がする。いや、気のせいではない。岩は傾《かし》いでいく。向こう側へ。深く穿《うが》たれた浸食の谷の方へ。

大きく地面が揺れた。まともに立っていられない。よろめくアンガスの腰にアークが手を回した。

「ご主人様！」

ぐいっと彼の体を抱き上げる。

「しっかり掴まっていてください！」

『本』を布袋に突っ込むと、アンガスは両手でアークの首にしがみついた。それを確かめてから、アークは翼を広げる。

足が地を離れた。かと思うと、一気に梢《こずえ》を追い越し、森の上空へと舞い上がる。力強い羽ばたきの音。耳元で冷たい風が鳴る。

空を飛んでいる――

それに感動するよりも、アンガスは眼下に広がる光景に息を呑んだ。

ゆっくりと土砂が動いている。大岩が倒れていく。流れ出した水が岩を覆い、周囲の土砂を巻き込んでいく。岩に亀裂《きれつ》が入った。重圧に耐え切れず、巨石がメキメキと押し潰されていく。

そして――

ドオォォォ……ン！

大地が割れるような大音響。土砂が、岩が、吹き飛んだ。溜まりに溜まっていた水が一気に解き放たれたのだ。

舞い上がる土煙を避けて、アークはさらに上昇した。彼らの足下を土石流が駆け抜ける。周囲の岩肌を削り取り、さらに自重を増しながら、どんどんスピードを上げていく。くさび形にえぐれた渓谷を一気に流れ落ち、あっという間に平原に達した。荒れ狂う泥土が扇形に広がっていく。黒い土石流が赤茶色の平原を飲み込んでいく。

「勢いがありすぎる」

アンガスは呟いた。

「あのままじゃプラトゥム村まで飲み込む！」

「大丈夫です」とアークが答えた。「速度は落ちています。一つ手前の丘で止まるはずです」

こうなってはアークの計算が正しいことを信じるしかない。祈るような気持ちで、アンガスは土石流の行方を見守った。

土砂は掘削櫓《リグ》を押し倒し、その周囲を取り巻いていた小屋を一気に飲み込んだ。それでも勢いは衰えない。土石流は丘の斜面に激突し……ようやくそこで停止した。昨日はアンガスが歩いたひび割れた大地を泥土が覆い尽くしている。

「成功です」アークが言った。「やりましたね、ご主人様！」

アンガスは安堵の息をついた。

土石流の威力がこんなに強いとは思わなかった。うまくいったからいいようなものの、下手をすればプラトゥム村まで飲み込んでいたかもしれない。そう思うと、今更のように体が震え出す。背筋を冷たい恐怖が這《は》い上がってくる。

不意に視界がぶれた。眼下に広がる光景に、凄惨《せいさん》な光景の記憶が重なる。揺れる大地。火を噴く山。溶岩の熱で燃え上がる森。押し潰される家。なすすべもなく逃げまどう人々。渦巻く地鳴りと、人々の断末魔《だんまつま》が聞こえる。

違う、これは現実じゃない。幻だ。記憶外の記憶だ。

アンガスは激しく瞬きをした。けれど幻は消えなかった。地獄絵のような光景に、悲鳴を上げそうになった時、胸の奥、深い場所から声が聞こえた。

それを見てはいけない。

お前は私を開いてはならない。

「ご主人様？　大丈夫ですか、ご主人様？」

アークの呼び声に、彼は答えられなかった。

「地上に降りましょう」

アンガスの返事を待たず、アークは移動を始めた。泥沼と化した湖を飛び越え、森を目指す。ゆるゆると立ち昇る煙が見える。森の中、少し開けた場所がある。停められている馬車が見える。その周囲で手を振る三人の姿が見える。

アークはゆっくりと高度を下げ、ふわりとその場に着地した。へたへたと座り込むアンガスに、ウォルターが水筒を差し出す。アンガスはそれを受け取り、喉を鳴らして水を飲む。

「すっげぇ音がしたけど、うまくいったんか？」

　お気楽な口調でジョニーが尋ねた。

「うまくいきました」アンガスに代わって、アークが答えた。「土石流はプラトゥム平原に流れ込みました。掘削櫓《リグ》を飲み込んで、村の一つ手前の丘で止まりました」

「やったじゃん！」ジョニーがアンガスの肩をどん、と叩いた。「みんなオレ様のおかげだかんな？感謝しろよ？」

　アンガスはジョニーの胸に水筒を押しつけ、立ち上がった。

「っと、どうした？　お前、顔が真っ青だぞ？」

「ごめん……ちょっと一人にして」

　二重写しの光景。あれは幻だ。記憶外の記憶と同じ、この世のものではない。そう自分自身に言い聞かせても、不安を払拭《ふっしょく》することが出来ない。この世界が幻となり、あの幻こそが現実になろうとしているような感覚が消えない。考えてはいけない。思い出してはいけない。そう思えば思うほど考えてしまう。

　あの幻覚——幻とは思えない恐ろしい光景。滅びゆく世界。ここと違う別の世界。それが近づいてきている。大地が消え、世界が揺らぎ、すべてが暗闇に落ちていくような錯覚。まるでこの世のすべてが、うたかたの夢のように失われていく恐怖。いくら否定しても湧《わ》き上がってくる、この不安感はなんなのだ？

　その時——温かいものが腕に触れた。

アンガスは目を開き、頭を上げた。

右隣にセラが座っている。彼女はアンガスを見上げ、吐息に乗せてささやいた。

「邪魔はいたしません。傍にいたいだけですわ」

大きな紅茶色の瞳。黒髪に縁取られた凛とした顔立ち。セラを見つめ、アンガスは呻いた。彼女を愛《いと》しいと思うこの思いも幻なのだろうか。夢から覚めるように、一瞬にして失われてしまうのだろうか。

「アンガスはいつでも遠くを見ているのです。昨日の昨日よりもずっとずっと昔のこととか、明日のそのまた明日のもっともっと先のことばかりを見ているのです」

セラは手を伸ばし、彼の頬を撫でた。

「何がアンガスを苦しめているのか、話してと言っても、きっと話してはくれませんのでしょう？」

「――ごめん」

「いいえ、謝らないでほしいでございますの」

セラはアンガスにぴったりと寄り添う。

「ただ忘れないでほしいですの。私がここにいること。みんなが傍にいることを」

「…………」

「明日のことは私にはわかりません。明日のそのまた明日のことなんて、もっとわかりません。でも私は、仲間達は、確かにここにいるのです。それだけは、疑ってはいけませんなのですわ」

「――うん」

アンガスはセラの手を握った。確かな温《ぬく》もりを感じる。目を閉じ、頭を振って、恐怖を追い払う。

この瞬間、世界はまだここにある。そして僕は一人ではない。大切なのは、それだけだ。

「ありがとう」アンガスは呟いた。「少し——落ち着いてきた」

「うわ……！　なんだアレ！」

慌てふためくジョニーの声。彼が指さす先を見上げ、アンガスは思わず立ち上がった。寄り添っていたセラが支えを失って倒れかけたのにも気づかず、それを凝視する。

プラトゥムのある方角から大きな白い雲が流れてくる。それはみるみるうちに膨《ふく》れあがり、巨大な蛇のようにとぐろを巻きながら、上空へと昇っていく。

あんなもの、見た覚えも聞いた覚えもない。しかしアンガスは知っている。

あれはネムリ蚊だ。水がない状態に置かれると、硬い砂粒のようになって何年も眠り続ける。だが再び水がもたらされると、繁殖のために眠りから目覚める小さな虫だ。

エヴァグリンの言葉が耳の奥に蘇る。

『耐えるのだ。眠りながら雨を待つ虫のように。今は身を潜め、奇跡を信じて待つのだ』

ひび割れた大地を覆っていた目の粗い砂。あれは乾眠中のネムリ蚊だったのだ。そして今、空に昇っていくこの大蛇こそ、乾眠から目覚めた何億というネムリ蚊が形成する巨大な蚊柱なのだ。

うねうねと蠢《うごめ》く大蛇の腹の部分に陰影が現れる。それは奇妙な文様へと形を変えていく。アンガスは布袋から『本』を引き出すと、森の中を走り出した。

「ご主人様、そっちは危険です！」

アークの声が聞こえた。

「どうしたんだ？」

「どこ行くんだよ、おい！」

皆が追いかけてくる。が、アンガスは答えず、振り返ることもなく走り続けた。

すぐに視界が開けた。ほんの一時間ほど前まで湖があった場所は、見渡す限りの泥地に変わっている。流れ出した水が地盤を削り、あちこちで小規模な地滑りが起きている。

ぬかるみに足を取られ、アンガスは転びそうになった。危ういところで踏みとどまると、『本』を開き、空に向ける。

「姫——あれを見て！」

蚊柱の真ん中に、くっきりと浮かび上がった文様。

Rage

「間違いない。文字《スペル》だ」アンガスを振り返り、姫は言った。「二十六番目の『Rage《憤怒》』だ」

アンガスは『本』のページをめくり、二十六ページを開いた。

「どうぞ！」

姫は空を見上げ、背筋を伸ばした。

失われし　我が吐息
砕け散りし　我が魂
帰り来たれ　悔恨の淵《ふち》へ
いま一度　我が元へ

怒りの炎が　意識を灼《や》き

心を引き裂き　荒れ狂う
彼を奪いし　汝《なんじ》らを
我は永遠に　許しはしない

ヒカヒカ……ッと文字《スペル》が光った。雲間に瞬《またた》く雷光に似ていた。そこから赤い光が一直線に、アンガスの手元に降りてくる。

バスン！　という手応え。アンガスは『本』のページに目をやった。白紙だったページに文字《スペル》が黒く焼きついている。

大蛇の形が崩れ始めた。巨大な蚊柱は風に流され、霧散していく。アンガスの足元にも『本』の上にも、小さな白い虫がぽとぽとと落ちてくる。

「何が起きたんだ？」

背後からウォルターの声が聞こえた。彼の手を借りて、アンガスはぬかるみから足を引き抜く。

「ネムリ蚊は乾季には砂粒のようになって眠る習性がある。で、雨季に洪水がやってくると、いっせいに目覚めるんだ。そして、ああやって一気に上空に舞い上がる」

「じゃ、なにか？　あの文字《スペル》は洪水の度に現れて、そのたびに崩れていたっていうのか？　文字《スペル》は決して壊れないんじゃなかったのか？」

「多分、文字《スペル》はネムリ蚊の遺伝子に刻まれていたんだ」

「イデンシ？」ジョニーが首を傾げる。「なんだ、そりゃ？」

「生命の設計図のことだよ。この場合は本能っていったらいいのかな。虫達は毎年洪水がもたらされる度に文字《スペル》を形作り、それを霧散させることによって、文字《スペル》の呪いを祓《はら》ってきたんだ。だからプラトウムに暮らす人々は文字《スペル》の影響を受けずにすんだんだよ」

「そんなんアリなのか？」

ジョニーは自分の服に張りついているネムリ蚊をはたき落とした。

「文字《スペル》はそこにあるだけで、人の心に影響を及ぼすんじゃなかったのかよ？」

「そのはずなんだけど――」

アンガスは『本』の上で休んでいるネムリ蚊をふっと吹き飛ばした。小さな虫はひょろひょろと空へと舞い上がる。それを見送り、空を見上げ、彼は呟くように言葉を続けた。

「僕も正直ビックリしてる。これじゃ文字《スペル》が、人々の心に巣くった悪《あ》しき心を浄化したみたいだ」

「そういう文字《スペル》もあるということだろう」

姫はページに刻まれた文字《スペル》を見下ろした。

「すべての文字《スペル》は二面性を持っている。希望と絶望が表裏一体であるように、憤怒を解き放つことで、優しさを取り戻す者もいる」

アンガスは無言で首肯した。

文字《スペル》のすべてが悪であるとは限らない。誰の心にも光と闇があるように、文字《スペル》にも光と闇があるのだ。文字《スペル》は必ずしも世界の崩壊を望んでいるわけではない。文字《スペル》は――姫の意識の一部なのだから。

「ま、むずかしいことはよくわかんねぇけど、これで万事解決ってことだろ？」

ジョニーは煙草に火をつけて、ニヤリと笑った。

「となれば、いつまでもこんな泥臭え場所に突っ立ってねぇで、プラトゥムに戻って祝杯あげようじゃないの？」

「あ、それはムリです」ニコニコしながらアークが顔の前で手を振った。「プラトゥムまでの道、土石流で潰れちゃいましたから」

「——何ィ！」

ジョニーが目を剝いた。口から煙草が落ちたことにも気づかず、彼はアークに喰ってかかる。

「プラトゥムではリーザちゃんやシンシアちゃんがオレの帰りを待ってんのよ？　あのクソ櫓をブッ潰したら、キスして貰えることになってんのよ？　それをお前、どうしてくれる！」

「すみません、すみません」

「謝ることないよ、アーク」アンガスは額に指を当てた。「妙に協力的だと思ったら、そういう裏があったのか」

「オレは戻るぞ！　歩いてでも、泳いででもプラトゥムに戻るからな！」

「どうしてもと言うなら止めないが、プラトゥムに戻ったら大変なことになるぞ？」

ウォルターの言葉に、ジョニーは子供のようにむくれた。

「何でぇ、ウォルターまで。そんなにオレの恋路を邪魔したいのかよ？」

「そうじゃない。ただあの土地は法的には燃油《バーニル》会社のものだったんだ。それがああなっては燃油《バーニル》採掘に踏み切るのは難しい。レミングは相当頭に来ているはずだ」

「そうだね」にやにや笑いながら、アンガスは続ける。「そこに『あの洪水はオレが引き起こしたんだ！』なんて言う奴が現れたら、きっと袋叩《ふくろだた》きにされるだろうね」

「でも俺達は目的を果たしたんだし、あとはプラトゥム村の人達とレミングが話し合って、解決するべきことだよな」

「うん、エヴァグリン連盟保安官《リーグ・マーシャル》とオニール市保安官《シティ・マーシャル》がなんとかしてくれると思うよ。洪水が起こる直前とはいえ、無抵抗で掘削櫓《リグ》を明け渡したんだから、彼らが罪に問われることはないはずだし」

「となれば――」

ウォルターは意見を求めるようにセラを見た。それを受け、セラはにっこりと笑った。

「ええ、逃げるが勝ち――ですわ！」

「だったら急ごう。山越えするには三日はかかる。この頭数じゃ、携行食料はギリギリだ」

ウォルターは身を翻し、馬車に向かって歩き出す。アンガスとセラ、一歩遅れてアークがそれを追う。

「ギリギリでも持ってきてくれて助かったよ」とアンガスは言い、セラを振り返る。「辛《つら》い旅になるけど、大丈夫？」

「カプト族の歌姫をなめて貰っちゃ困りますわ」

胸を張ってセラは答えた。それから声を潜めて、アンガスの耳元にささやく。

「それに私、アンガスと一緒なら、ちっとも辛くなんかありませんのよ」

返答に困り、アンガスは笑った。照れ隠しに背後を振り返り、まだブツブツ言っているジョニーに呼びかける。

「で、どうするんです？　本当に泳いでプラトゥムに戻る気ですか？」

「ええい、クソ」

悪態《あくたい》をついて、ジョニーは歩き出す。

「リーザちゃん、シンシアちゃん、モテモテのオレの夢がぁ……」

「ぼやかない。それに、ジョニーはどの町に行ってもモテモテじゃないですか」

「――え、そう？」

「そうですとも」アンガスは山の方を指さしてみせる。「あの山の向こうで、まだ見ぬ美女が、貴方が来るのを待っているかもしれませんよ?」

「そうだよな!　さすがアンガス、よくわかってるぅ!」

一気に上機嫌になったジョニーは小走りに彼に駆け寄り、その肩をどんと叩いて追い越していく。

「さあ、急いで山を越えるぞぉ!　ほれ、アーク。ウォルターもモタモタすんな!」

そのジョニーの背中に向かい、セラは呟く。

「呆れるほど現金な男でございますわ」

「まったくだ」と姫が請け合う。彼女はため息をついてから、アンガスを見上げた。アンガスは足を止め、木々の間に見える泥沼を見つめている。

「どうした?」

姫の声に、アンガスは我に返った。

「いえ、なんでもないです」

沼地の上に重なって見える炎。大地を焼き尽くす溶岩。炎上する村。炎に飲まれる人々。

「行きましょう」

彼だけに見える破滅の光景に背を向けて、アンガスは再び歩き出した。

10

カネレクラビスを発《た》って六日後、前方に母湖《マーテル》が見えてきた。その畔にはラピス族のホーガンがある。俺は懐《なつ》かしい面々——ゴートやリコリスやドリーミング達と再会した。彼らは俺の無事を、涙を流して喜んでくれた。

「アザゼルの生還を祝って、祝宴を開きたいところではあるが――まずは引っ越しだ」

ブラックホークの一声で、彼らはすぐに移動の準備を始めた。

大地の人の暦《こよみ》で今は種蒔きの月。トウモロコシの種を蒔くために、湖の南側にある越冬地から、肥沃な土地のある湖の北側に移ってきたばかりだった。なのに彼らは嫌な顔一つしなかった。トウモロコシの種蒔きはすでに終わっているから大丈夫と言う。あとは収穫時になるまで放置するのが彼らのやり方だ。

年に三度、住まいを変える彼らのこと。移動には慣れていたし、運ぶ荷物も多くない。五日で準備は整った。

例年ならば男達が先行し、移住先にホーガンを作る。だが今回は天使達の襲撃に備え、部族全員がまとまって移動を開始した。赤ん坊を背負っている者もいれば、手を引かれて歩く老人もいる。老若男女取り交ぜた二百人余りの集団が移動するのだ。歩みは遅々としてはかどらなかった。

早くカネレクラビスにたどり着きたい。焦る俺とは裏腹に、彼らはこの旅を楽しむ余裕すらうかがわせていた。川に入って魚を素手で捕まえたり、岩にへばりついた貝を採ったり、大人も子供もとても楽しそうだ。

そんな彼らを見ていると、一人でキリキリしているのが馬鹿らしくなってくる。出会った当初、ゴートが言った言葉を思い出す。

「生きるってことはな、これでなかなか面白いことなんじゃよ」

ラピス族は大地の人の中でも人一倍楽観的で、寛容な部族らしかった。その最たる者がクロウだ。視力を失ってもなお、彼の道化っぷりは変わらない。というか……むしろ拍車がかかったような気がする。

　思考《コギタティオ》渓谷の東側にある林を通り抜けた時、クロウはいつの間にか、パロットを手なずけていた。パロットを使えば、聖域に住む下級天使達にメッセージを送ることが出来る。下級天使達が蜂起《ほうき》してくれたら、今後の戦いは楽になる。もちろん第十三聖域の二の舞になる可能性も高いが、大地の人を守るためには手段を選んでいられない。

　ところが、パロット達はすっかりクロウに懐き、彼の傍を離れなくなってしまった。これでは島に向けて飛ばすことが出来ない。それより何より、クロウが教える言葉ときたら――

「仕事ノ後ノ・一杯ハ・最高～！」

「とうもろこしノ・揚ゲぱんハ・旨イッ！」

「ばいそんノ肉ガ・喰イタイッ！」

　そう言いながら飛び回るパロットを見て、ラピス族はゲラゲラ笑った。気をよくしたクロウは、さらにパロット達に調子を合わせる。

「鳥のくせに、そんなにバイソンの肉が喰いたいのか？」

「ばいそんノ肉ガ・喰イタイッ！」

「じゃオレは、バイソンの肉喰ったお前らが喰いたいっ！」

「オ前ニ・作戦行動ヲ期待シタ・俺ガ馬鹿ダッタ」

　ちなみにこれは俺の独り言だ。

　畜生、真似《まね》すんじゃねぇ
　カネレクラビスを目指す長い隊列。俺はゴートやクロウとともに、その中ほどを歩いていた。俺達の頭の上を、やかましく鳴きながらパロットが飛び回る。

「モノマネ鳥は勘のいい者に懐くからねぇ」

驢馬《ろば》が牽く小さな荷車。その荷台にはドリーミングが腰掛けている。初めて会った時から、かなりの年輩だとは思っていたが、今はさらに縮んでしまったように見える。

「クロウは勘がいいからねぇ」

確かに彼女の言う通り、クロウは勘がいい。両目を布で覆っていても、まるで目が見えているかのように一人で歩き、そして転ぶ。

「クロウには夢見の才能があるのかねぇ」

「え、でもオレ、食べ物の夢しか見ないよ？」

「そういえば……」と横からゴートが口を挟む。「お前が喰い物の夢を見た日には、大きな獲物が手に入る場合が多かったのぉ」

「う〜ん、そうだったかなぁ？」

「それにお前が蒸《む》しパンをたらふく喰った夢を見た日に、アザゼルが落ちてきたんじゃ」

「あ、そうそう！」クロウはぽんと手を打つ。「だからオレ、アザゼル見た時、白い蒸しパンが降ってきた！　と思ったんだ」

「空から蒸しパンが降ってくるわけねぇだろ」

「心配するな、アザゼル。たとえお前が蒸しパンでも、オレ、腹が減るまで我慢する」

——って、喰う気満々じゃねぇか。

「ほほほ……これで後継者は決まったねぇ」

ゆったりとドリーミングは笑った。

「いつお迎えが来ても大丈夫だねぇ」

「何言ってるんだ。あんたによく似た婆さんを知ってるが、百歳超えても矍鑠《かくしゃく》としてたぞ？」

「おやおや、じゃあ私も負けられないねぇ」

「その意気だ」ちらりとクロウを見てから、俺は続けた。「夢見の予言が全部食べ物のことになっちまったら、胸焼けして仕方がねぇ」

「アザゼルは胃腸が弱いから、心配だねぇ」

「気にするな。弱いのは胃腸だけじゃない」

「そうそう、リバティに対してもめっぽう弱い」

「うるせぇ！」俺はクロウに向かって杖を振り上げた。「ほっとけ、この脳味噌《のうみそ》胃袋男が！」

「うわ、冗談冗談。ホンキで怒らない！」

慌てて飛《と》び退《の》き、クロウは蹴躓《けつまず》いて転んだ。やれやれだ。俺は彼に手を貸し、助け起こした。

「ったく、夢見になるには落ち着きが足りなくねぇか？」

「そうだねぇ」

ドリーミングは困ったように顎に手を当てる。

「才能があっても、クロウじゃリバティのようにはいかないだろうねぇ」

リバティ――リグレット。彼女は歌姫になるために生まれてきた。彼女の才能を疑う者は誰もいない。

「前から聞きたいと思ってたんだが――」

驢馬の手綱を引きながら、俺は荷車の上のドリーミングを振り返った。彼女は部族で一番の語《かた》り部《べ》だ。俺にアザゼルという呼び名を付けたのも彼女だった。

「アザゼル――って言っても俺じゃなくて、俺の名前の元になったアザゼルとは、いったい何者だったんだ？」

「おや、知らなかったのか。では話そう。耳でなく、心で聞け」

ドリーミングは小さな背中をぐっと伸ばした。

「昔々、白い人と大地の人は、ともに地上に暮らしておった。我らの祖先である大地の人は、世界の魂を崇《あが》め、恐れてきた。だが、白い人は世界の魂を我が物とし、そこから力を取り出そうとした。世界は怒り、大地に呪いが降りかかった。土は穢《けが》れ、湖は干涸《ひから》び、森は枯れた。我らは滅びるしかなかった。それを救ったのが白い兄弟……アザゼルだ。アザゼルは言った。世界は我らを見放してはおらぬ。世界はまだ希望を残している。我らがそれを信じ、祈ることにより、その希望を目覚めさせることが出来るのだと」

その話は知っている。以前、クロウが話してくれた。けれど俺は、黙って彼女の言葉に耳を——いや、心を傾けた。

「世界の怒りを解くには『大地の歌《テッラカントゥス》』で世界の魂を身に宿らせ、清き魂によってそれを浄化し、『解放の歌《リベルタカントゥス》』で解き放つ必要がある。それによってのみ、大地は呪いから解き放たれる。その日が来るまで歌を絶やしてはならぬと、アザゼルは我らに『大地の鍵』を残した。その言に従い、代々の歌姫は『大地の鍵』を守り伝えてきたのだ」

ドリーミングは長い息を吐く。大きなため息。そんなに息を吐いたら萎《しぼ》んでしまうんじゃないかと、俺は本気で心配になった。

「アザゼルは白い人との戦を予知しておった。世界の怒りが頂点に達する時、審判の日がやってくるとな。それが今だ。いよいよ歌姫が『大地の歌《テッラカントゥス》』を歌う時がやってきたのだ」

『大地の歌《テッラカントゥス》』……天使達の知らない歌。刻印を身に宿すということは、刻印と完全に同期するということだ。完全な共鳴。それが生み出すエネルギーは計り知れない。四大天使や俺など、その足元にも及ばないだろう。

「その話――有名なのか？」

俺の問いかけに、ドリーミングはこくりと頷く。

「どの部族の語り部も知っているだろうねぇ」

つまり天使達が大地の人を狩り始めたら、今の話も天使に知られるということだ。完全な共鳴が生み出す莫大《ばくだい》なエネルギー。それを天使達が欲しないわけがない。間違いなく奴らはリグレットを狙ってくる。

「こんなこと訊いていいのかどうか、わからないんだが……」

前置きしてから、俺は真顔で尋ねた。

「あんたにはどんな未来が見えてる？」

ゴートははっとしたように俺を見つめ、クロウでさえ見えない目を俺に向けた。

「争いがやってくるねぇ」

まるで明日の天気を語るような口調で、ドリーミングは答えた。

「大地は嘆きに満たされ、大勢の人間が死んでいくねぇ」彼女はゆるゆると首を横に振る。「でもねぇ、私に見えるのは今年の実りの月までなんだよ。多分そのへんで、私の寿命が尽きるんだろうねぇ。だからこの白い人との戦が、どういう結末を迎えるのか。私にゃあ、わからないんだよ」

「それってドリーミング、もうすぐ死んじゃうってこと？」

「だからそう言ったろう？　なに、死ぬことは恐ろしいことじゃない。ちょいと隣の世界に引っ越すだけのことなんだよ」

そうだ。誰でも一度は必ず死ぬ。死ぬこと自体は恐ろしくない。本当に怖いのは——未来だ。

「未来は変えられないのか？」

「私が見てきた未来は変えられなかったねぇ」

彼女の小さな体から、困ったような、迷っているような気配が伝わってくる。さてさて、この話をアザゼルにしてもいいのだろうか——

「だがねぇ、私は思うんだよ。私が予知夢を見てしまったから、未来は変えられなくなっちまったんじゃないかとねぇ」

「予知されていない未来は、変えることが出来るということか？」

「いや——未来は変わらないねぇ」

ドリーミングは鳥の骨のような指で、遠くに立っている一本の木を指さした。

「私らに出来るのは選ぶことだけ。未来は一つじゃない。木の枝のようにいくつにも分かれている。生きるということは、その中の一つを選ぶということなんだねぇ」

うむうむと頷いて、彼女は俺を指さした。

「正しい道を選べ、アザゼル。『希望』に繋がる道を。お前さんには、その力がある」

第九章

1

アンガス達は三日がかりで峠を越え、ブローミン山の麓《ふもと》にあるアルンドという町にたどり着いた。そこで彼らは冬の旅装を整えることにした。

アルンドに着いて三日目のこと。ウォルターが町で奇妙な噂《うわさ》を聞いてきた。

「ブローミン山の中腹にブロムペースって町があるんだが、その近くには冬でも枯れない花畑があるんだそうだ」

「まぁ、素敵。見てみたいですわ」

セラが目を輝かせる。が、アンガスは難しい顔をして顎に手を当てた。

「花畑――？」

足を踏み入れてはいけない花畑――どこかで聞いたことがある。

「そうだ！」

以前、ワイトに向かう駅馬車に乗り合わせた、ブロムペース出身の男に聞いたのだ。『生きて出てこられない花畑』の話を。

翌日、彼らはブロムペースを目指し、アルンドを出発した。山道にはすでに雪が積もり、道行きは容易ではなかった。

五日もかけて雪道を登ってきた旅の一行を、ブロムペースの人々は胡散臭《うさんくさ》そうに出迎えた。西部山岳地帯によくあるように、ブロムペースの人々もまた閉鎖的だった。

そこでジョニーが、どこに行っても誰とでも仲良くなれるという稀有《けう》の才能を発揮した。彼は町の広場に馬車を停め、荷台から箱を降ろした。それにはアンガスが時間の合間を縫って修繕した本がぎっしりと詰め込まれていた。

準備が整うと、ジョニーは両手を広げ、舞台役者のように軽やかに一礼した。

「さぁさぁ皆さん、雪に閉ざされた毎日、退屈だったでしょう？　アンガスと愉快な仲間達が、本の行商にやって参りましたよ！　しかも今回は特別格安、相場の三割引きだ！　こりゃあ見とかないとソンするよ！」

箱の一番上にあった本を取り上げ、その表紙をちらりと見る。

「ほら、これなんか冬の夜長にはぴったりだ。母を捜して旅をする幼子の感動の物語！　親子で読めて、楽しさ二倍だよ！」

それを箱に戻し、隣の本を取り上げる。

「お次はこれ。おお、こいつは究極のラブロマンスだ。ほらほら、そこのお嬢さん！」どう見ても四十は超えていそうな女性にウインクする。「今夜はこいつで、熱い恋の物語に酔いしれてみないかい？」

「興味ないね」と言いながら、女性はまんざらでもなさそうだった。「本なんて読んだって腹はふくれないだろ？」

「ああ、確かに本は腹を満たしてくれませぬ。けれど本は――心を満たしてくれるのです」

ジョニーは彼女に歩み寄り、恭しくその本を差し出した。

「お嬢様――どうか私のためと思って、この表紙にお手を当て、『スタンダップ』と唱えてみてくださいませ」

「……試すだけだよ？」

女性は本を受け取り、その表紙に手を当てた。

「スタンダップー」と呟き、表紙を開く。

その目が見開かれた。瞳が細かく動き始める。彼女にどんな幻影《ヴィジョン》が見えているのかはわからない。が、その顔はうっとりと夢見るようで、頬は恋する乙女のように紅潮している。

遠巻きに眺めていた人々が、彼女の様子に興味を引かれて集まってくる。

「ワシも試してみてよいかの？」

白髪頭の老人が言う。「この歳《とし》になるまで、本ってモノを見たことなくてなぁ。生きとるうちに一度は見ておきたいと思っとったんじゃよ」

「だったらコレがお勧めだ！」

ジョニーは箱の中から一冊の本を引っ張り出した。そして老人の耳元に口を寄せてささやく。

「若い娘の日記風の物語だ。話はまぁ、どうってことないけど、この娘がとにかく美人でさ。切々と初恋の心情を訴えられたら、もうたまらんぜ、コレは」

「ほほぅ……そりゃいい！」

老人は本を手にとって、表紙に手を当てた。

「すたんだぁっぷ！」と言って、表紙を開く。

その口があんぐりと開かれた。「おお！」と歓声をあげたかと思うと、今度は「ほぅ……」とため息をつく。

それを見ていた者達が次々にジョニーに声をかける。

「おい、オイラにも何か見せてくれよ」

「なんかこうハラハラするような本はあるかい？」

「ねぇ、私にもラブロマンスを見せてよ？」

ジョニーはにっこりと笑って両手を打った。

「はいはい、順番にね！　本はたっぷりあるからね。ゆっくり見てってちょうだい！」

町の雰囲気は一変した。

人々は箱に群がり、本を手に取り、試し読みに没頭した。初めて本に触れたという者も多かった。本から現れる幻影《ヴィジョン》に彼らは驚嘆し、すっかり魅入られてしまったようだった。家に閉じ込められ、暇をもてあましていた人々にとって、本は願ってもないご馳走《ちそう》だったのだ。

箱一杯あった本は、あっという間に売り切れた。

当初の険悪な雰囲気はどこへやら、アンガス達は大歓迎を受けることになった。天使の容貌《ようぼう》を持つアンガスやアークでさえ、奇異の目で見られることはなかった。

「あんた、スタンプが描けるんだって？」

赤ら顔のおばさんが、アンガスの肩を叩いた。

「あたしゃこの先で飲み屋をやってるんだ。タダで飲み喰いさせてやるからさ、店の扉にスタンプ看板を描いてくれないかい？」

「お安いご用さ！」アンガスに代わってジョニーが答えた。「こう見えて腕だけは確かだからね。コイツにスタンプ描かせたら店の自慢になるよ～」

「そんならオレんちにも描いてくれ、マウンテンリトルの雑貨屋ってな！」

「私も居間の壁に花のスタンプを描いてほしいわ」

こうなってはもう隠れる理由もない。アンガスは連日忙しく、あちこちの家に駆り出されることになった。

その甲斐《かい》あってか、町の人々から例の花畑の話を詳しく聞くことが出来た。この地が開拓される前から、花畑はそこにあったのだという。誤って足を踏み入れることを恐れ、羊飼い達もその付近には寄りつかない。しかし花畑は徐々に拡大し、近年ではそれがある崖《がけ》の下を通っただけで倒れる者も出始めているという。

アンガスは看板描きの仕事をウォルターに任せ、アークを伴ってその花畑へと向かった。セラはついていくと言って聞かなかったのだが、アンガスは町に残るよう説得した。花畑が人にどういう作用を引き起こしているのかはわからない。けれどももし花畑の中で倒れたとしても、僕一人だけならアークに運び出して貰えるから……と。

渋々納得したセラとは反対に、ジョニーは最初から「俺は町に残る」と言った。

「馬車の修理をしなきゃならないし、オフィーリアのご機嫌も取ってやらなきゃならないしさ」

彼がご機嫌を取りに行っているのは栗毛の牝馬《ひんば》ではなく、ブロムペースの町長の娘だ。それはアンガスにもわかっていたのだが、あえて突っ込むのはやめておいた。町の協力が得られたのは彼のおかげなのだから。

花畑までの道は雪に埋もれていた。凍った雪は滑《すべ》りやすく、アンガスは何度もアークの手を借りなければならなかった。膝まである雪をかき分けかき分け、歩くこと四時間あまり。ようやく花畑があるという崖の下にたどり着いた。

「誰も見てませんよね？」と言って、アークはシャツの裾《すそ》をまくった。その背中に銀色の翼が出現する。神々しい翼を見上げ、姫が尋ねた。

「何をする気だ？」

「花畑はこの崖の上です。峠を回って登るより、飛んでいった方が早いと思います」

「それもそうだね」

ここに来るだけで疲れ切っていたアンガスは、アークに向かって頷いた。「じゃ、頼むよ」

「承知しました」

アークは右腕をアンガスの腰に回した。

「私の首に手を回して、しっかり掴まってください」

落下するのはごめんだったので、アンガスは言われた通りにした。「いったん閉じますね」と姫に断ってから『本』を閉じて布袋にしまう。

「では、行きます」

足が地を離れた。力強い羽ばたきの音とともに、彼らは緩やかに上空へと昇っていく。雲の切れ間にのぞいた青空を見ていると、何かを思い出せそうな気がした。鳥のように自由に空を飛びたい……そう言ったのは誰だっけ？　回転翼機《ジャイロ》に魅せられたピット・ケレットだったっけ？

「ありました」

アークの声にアンガスは我に返った。眼下には雪に埋もれた丘が広がっている。その一部が真っ赤に染まっていた。それは禍々《まがまが》しいほど鮮やかな花の群落だった。咲いているのは一種類だけ。子供の頭ほどもある大きな花弁。鮮やかな赤は中心に近づくほど黒くなり、その中央には黄色の雄蕊《おしべ》が冠のように輝いている。

「下りてみよう」とアンガスは言った。

「かしこまりました」

アークは高度を下げ、花畑の端に着陸する。

「何が出るかわかりません。気をつけてくださいね」

アークの言葉にアンガスは頷き、花畑へと足を踏み入れた。思ったより背が高い。胸元まで花に埋もれてしまう。花からは香《かぐわ》しい甘い匂《にお》いが漂ってくる。彼は布袋から『本』を取り出し、それを開いた。

「どうですか？」

彼の問いに、姫は答えた。

「文字《スペル》が近くにある」

「やっぱり――」

アンガスは周囲を見回した。が、見えるのは禍々しくも美しい大輪の花ばかり。どこに文字《スペル》が埋もれているのか、これではまったくわからない。乱暴ではあるが、花を焼き払うしかないか――

彼はその場に膝をついた。手から『本』が落ちる。

「――あれ？」

おかしいと思った時には、もう体が動かなかった。

「アンガス？　どうした、アンガス！」

横向きになった姫の姿が見える。なんで横向きなんだろうと考え、自分が倒れていることに気づいた。大丈夫ですと言いたくても、声が出ない。底なし沼に引き込まれるような、猛烈な眠気が襲ってくる。

ぐん……と腰のあたりを誰かが引っ張った。耳元で風が鳴る。ああ、空を飛んでいる――と夢うつつに思った瞬間、彼はまっさらな雪の上に倒れ込んだ。

頬に雪が冷たい。アンガスは目を開いた。

「大丈夫ですか、ご主人様」

アークが心配そうに彼の顔を覗き込んでいる。頭を振りながらアンガスは上体を起こした。彼らは花畑の風上、丘の上方に移動していた。

アンガスは両手で雪をすくって顔を洗った。冷たさに、ようやく目が覚めてくる。

「これがあの花畑の魔力らしいね」

そこで彼は自分の両手を見た。布袋の中も見る。

『本』がない。

「しまった。姫を置いてきた！」

アンガスは立ち上がり、花畑に目を凝らした。遠すぎて『本』は見えない。すぐにでも捜しに行きたいところだが、なんの策もなく戻っても同じことを繰り返すだけだ。

「アーク」

彼は傍に控《ひか》えている自動人形《ドール》に呼びかけた。

「君は目眩《めまい》がしたりとか、眠気に襲われたりとかしなかった？」

「いえ、私に異常はありませんでした」

アンガスは顎に手を当てて考え込んだ。

どうやらあの花の魔力は、生物だけに作用するものらしい。

「花粉か――それともあの匂いかな？」

それが呼吸器から体内に入って神経を麻痺《まひ》させるのだとしたら、呼吸を必要としないアークには効かない。つまり彼なら、あの中を歩き回れるということだ。

アンガスは顔を上げ、アークを見た。

「君に頼みがあるんだけど――？」

アンガスの指示を受け、アークは花畑へと舞い戻った。捜し回ること数分、ようやく『本』を見つけた。声は聞こえなかったが、ペコペコと頭を下げるアークの様子からして、姫は相当おかんむりらしい。

アークは『本』を開いたまま、花畑の中心に向かった。姫と対話しながら花の中を歩き回る。何かに気づいて足を止め、アンガスに向かって手を振った。どうやら文字《スペル》を発見したらしい。アークは『本』のページをめくり、片手でそれを支える。遠くて姫の歌声が聴けないのは、少し残念だった。

劇的な変化が起こった。風もないのに赤い花が揺れ始める。花弁が茶色く変色する。茎が枯れ、葉が枯れ、次々と地面に倒れていく。

アンガスは歩き出した。雪の積もった丘を下り、枯れた花の残骸を眺める。遠目にはわからなかったが、そこには大小様々な骨がゴロゴロと転がっていた。小動物の骨。細長い頭蓋骨《ずがいこつ》はおそらく山羊だ。中には人間のものらしき骨もある。

「ご主人様～、やりました～」

アークが駆け寄ってくる。彼の手にある『本』では姫が腕組みをしている。その足下には新しい文字《スペル》が焼きついている。

Laziness

「三十四番目の『Laziness《怠惰》』だ」

姫は言った。まだ不機嫌そうだった。説教を喰らわないうちに、アンガスは口を開いた。

「すみませんでした。まさかあれほど即効性があるとは思わなかったもので――」

カバーモデルは
俳優の菅《すご》生《う》新《あら》樹《き》さん!
第65回メフィスト賞受賞作
『死んだ山田と教室』
金子玲介
2024年
5月16日発売
KODANS

歴代メフィスト賞受賞者推薦コメント

風森章羽さん（第49回受賞）

くだらないのに楽しい。けれど、ほろ苦くて切ない。青春とは、山田である‼

柾木政宗さん（第53回受賞）

最強を最強と言い切れる山田こそが最強で最高。2年E組がうらやましくなりました。

砥上裕將さん（第59回受賞）

こんな角度の切り口があったのかと驚かされ、こんな結末まであるのかと震えた！

真下みことさん（第61回受賞）

自分には経験がないはずの男子校での日々が、妙な生々しさで蘇ってきました。

五十嵐律人さん（第62回受賞）

ダサくて、眩しくて、切なくて。青春の全てと感動のラストに、大満足の一作。

潮谷　験さん（第63回受賞）

校舎に忘れてきた繊細な感情を拾い上げてくれるような物語でした。

あらすじ

夏休みが終わる直前、山田が死んだ。飲酒運転の車に轢かれたらしい。山田は勉強が出来て、面白くて、誰にでも優しい、二年E組の人気者だった。

二学期初日の教室は、悲しみに沈んでいた。担任の花浦が元気づけようとするが、山田を喪った心の痛みは、そう簡単には癒えない。席替えを提案したタイミングで、スピーカーから山田の声が聞こえてきた……。騒然となる教室。死んだ山田の魂は、どうやらスピーカーに憑依してしまったらしい。甦った山田に出来ることは、話すことと聞くことのみ。〈俺、二年E組が大好きなんで〉。声だけになった山田と、二年E組の仲間たちの不思議な日々がはじまった――。

「まったくだ」姫はむすっとしたまま言った。「だが怒っているのは、それに対してではない」

「じゃ、何にですか？」

姫はふて腐れたように、ふいっと横を向いた。

「わからないなら、それでいい」

「そんな、言ってくださいよ。気になりますから」

「あの……」言いにくそうに、アークが切り出した。「もしかして、私が出過ぎた真似をしたことにご立腹なのでしょうか？」

「違う」

にべもなく言って、姫は上空を見上げた。雪冠を戴いた山の向こう側から、暗い色の雲が湧き出している。

「私は歯がゆいのだ。ジョニーもアークも、ウォルターもセラもお前を支えてやることが出来る。けれど私には、倒れたお前を支えてやることも、助け起こすことも出来ない」

「どうしたんですか？」

アンガスはアークから『本』を受け取り、姫の顔を覗き込む。

「嫌なことでも思い出しましたか？」

「微妙なところだ」姫は眉根を寄せた。「大切な者のことを思い出すのは嬉しいが、それを失った時の記憶というのは――出来れば思い出したくなかった」

彼女はふと顔を上げた。その顔に、ひらりと白いものが舞い降りてくる。

「おや、雪だ」

どうりで風が冷たい。

アンガスは上着の襟を立てた。

「早く町に戻りましょう。ジョニーだけに暖かい思いをさせとくのはシャクに障《さわ》りますからね」

2

カネレクラビスを目指して、母《マーテル》湖を離れてから五日が経過した。不安定《アンスタビリス》山脈は西の後方に去り、膝丈《ひざたけ》の草に覆われた高原が続く。

天気も良く、かなりの暑さだった。それでもラピス族は、相変わらず呑気に旅を楽しんでいる。

「見ろ、島だ！」

後方から大きな声があがった。

「浮き島が来るぞ！」

俺は空を振り仰いだ。

東側の地平線に浮いた黒い影。それは見る間にどんどん大きくなってくる。

「戦士はこの場に残れ！　それ以外は岩場に走れ！　荷物はみんな置いていけ！」

ブラックホークの号令が聞こえる。ゴートとクロウは驢馬の手綱を引き、岩場へと連れていく。子供達が訳もわからずきゃあきゃあと歓声をあげ、娘達は不安そうな顔で岩場に向かって駆けていく。

俺はその場に立って、浮き島を睨んだ。右手に『理性』の杖を握りしめる。

来るなら来い。叩き落としてやる。

「アザゼル、何をしている！」

ペルグリンが俺の腕を摑んだ。「早く、オマエも逃げろ！」

「逃げる——？」

俺は笑った。自分でもそれとわかる酷薄な笑み。

「俺はもう逃げない。今度こそ、戦うと決めた」

「何、馬鹿なことを言ってる！」

「お前こそ退避しろ。なにしろ初めての試みだ。威力を加減する自信がない」

言い争う俺達の傍に、馬に乗ったブラックホークが駆けつけてくる。

「どうした——？」

「アザゼルが訳のわからんことを言って——」

「二人とも岩場に隠れていてくれ」俺はブラックホークを見上げた。「ここは俺に任せてほしい」

「何か策があるのか？」

「ああ」

首肯して、銀の杖を目の前に掲げてみせる。

「俺も戦う。俺にしか出来ないやり方でな」

「わかった。では、この場はお前に預ける」

ブラックホークは馬の首を巡らせると、よく通る声で叫んだ。

「全員岩場に隠れろ。ここはアザゼルに任せる！」

鉄製の穂先をつけた槍や斧。それをかまえていた戦士達は、首長《チーフ》の命令に従って岩場へと走り出す。

「無理をするなよ、兄弟」

ペルグリンは俺の肩を軽く叩き、身を翻した。

彼女の触れた部分から、痺《しび》れるような不安と疑問が伝わってくる。何をする気なんだ、アザゼル？

さあね。俺にもよくわからない。

俺は杖を両手で握った。島はすでに頭上近くまで来ている。島の刻印に共鳴して、杖が細かく震え出す。あの島は『自我《エゴ》』――第八聖域だ。

島の縁から人影が舞い降りてくる。自動人形《ドール》だ。人形ならば遠慮なく撃ち落とせる。俺はひそかに安堵した。戦う相手が心縛された下級天使であったとしても迷いはしない。が、罪悪感を覚えずにはいられなかっただろう。

俺は『理性』の杖を掲げた。黒い刻印を右手で覆う。それだけでピリピリとエネルギーを感じる。目を閉じ、深呼吸をしてから、ゆっくりと歌い始めた。カネレクラビスを発つ日、掟を破ってリグレットが教えてくれた、あの呪歌を――

理性の文字よ
荒れ狂う海を鎮め
燃え盛る炎を凍らせ
全てを不動の支配下に収めよ

俺の声に――リグレットの声が重なった気がした。

刻印を押さえていた掌に痛みが走る。一瞬、熱いと感じた後、冷たさにジンと指が痺れる。気づけば、俺の吐く息さえ白い。

空気が凍り付いた。自動人形《ドール》達が真《ま》っ逆《さか》さまに落下してくる。羽ばたくことも、着地の体勢を取ることもしない。人形達は大地に叩きつけられ、ガラス像のように砕け散った。

これが――『理性』の呪歌。

「すごいぞ、アザゼル！」

背後の岩場から歓声が聞こえる。

それで俺は我に返った。

上空の島を見上げる。突然制御不能に陥った自動人形《ドール》達を見て、慌てているのがわかる。俺は精神ネットワークに意識を潜り込ませ、四大天使達の会話を盗み聞きした。

「どうするんだ！」

「何が起こったの！」

「退避だ。ひとまず退避だ！」

筒抜けだよ、お前ら。首輪を外した『悪魔の子』を甘く見るな。

俺は光の速さでネットワークを駆けめぐり、瞬く間にそれを掌握した。第八聖域も第十三聖域と同じ状態だった。第十三聖域で生まれた自由思想は、この島に住む下級天使達の自我をも目覚めさせたのだ。彼らはアクセスクリップを外し、思想統一を拒否した。その多くは捕らえられ、ネットワークから遮断された場所に閉じ込められている。

彼らの無事を祈りつつ、俺はネットワークの中を探し回った。島を浮かせているのは基底部に埋め込まれたライドライト鉱、太陽光などの熱エネルギーを与えると浮力を生じるレアメタルだ。そこへのエネルギー伝達を断ってしまえば、島は浮いていられなくなる。

ついにライドライト鉱にエネルギーを供給しているラインを見つけ出した。予備ラインを含めても六つしかない。まさか侵入されるとは思っていなかったのだろう。偽物《フェイク》もない。罠《トラップ》も障壁《ファイヤーウォール》もない。遮断するのは簡単だった。

グラリと島が傾いた。四大天使はパニックに陥った。飛行システムを修復しようとラインに侵入してくる者もいたが、片《かた》っ端《ぱし》から退けた。ついでに、第八聖域の支配者階級にメッセージを送る。

そんなことをするよりも、逃げ出す準備をした方がいい。安全装置は生かしておいたから墜落することはないが、着地のショックで基底部は破壊される。それを修復し、島を浮き上がらせるだけのエネルギーはもう残ってないだろう？　お前達は島を放棄し、ネットワークを放棄し、地上で暮らすしかない。今まで搾取してきた下級天使達に殺されないよう、頑張って逃げるんだな。

第八聖域は傾きながらも、ゆっくりと俺達の上空を横切っていった。岩陰からラピス族の人々が姿を現す。彼らは上空を見上げ、島を指さし、不安そうにその行方を目で追った。

「傾いている」

「どんどん降りてくよ」

俺は意識を第八聖域の精神ネットワークから切り離した。さようなら、第八聖域。醜《みにく》く肥大した『自我』。

島は落ちていく。墜落というほど角度もスピードもないが、確実に高度は下がっていく。西の地平に横たわる不安定《アンスタビリス》山脈。その手前の高原に、第八聖域はゆっくりと――まるで老人が腰を下ろすかのように、ゆっくりと着地した。

数秒たってから、地鳴りが聞こえた。

俺は詰めていた息を吐き、額に浮いた汗を拭った。右手にピリリと痛みが走る。掌に火傷《やけど》が出来ていた。分子運動を限りなく零《ゼロ》に近づけることで、どんな対象物をも凍り付かせる。呪歌の後遺症だ。火傷というより凍傷といった方が正しい。

「アザゼル——大丈夫か？」

ペルグリンが駆け寄ってくる。

「ビックリした！　ああ、ビックリした！」

一歩遅れてクロウも駆けてくる。本当に驚いたらしく足が縺れている。今にも転びそうだ。

二人に続いて駆け寄ってくる人、人、人。俺は歓喜の渦に飲み込まれ、あっという間にもみくちゃにされた。ちょっと待て。勘弁してくれ。そんなに強い思いをぶつけられちゃ、いくらなんでも目が回る。

「アザゼル」

低い美声が呼びかけた。その落ち着いた声の裏側に、畏怖と葛藤《かっとう》が潜んでいるのを感じる。ブラックホークは馬上から俺を見下ろし、内心の葛藤など微塵《みじん》も感じさせない冷静な声で尋ねた。

「今のは『大地の鍵』の技ではないのか？」

俺ではない方のアザゼルの時代から今に至るまで、呪歌が歌われたことはないとリグレットは言っていた。大地の人の争いに『大地の鍵』が関わることは許されないからだ。だからブラックホークといえど、呪歌の効果を目の当たりにしたことはないはずだ。

「これは聖域に伝わる天使の技だ」

ニヤリと笑って、俺は嘘をついた。

「首輪がなければ俺だって戦える。これくらい、楽勝さ」

3

「また来ておくれね」

「楽しみに待ってるからさ！」

名残《なごり》惜《お》しそうなブロムペースの人々に見送られ、アンガス達は山を下りた。

「カネレクラビスに入るには森林地帯を抜けるのが一番だけど——この雪じゃ、もう山岳地帯を行くのは無理だな」

そう言って、ウォルターは地図から顔を上げた。

「新年も近いことだし、とりあえずはイニティウムに行くか！」

イニティウムは大陸の西の外れにある港町だ。彼らはそこで年明けを迎えることにした。

「僕はいいです。部屋にいます」

渋るアンガスを、ウォルターとジョニーが宿の食堂へと引っ張り出した。新年を祝う旅の連中に交ざり、カラリと揚げられた魚を食べ、葡萄酒《ぶどうしゅ》を飲む。酒に弱いアンガスは、一杯飲んだだけで真っ赤になってしまった。

「兄ちゃん、酒、弱いねぇ」

宿の主人が苦笑した。港町だけあって、ここには商人が数多く出入りしている。アンガスのような『天使還り』も、そう珍しくはないらしい。

「そんなんじゃ、女を口説かないうちに自分が寝ちまうだろ？」

「ほうれすね」すっかり呂律《ろれつ》の回らなくなったアンガスは答えた。「でも僕、まだ彼女をくろいたことないんでふ。まだキチンと告白もしれないんれふ」

「え、そうなの？」

ジョニーはテーブルの上に身を乗り出した。

「なによ、お前。こんだけ長く旅してるのに、まだ何もしてねぇの？」

「ほんなの……教えられなひす」

「えーっ、いいじゃん。俺達仲間だろ？」

「そうらけど、ジョニーは口軽ひし……」

「誰にも言わねぇって。な、教えろよ？」

「え～と、実はぁ……一度だけぇ……」

アンガスが答えかけた時、何かがジョニーの頭を強打した。

「目を離した隙に何を訊いているんですのッ！」

目をつり上げてセラが叫んだ。その手には大きな木の盆が握られている。

「アンガスも、たった一杯でそんなに酔っぱらってんじゃありませんわ！」

「あーだだだだ……」

殴られたジョニーは頭を押さえて呻き、その横ではウォルターが膝を叩いて大笑いしている。どうやら彼もすっかり出来上がっているらしい。

「楽しそうだな」

低い声が聞こえた。体格のいい大男がぬうっと彼らの背後に立つ。その顔を見上げ、

「げっ」とジョニーが言い、

「エヴァグリン連盟保安官《リーグ・マーシャル》！」とウォルターが続け、

「この人が、ですの？」セラはマジマジと彼を見つめた。

「もう連盟保安官《リーグ・マーシャル》ではないのだがな」と言いながらも、彼はにこにこ笑っている。「プラトゥムの買い戻し交渉が決着したのでな。おぬし達を追っかけてきたのだ」

「そうだったんですか」ウォルターは席を詰め、彼に腰掛けるよう勧めた。「それにしても、よく俺らのいる場所がわかりましたね？」

「おぬしらは目立つ。追跡は容易であったよ。幸か不幸か、連盟保安官《リーグ・マーシャル》の任は解かれておるし、ここは一つ約束通り、アンガスの役に立とうと思うてな」

早速運ばれてきた酒杯を一気に呷《あお》ってから、エヴァグリンは満足そうに続ける。

「——して、アンガスはどこに？」

「ここです」

ウォルターが指さす。彼の隣でアンガスはテーブルに突っ伏して眠っていた。それを見て、エヴァグリンは豪快に笑った。

「おやおや、新年を待たずに酔いつぶれるとは、我らの英雄はずいぶんとせっかちであるな」

その時、表から鐘の音が鳴り響いた。年が明けたのだ。酒場にたむろした旅人達はいっせいに杯を空け、新しい年の幸運を祈った。

そんな中、隅《すみ》の方に身を隠すようにして座っていたアークがいきなり立ち上がった。かと思うと、美しい声で歌い始める。それは新年を祝う歌だった。荘厳な旋律とそれを歌いきる力量。その場に居合わせた人々は、アークの姿を見てぎょっとしたものの、やがてその歌声に聴《き》き惚れた。

歌い終わると、アークは何事もなかったように腰を下ろした。

一瞬の沈黙。その後、大歓声が彼を包んだ。

「兄ちゃん、いい声だねぇ！」

「いやぁ、ホレたよ！」

「新年だし、もっと歌ってくれよ！」

尻込《しりご》みするアークをジョニーが食堂の中心へと押しやった。乞《こ》われるままにアークは歌を披露し、ジョニーは帽子に金を集めて回る。

しかしアンガスは机に突っ伏して寝こけていたので、その一部始終を知らされたのは翌朝になってからだった。


アンガス達はエヴァグリンの案内で南へと向かった。海岸線沿いに南下し、たどり着いたのはヘルム村だった。五百人以上いた村人が一夜にして謎《なぞ》の失踪《しっそう》を遂げたという、いわくつきの村だ。

無人の村はひどい有様だった。家々の土塀は崩れ、藁葺《わらぶ》き屋根も吹き飛ばされている。生命の気配はなく、廃墟《はいきょ》に厳寒の潮風が荒れ狂う。なんとも気の滅入《めい》る、陰惨な光景だった。

「何があったんだろうな」

無人の村を眺め、誰へともなくウォルターが呟く。

アンガスの隣でセラはぶるっと体を震わせた。

「似ていますわ——アウラと」

「そうだな」と答え、姫はアンガスを見上げる。「文字《スペル》の波動を感じる」

「村人達が失踪したのも、きっと文字《スペル》のせいですね」

「となれば、早いところそれを探さねばならぬな」

ぐるりと周囲を見回し、エヴァグリンは言った。

「手分けして、探索に当たろうではないか」

アンガスは頷いた。

「見つけたら、すぐに僕を呼んでください。くれぐれも文字《スペル》に触れたりしないように」

「わぁってるよ。頼まれたって触るもんかい」

ジョニーはぼやいて、薄気味悪そうに村を眺めた。

「早いとこ文字《スペル》を回収して、こんな辛気くせぇ村とはおさらばしようぜ」

彼らは村を探索した。小さな村だ。すべての家を回るのに、そう時間はかからなかった。

「おおい、アンガス！」

ウォルターの声が聞こえた。海岸の方からだ。

「ちょっと来てくれ！」

その時、アンガスは左手に『本』を、右手にカンテラを持って、倒壊しかけた家の中を探索していた。彼は家から這い出ると、海岸へと向かった。黒々とした岩が海岸線を埋め尽くしている。荒い波が岩にぶつかり、白い水飛沫《みずしぶき》となって砕け散る。

岩の上にウォルターが立っていた。アンガスを見つけると、右手を振って彼を招いた。アンガスはバランスを取りながら岩の上を渡り、ウォルターの元へとたどり着く。

「これを見てくれ」

彼は岩の隙間を指さした。そこには男物の革靴が挟まっていた。波に洗われて退色し、ボロボロになっている。

「これだけじゃない」

ウォルターは岩を乗り越え、さらに海側の隙間に手を伸ばす。そこから彼が拾い上げたのは、小さな子供の靴だった。よく見ると周囲の岩場にはいくつもの靴が漂着していた。大人の物もあれば、子供の物もある。

アンガスは水平線へと目を向けた。雲が赤く輝いている。太陽は水平線に没しようとしている。赤銅色の空の下、白い波頭がうねっている。鼻を突く強烈な磯の臭い。細かな水飛沫がパラパラと飛んでくる。

「どう思う？」

ウォルターが問いかける。その表情は暗い。アンガスの返事を聞くまでもなく、彼も村人達の運命を悟っているのだろう。

「村人達は――海に入っていったんだ」

アンガスは答え、周囲を見回した。右手の方に海に突き出した岬が見える。その先端に立っている黒い塔――どうやら灯台のようだ。

アンガスはウォルターに目を戻した。目が合うと、ウォルターは頷いた。

「行ってみよう」

彼らは岬の灯台に向かった。ウォルターの声を聞きつけたジョニーとエヴァグリンもやってくる。

岬の先端に立つ小さな灯台は、レンガの土台に建てられていた。細い階段を上り、アンガスは土台の上に立った。

灯台の背はそれほど高くない。およそ二トラム――エヴァグリンの身長とほぼ同じだ。胴体は花崗《かこう》岩《がん》で出来ていて、その上部には凸レンズがはめ込まれている。

どこかに文字《スペル》が刻まれていないか、彼らは灯台を調べ始めた。アンガスは花崗岩を丹念に見て回り、エヴァグリンは土台のレンガを調べる。ウォルターは踏み石に上り、灯台上部にはめ込まれたレンズを外した。頭を突っ込むようにして、鏡が張られた内部を覗き込む。

「それらしきものは見あたらんな」土台を調べ終わり、エヴァグリンが体を伸ばした。「そちらはどうだ？」

「何もない」とウォルターは答えた。アンガスはエヴァグリンを振り返り、首を横に振る。

「こちらにもそれらしきものは見あたりません」

「こう暗くちゃ、見つかるモンも見つからねぇって」ジョニーがぼやいて肩をすくめた。「腹も減ったしさ。今日のところはこれで終わりにして、飯《めし》にしようぜ？」

「そうだな」とウォルターが答えた。「セラとアークも待ってるだろうし……」

意を得たりというように、嬉々としてジョニーは村に向かって歩き出す。

「メシメシ～、あ～腹減った！」

それにウォルターとエヴァグリンが続く。が、アンガスはそこに立ったまま、暗い海を眺めていた。

人々はなぜ沖を目指したのだろう。

この寒々しい海に、彼らは何を見たのだろう。

「アンガス！」

ウォルターの呼ぶ声がする。

「早く来いよ。そんなとこに突っ立ってると風邪引くぞ？」

「うん――」

アンガスは答えて、足下に置いたカンテラを取り上げた。そこから漏れる光が、海面に丸い光の輪を映し出す。

あっ……と、彼は声を上げた。

アンガスは足下に『本』を置き、布袋の中から蠟燭《ろうそく》の燃えさしを取りだした。カンテラのフードを開け、蠟燭を灯《とも》す。風に煽《あお》られて消えそうになる小さな炎を手で囲い、今度は灯台の内部――皿に残っていた黒い油へと火を移した。

ぽっと赤い炎が燃え上がる。それを確かめてからアンガスは灯台のレンズを元の位置にはめ直した。蠟燭の火を消し、再び『本』を取り上げる。

姫は彼の意図を察したように、沖合に目をこらしている。

「何やってるんだ？」

戻ってきたウォルターが彼に尋ねた。アンガスは答えずに、じっと暗い海を見つめている。

灯台から光が射《さ》し始めた。灯台の中の炎は周囲を囲む鏡に反射し、レンズによって収束され、はるか遠くの沖に白い光を投げかける。

真っ暗な海に――赤い文字《スペル》が浮かび上がった。

Extinction

「四十四番目『Extinction《滅亡》』だ」

寒さにかじかんだ手でアンガスは『本』のページをめくった。白いページを開き、沖の文字《スペル》に向かって『本』を突き出す。

「お願いします」

ひゅうひゅうと鳴く冷たい潮風に、姫の歌声が重なった。

失われし　我が吐息
砕け散りし　我が魂
帰り来たれ　悔恨の淵へ
いま一度　我が元へ

昏《くら》き虚無が　世界を蝕《むしば》み
全てのものは　息絶える
後に残るは　滅びの歌声
汝らを呪う　怨嗟《えんさ》の声

海面を漂っていた文字《スペル》が赤く輝いた。浮き上がった赤い光は、アンガスの手元にある『本』に吸い込まれる。かすかな手応えを感じ、アンガスは『本』を下ろした。白かったページには文字《スペル》が焼きつき、それを姫が見下ろしている。

「貧しい村だったのだろうな」独り言のように彼女は呟く。「滅びに魅入られるほど、辛い生活を送っていたのだろうな」

ぴしり、という音がした。レンズにヒビが入った音だった。それでもなお、灯台は暗い沖に向かって白い光を投げかけ続けている。

「あんなところにあったんだな」

いつの間にか、ジョニーとエヴァグリンも戻ってきていた。彼らは無言で暗い海を見つめた。大勢の命を飲み込んだ海は何も語らない。波は打ち寄せ、岩に砕かれ、また沖へと帰っていく。

その時、目の隅で何かが光るのをアンガスは感じた。沖合に白い帯状の波頭が見える。ぐんぐん近づいてくる。彼らを飲み込もうと押し寄せてくる。

ぎょっとして後じさり、アンガスはウォルターにぶつかった。

「――どうした？」

怪訝そうなウォルターの声。アンガスは彼を振り返った。あれが見えないのか？　と問いかけようとして、その言葉を飲み込んだ。

アンガスは再び海に目を向けた。押し寄せてくる津波。大量の海水が彼らを一気に押し流そうとして……消えた。

アンガスは大きく息を吐いた。

また――幻だ。

「アンガス？」心配そうに姫が呼びかける。「顔色が悪いぞ？」

「いえ……なんでもありません」

どうやら姫にも見えないらしい。あの幻が見えるのは自分だけなのだ。

真実に触れれば触れるほど、お前は未来を引き寄せる――そんな言葉が脳裏をかすめた。お前はそれを見てはならない。他の誰にも見せてはならない。そう言ったのは、一体誰だったか？

「隠しごとはしない約束だぞ？」

姫の言葉に、アンガスは微笑んでみせた。

「大丈夫です。お腹《なか》が減りすぎて、ちょっと目眩がしただけです」

「本当か？　第十七聖域で死にかけてからというもの、どうも様子がおかし――」

「は――くしょぃッ！」

姫の台詞をぶった切ったのは、ジョニーの大きなクシャミだった。

「うぅ、さぶぃ」盛大に洟《はな》をすすり上げ、両手で腕を擦る。「もう行こうぜ？　こうして立っててても、村人達は帰ってこねぇよ」

冷たいようだが正論だった。

彼らはヘルムの村人たちが眠る海に背を向けて、廃村へと歩き出した。

4

第八聖域を撃退した三日後、ラピス族はようやくカネレクラビスにたどり着いた。祭《パウワウ》りが執《と》り行われた広場の南側。そこに広がる草原地帯に、男達は手分けしてホーガンを築き始める。

カネレクラビスには、ラピス族の他にも多くの部族が集まってきていた。彼らは思い思いの場所に自分達の住居を造っていく。

ラームス族は西の林の中に木組みの小屋を造った。海辺に住むというリーパ族は中心《メディウム》湖の畔に泥と石で家を造る。熱心な農耕部族であるウィリディス族は、ラピス族の隣にホーガンを造り、草原を着々と畑に変えつつあった。トウモロコシはもちろんのこと、豆や芋やカボチャも植えられた。

好奇心旺盛《おうせい》なラピス族は、ウィリディス族の畑に興味を持った。彼らから豆や種芋を分けて貰い、さっそく見よう見まねで畑を作り始める。畑で穫れた豆を周辺の部族に振る舞えば、別の部族が湖で獲れた魚を振る舞う。

大地の人には計画性がない。というか、出し惜しみをするという感覚がない。大地の人という呼び名が示す通り、彼らの心は大地のように広い。
わずかなエネルギーを得るために人の心を喰らおうとする、天使達とは大違いだ。

俺はいろいろな部族の集落を歩き回り、情報収集に努《つと》めた。けれど肌の白い俺を警戒し、あからさまに敵視する者も少なくなかった。

そういう時はクロウの力を借りた。彼は道化師《ヘヨカ》。彼の言動に笑顔を見せない者はいない。笑いは人の心を和ませ、警戒を解いてくれる。俺が直接彼らの頭の中を覗《のぞ》くより、ずっと友好的で効率のいい方法だ。

東の林に居をかまえるエルラブンタ族は、ここに来る途中、翼の生えた人に襲われた。彼らは鉄製の武器を手に戦ったが、部族の三分の一に当たる八十六人が連れ去られたという。

早馬を得意とする遊牧民族メルカトル族は、各地で戦闘が繰り広げられていると話してくれた。エルラブンタ族のように天使の襲撃を撃退した部族もあるが、子供達が連れ去られたり、戦士達が皆殺しにされたり、大きな被害を受けた部族も数多いという。

中でも驚いたのが、あの蛮勇で知られたルーフス族が全滅したらしいという知らせだった。

ルーフス族は不安定《アンスタビリス》山脈の切り立った崖に住居をかまえ、野生の山羊や鹿《しか》を狩って暮らしていた。冬季、獲物が減ると近隣に住む部族を襲い、略奪を行うので他部族とは諍《いさか》いが絶えない。ラピス族もその例外ではなく、彼らとは何度も戦火を交えてきたという。首長《チーフ》ブラックホークの兄で、ペルグリンやクロウの父親であるレッドホークは、ルーフス族との戦いで死んだと聞いている。

そのルーフス族が全滅した。戦士達は殺され、生き残った者達も聖域へと連れ去られた。その跡地を見てきたメルカトル族の首長《チーフ》ストロングホースは言った。

「あの谷には暴力の怨念《おんねん》が渦巻いている。しばらくは近づくのを避けた方がいいだろう」

カネレクラビスに戻ってくる、もしくはそれを検討すると言っていた部族のうち、半数近くがいまだ現れず、連絡も寄越さない。彼らがどうなったのか。考えるとやりきれない思いにとらわれる。出来ることならメルカトル族のように大地を巡り、大地の人を守りたい。

けれど今はカネレクラビスには『大地の鍵』――リグレットがいる。その存在はすでに天使達に知られたと考えた方がいい。天使達は彼女を狙ってくる。今は彼女の傍を――カネレクラビスを離れるわけにはいかなかった。


そんな俺の決意とは裏腹に、カネレクラビスでは平和な日々が続いた。空に島影はなく、攻めてくる自動人形《ドール》もいない。密《ひそ》かに心縛された者が紛《まぎ》れ込《こ》んではいないか、俺は気配を探り続けたが、それらしき者は見つからなかった。

そんなある日――草原の彼方からやってくる集団があった。高見櫓で見張りに当たっていたカプト族の戦士が警笛を吹き鳴らす。逃げまどう人々に逆行して、俺は畑の外れに立ち、こちらに近づいてくる未知の集団に意識を延ばした。

真っ先に飛び込んできたのは空腹感だった。もう何日も食べていない。疲れ切って、今にも気を失いそうだ。どうやら心縛はされていないらしいが……大地の人とは何かが違う。

『君は誰だ――?』

思念波での応えがあった。俺は驚いて、延ばした意識を回収してしまった。

あれは天使だ。しかしなぜ天使達が地上を歩いてくる？　敵か？　それとも逃亡者か？

俺は用心深く、再び意識を延ばした。先程の思考の主に呼びかける。

『なぜ天使が地上にいる？　お前達はどこから来たんだ？』

『おお、地上にも思念波が使える者がいるのか！』

その思念波からは、右も左もわからない暗黒世界で、縋《すが》るべき光を見つけた喜びが伝わってきた。

『私達は第三聖域から逃げ出してきたのだ。支配者階級を倒し、島を着陸させ、自由を手に入れたまではいいが、食べ物も住む場所もなく死にかけている。大勢の意識が集まっている場所を頼りに、ここまで来た。どうか我らを助けてほしい』

なるほど――そういうことか。

そこで待てと言い残し、俺は思念波を切った。早足で広場に戻り、各部族の首長《チーフ》に集まって貰う。もちろん『大地の鍵』リグレットにもだ。

俺は事情を説明し、最後にこう付け加えた。

「空腹も疲労も本当だった。直接触れてみなければ確信は出来ないが、嘘は言っていないと思う」

「武器も持っていませんでした」

見張りに立っていたカプト族の若者が証言する。

俺はカネレクラビスの最高責任者である『大地の鍵』、リグレットに向き直った。

「直接彼らに会って真偽を確かめてくる。もし彼らが嘘をついていないとわかったら、彼らをここに受け入れてくれるか？」

各首長《チーフ》の視線がリグレットに集まった。リグレットは逡巡《しゅんじゅん》した後、静かに答えた。

「ここは大地の人の聖地だ。天使達を住まわせることは出来ない」

「しかし――」

「これより東にある草原。そこに彼らが住居を設けることは許そう。ラピス族は彼らに住居の造り方を教えるように。ウィリディス族は畑の耕し方を教えるように。プニュス族は狩りの仕方を教えるように」

淡々とした声で告げ、リグレットは一同の顔を見回した。

「それでよろしいか？」

賛同の声があがる。まず受け入れてみなければ、正しい判断は出来ない。俺を迎え入れてくれた時と同じ反応だった。

「ではアザゼル。彼らに会って、その言葉に嘘偽りがないか確かめてきてくれ」

俺は胸に手を当て、頭を下げた。

「承知しました」

うむ……と言って彼女は頷いた。厳《いか》めしい表情を作ってはいるが、彼女からは不安がヒシヒシと伝わってくる。リグレットは、俺を天使に会わせたくないのだ。

大丈夫というように、俺は片目を閉じて見せた。

なのに彼女の唇からは、つい本音が漏れた。

「相手は天使だ。油断するな」

リグレットの許可を得た俺は、一人で天使達の元に向かった。ペルグリンやウォルロックは同行すると言い張ったのだが、俺は頑として譲らなかった。

もしこれが罠《わな》だとしたら、天使達に対して呪歌を使う必要がある。呪歌は強力だが加減がきかない。下手をすれば味方をも巻き込んでしまう。しかし、俺一人ならば気兼ねなく、思う存分、大暴れ出来る。

天使達の集団は総勢百人余り。島一つ分と考えればあまりに少ない。が、ネットワークもないのに、よくこれだけの数を束ねられたものだと感心もする。先程、思念波で話した奴が集団を率いてきたのだろう。どんな奴なのか、少し興味があった。

俺が近づいていくと、天使達の間にどよめきが起こった。大地の人の衣装を纏《まと》った天使を見て、驚いている。これ以上近づくと逃げ出しかねない。俺は足を止め、怯えた天使の集団に向かって叫んだ。

「俺はラピス族のアザゼル。代表者と話がしたい」

群衆の中で、一人の男が手を挙げた。

「私が代表者だ」

聞き覚えのある声だった。

俺は目を瞬《しばたた》いた。長い金髪はくしゃくしゃに縺れ、白い肌も服も泥で汚れている。どこかで見たことがあるような気もするのだが――無精髭《ぶしょうひげ》に覆われたその顔を、どこで見たのかまでは思い出せない。

「我らは天使。なれど、大地の民に敵意はない。だからどうか、どうか我らに温情を与え給《たま》え」

芝居がかったお辞儀を見て、俺はようやく、この男のことを思い出した。

「あんた……第十三聖域のラジエルか？」

「なんと！」

ラジエルが顔を跳ね上げた。

「大地の民にまで我が名声が伝わっているとは驚きだ！」

この思い込みと馬鹿さ加減――間違いない。

「わからないか？　俺だよ。ラファエルになり損なった……あんたが書いた悲劇の王子のモデルだ」

「おおおおおお！」

ラジエルは壊れた警笛みたいな声をあげた。俺に駆け寄り、俺の手を取ってぶんぶんと振り回す。

「君、生きていたのか！　なんと素晴らしい！　なんと劇的な再会だろう！」

彼が俺の手を握ってくれたおかげで、その言葉に嘘がないことがわかった。ラジエルは第十三聖域を離れ、第三聖域に身を寄せていたのだ。しかし、そこにも自由思想の波は押し寄せてきた。劇場型な性分の彼のこと。先頭を切って、下級天使達を革命に導く道を選んだ。第十三聖域の支配者階級だったことを思えば図々《ずうずう》しいことこの上ないのだが——そこがまた彼らしい。

俺はラジエルにリグレットの言葉を伝えた。安堵して泣き出す天使達を見て、大地の人が心配そうに近づいてくる。

「腹が減っているのか？」

「待ってろ。今、飯の用意をする」

草原に鍋やら皿やらが運ばれ、トウモロコシの粥《かゆ》が煮られた。天使達はそれを貪《むさぼ》るように食べた。その喰いっぷりを見た大地の人は、嬉しそうにおかわりを勧めた。

「まだあるぞ？　腹一杯喰え？」

トウモロコシの粥を喰い、ようやく人心地ついたらしいラジエルに、俺は尋ねた。

「第八聖域が落ちるのを見た。第三聖域も落ちたとなると——他の島は今どんな様子だ？」

「どの島も揺れているよ。アクセスクリップを外した者も大勢いる。地上に降りることを選択した島もある。第五、第六、十七と二十も連絡が途絶えていたな」

「十七——？」

第十三聖域を爆撃した第十七聖域『歓喜』。あの島にはクソ餓鬼ツァドキエルがいたはずだ。それにミカエルは、第十七聖域のツァドキエルもハイブリッドだと言っていた。奴らがみすみす島の落下を許すはずがない。

第十七聖域に、何があった？

「それで、あんたはなんで第三聖域にいたんだ？」

「第三聖域には私の大ファンがいてね。是非にと言うから身を寄せたのだが――恥知らずにも私を囲い込もうとしてね！」思い出すだけでも腹立たしいのか、ラジエルは木の匙《さじ》を振り回す。「そこで私は、自由を求めて立ち上がったというわけだ！」

「なるほど……よくわかった」

あんたの身勝手さがな。

しかし、こうは見えても彼は大作家だ。侮ってはいけない。

「あんた、本には詳しいよな？」

「もちろんだとも。私よりも本に詳しい天使など、この世にはいないであろうよ」

「じゃ、知っているか？　本はいつどこで、誰によって生み出されたのか？」

「無論！」ラジエルは自慢げに胸を反《そ》らし、服の襟を引っ張った。「本は聖域誕生とともに生み出されたといわれている。今でこそ『本』と呼ばれているがね。当初は『保魂《ホコン》』と呼ばれていたのだ。本は物語を記憶するためのものではなく、人の魂を保管するための容《い》れ物だったのだよ」

「魂を――保管する？」

「そうだ。魂を保存するための器だ。かの大賢人によって生み出されたといわれている。まぁ、これは一種の伝説だがね。大賢人は刻印をその身に有していて、そこから得た知識を広く伝えるために、本を作り出したと聞いている」

　刻印を身に宿す？

　大賢人もリグレットのように、生まれながらにして刻印を有していたのか。大賢人は強力な感応能力を有していたという。それは、その身に何かしらの刻印が刻まれていたからなのか。

　俺は手に持った杖に視線を落とした。聖域を出てから一度も磨《みが》いたことはないが、銀の杖は黒ずむことなく、いつも磨きたてのように輝いている。

「刻印は決して滅びない」

　顔を上げ、無精髭に覆われたラジエルを見た。

「もし大賢人が刻印を有していたのだとしたら、そいつはまだどこかに生きているんだろうか？」

「――かもしれない」

　悪戯っぽく微笑んで、ラジエルは右手の人差し指で俺を指さす。

「私はね、それは君ではないかと思っているのだよ」

「……俺？」

「君の胸を切り開いてみたら、その心臓には刻印が刻まれているのではないか？」

「そんなわけねぇだろ」

　大賢人は『解放の歌《リベルタカントゥス》』を使って刻印の力を汎用《はんよう》し、聖域を創り上げた張本人。いうなれば大地の人の大敵だ。そんな奴と同一視されたくない。

「もう一つ、質問がある」

「君は命の恩人だ。なんでも訊いてくれたまえ」

「聖域が囲った二十二の刻印。それ以外にも刻印があるという話を聞いたことはないか？」

「なんとな！」

ラジエルは素《す》っ頓狂《とんきょう》な声をあげた。

「私の知る限り刻印は二十二個。君の心臓に刻印があったとしても二十三個。それで終わりだ」

「俺の心臓に刻印なんてねぇ。ヘンなもんまで勘定に入れるな」

悪態をつき、俺は胸を押さえた。

第十三聖域で初めて『解放の歌《リベルタカントゥス》』を歌った時、俺は何者かの声を聞いた。あれは、俺の胸の奥から聞こえた。

『私を汎用するな』という声——

あれは俺の心臓から聞こえてきたのだろうか。

5

廃村と化したヘルムを出て、次にアンガス達が向かったのはカクメンという村だった。住人達が揃《そろ》って断崖《だんがい》から身を投げたという、コギタティオ渓谷にある小さな山村だ。

ビビタス湖畔にある町カトゥスで、彼らは旅の準備を整えた。コギタティオ渓谷はサールの西からモルスラズリの北にかけて広がる大渓谷だ。どちらを見ても同じような地形が連なる上に、風化した岩は刻々と姿を変えていく。ゆえに正確な地図はいまだに作成されていない、天然の迷宮である。

しかも呪われたカクメンを恐れた西部山岳地帯の住人は、岩や土を積み上げて村へと続く一本道を封鎖してしまっていた。同じ西部山岳地帯でもブローミン山麓《さんろく》とは異なり、渓谷に大雪は降らない。とはいえ、冬の寒さが厳しいことに変わりはない。馬車がなくては旅は出来ない。アンガス達は昼夜を徹して、道に積み上げられた土と岩を排除する作業に取りかかった。

作業を開始して、瞬《またた》く間に二日が過ぎた。

土石の間に出来た細い道。その幅を測り、ウォルターは言った。

「なんとかギリギリ通れそうだな」

立ち上がり、膝についた埃を払う。

「馬車が戻ってくるのを待って、いよいよコギタティオ迷宮に出発だ」

予想外のところで時間を喰ってしまったので、ジョニーとセラは食料を買い足すため、いったんカトゥスに戻っていた。

「馬車が戻るのは夕方になるであろう。それまで我らも休憩しようではないか」

エヴァグリンの意見に、アンガスとウォルターは諸手《もろて》を挙げて賛成した。この二日間、ほとんど不眠不休で働いていたのだ。少しぐらい休んでも、罰は当たらないだろう。

アークがコーヒーを淹《い》れてくれた。それを飲みながらビスケットと乾燥肉だけの昼食をとった。食べ終わると「何かあったら起こしてくれ」と言って、エヴァグリンは大地にごろりと横になった。火を焚いているとはいえ、かなり寒い。なのに彼はすぐに寝息を立て始める。

「では、私は薪集めに行って参ります」

疲れ知らずのアークは灌木の枝を集めるため、砂礫《されき》で滑りやすい斜面を下っていく。それを見送って、アンガスはウォルターを振り返った。

「アークが戻るまで僕が火の番をしてるよ。ウォルターも少し寝たら？」

「ああ――うん」

ウォルターは曖昧《あいまい》に答えた。アンガスと目が合うと、彼は少し照れくさそうに笑った。

「どうしたの？」

「昔を思い出してた」

ウォルターはぐるりと周囲を見回した。

「親父《おやじ》の山小屋――コギタティオ渓谷にあったろ？　ここよりも、もっとずっと東の方だけどな」

「そういえばそうだったね」

岩の斜面、わずかな平地に張りつくようにして建っていた地図屋の山小屋。あそこで過ごした日々のことは、今でもはっきりと思い出せる。

「懐かしいな」

アンガスは火の傍に座った。毛布を膝に掛け、その上に『本』を置く。

「モルスラズリでは誰も遊んでくれなかったから、ウォルターは僕にとって、初めての友達だった」

「俺も似たようなもんさ」

ウォルターは毛布を肩まで引き上げ、地面に横になった。頭の後ろで手を組み、上空を見上げる。

「楽しかったよな」と呟く。「何がそんなに楽しかったのか。今考えるとよくわからないんだが――とにかく楽しかった」

「川で泳いだり、魚を釣ったりしたね」

「ああ、釣って焼いて食べた。結構、旨《うま》かった」

ウォルターはクスクス笑うと、体勢を変えてアンガスに向き直る。

「そういやお前、魚釣りに夢中で足滑らせて、川に落ちて、溺《おぼ》れかけたよな？」

「そういうことはもう忘れてよ」

ははは……と声をあげてウォルターは笑った。

「なぁ、アンガス。一緒に世界を旅して回ろうと約束したこと、覚えているか？」

「もちろん」

「この先、文字《スペル》をすべて回収し終わったら――どうだ？　本当に俺と世界中を回ってみないか？」

アンガスは返答に詰まった。すべての文字《スペル》を回収する。今はそのことだけしか考えられなかった。その後のことなど、何も考えていなかった。

「もちろん無理にとは言わないが」

アンガスの沈黙をどう取ったのか、ウォルターは話を続ける。

「地図にはまだまだ白紙の部分がある。コギタティオ渓谷もそうだし、アンスタビリス山脈にも、まだ人の手が入っていない場所がたくさんある。それをすべて解明するのが俺の夢なんだ」

「そう――なんだ」

「それだけじゃないぞ？」ウォルターは俯《うつぶ》せになると、地面に肘を突いて上体を起こした。「イニティウムで聞いたんだが、よく晴れた冬の朝には、水平線の先に白い点が見えるんだそうだ。漁師達は『世界の果てが見える』なんて言ってたけど、俺の勘が正しければ、それはおそらく雪の積もった山頂だ」

アンガスは目を見張った。「海の向こうに、山があるってこと？」

「そうだ」真剣な顔でウォルターは頷いた。「海の向こうには、このソリディアス大陸とは別の大陸が存在しているんだ」

「うわぁ……」

なんてスケールの大きな話だろう。さすが地図屋だ、考えることが人とは違う。

「じゃあ、その大陸には、僕らの知らない人達が暮らしているかもしれないんだ?」

「ああ、その通り。証拠だってある」

興が乗ってきたらしく、ウォルターは起き上がって地面に胡坐をかいた。

「大陸の北西にあるカルボー海岸に、巨大な生物の遺骸《いがい》が漂着したことがあるんだ。俺が見たのはその骨だけだが、驚くほど長い首と大きなヒレを持っていた。全長二十トラムはある巨大生物だ」

「二十トラム?」幌馬車よりも、下手をしたらバニストンの家よりも大きい。「そんな大きな生物、ソリディアス大陸にはいないよね」

「——だろ?」

ウォルターは嬉しそうに笑った。

「いつか大きな船を造って、海の向こうに漕ぎ出してみたい。まだ誰も見たことのない、こことは別の大陸をこの足で踏みしめてみたいんだ」

そこで彼は言葉を切り、首を傾けてみせる。

「お前も行ってみたくないか?」

行ってみたい——とは思う。楽しそうだなとも思う。けれどその想いは現実感を伴わない。うつつに見る夢のように、捕らえようとすれば逃げていく。

「ごめん」とアンガスは答えた。「今は文字《スペル》を回収することで頭がいっぱいなんだ。だからその先のことまでは、まだ考えられない」

「そうか……」

ウォルターは肩をすくめた。自嘲気味に笑うと、再び地面に横になる。

焚き火に枯れ枝を足しながら、アンガスは考えた。失望させてしまっただろうか。今のうちに謝っておくべきだろうか。

「そういやお前——好きなタイプは褐色の肌に黒い髪って言ってたよな？」

「うへっ？」

突然問いかけられて、アンガスはヘンな声をあげた。ウォルターは横になったまま、ニヤニヤと笑っている。

「つまり、セラはド真ん中だったわけだ？」

アンガスは咳き込んだ。何を言い出すかと思えば、今度はそれか？

「で、少しは進展したのかよ？」

「そういうウォルターの好みは——」ごまかすために、アンガスは問い返した。「色白のブルネットだったよね？」

「ああ、そうだ。お前と違って、いまだ理想の相手とは巡り会えていないけどな」

そこで彼はぽんと手を打つ。

「あ、でも俺。まだセラとの婚約解消、発表してないんだった」

「って、まだ言うか！」

「冗談だよ——怒るなって」

ウォルターは苦笑し、右手をひらひらと振ってみせる。

「セラのことになると、途端にムキになるんだもんな。お前ってホントに面白いよ」

そんなこと、面白いと言われても喜べない。アンガスはウォルターを横目で睨んだ。

「今の口調、ジョニーにそっくりだよ？」

「おや、そうだったか？」

アンガスのイヤミを笑ってやり過ごし、ウォルターは上空を見上げた。

「セラはいい子だよな。可愛いし、明るくて一生懸命だし。言葉遣いはいいのか悪いのか、時々わかんなくなるけど」

「――確かに」

「彼女、競争率激しいんだからな？　バニストンに戻る前にちゃんと捕まえとけよ？」

「でも――」

「でも、じゃない」

ウォルターが遮った。思いのほか真剣な眼差しでアンガスを見据え、彼は続けた。

「いいか、アンガス。先のことが考えられないなんて、セラには口が裂けても言うんじゃないぞ？」

翌朝早く、彼らはついにコギタティオ渓谷に足を踏み入れた。岩肌を縫うようにして、一本道が続いている。

夕暮れ近くになって、ようやく開けた場所に出た。しばらく使われた形跡はないが、どうやら馬車の休息所らしい。彼らはそこで一夜を明かすことにした。

そして翌日、コギタティオ渓谷に入って二日目の昼過ぎ。彼らはカクメン村に到着した。

訪れる者の絶えた村は、ヘルム村と同じく荒れ果てていた。廃墟と化した無人の村は寒々しい。その場に身を置いているだけで、体も心も凍《こご》えてくる。

「俺はこの村の人達に助けられたんだ」

独り言のように、ウォルターが呟いた。

「気さくないい人達だったのに――みんな死んでしまったんだろうか？」

「おそらくは、そうであろうな」

エヴァグリンは事件当時のことを話してくれた。

村のすぐ近くを流れるナトゥラ川——そこにおびただしい数の死体が浮いているのを、カトゥスの商人が発見した。それはカクメン村の住人達だった。村で一体何があったのか、エヴァグリンは調査に当たった。その結果、カクメン村の住人達が集団で渓谷に身を投げたことがわかった。けれど住人達が集団自殺を図った原因は、結局わからずじまいだった。

「あの頃は文字《スペル》のことなど何も知らなかったのでな」エヴァグリンは険しい表情を浮かべる。「その後、『カクメンは呪われている』という噂が流れた。西部山岳地帯の人々は呪いを恐れて、村に続く道を封じてしまったのだ」

腕組みして聞いていた姫が、重々しく頷く。

「結果から言えば、それは正解だったのだ。もし誰かが村に入り、それを再建しようとしていたら、同じ悲劇が繰り返されていただろう」

姫の声が聞こえないエヴァグリンのため、アンガスはその言葉を彼に伝えた。エヴァグリンは眉間の皺をいっそう深め、『本《スペル》』に向かって問いかける。

「では、やはりここにも文字《スペル》がある？」

「その通りだ。村人達を自殺に追い込んだ文字《スペル》は、この村か、もしくはこの周辺のどこかにある」

カクメンの人々を死に向かわせた文字《スペル》がまだここにある。そう思うだけで背筋が寒くなる。廃屋の陰や岩陰に、人ならぬものが潜んでいるような気がして、アンガスは何度もあたりを見回した。

彼らは手分けして文字《スペル》を探した。

ほどなく、アンガスは奇妙な物を見つけた。

それは村外れに据えつけられた半鐘《はんしょう》だった。村人達に時を知らせる鐘なのだろう。素材は鉄。村人が姿を消してから二年あまり。普通ならば真っ赤に錆《さ》びついているはずなのに、その表面は磨き抜かれた銀のように輝いている。

鐘の表側を丹念に調べた後、アンガスはその内側を覗き込んだ。かと思うと、すぐに頭を引っ込め、今度は鐘の内側に、開いた『本』のページを向ける。

「『End《終焉》』だ」

鐘の内側を見上げ、姫は呟く。

「苦しみや悲しみの終焉《しゅうえん》。不和や争いの終焉。命を絶たずとも、他に終焉はいくらでもあったろうに、何故《なぜ》良い意味に捉《とら》えられなかったのだろう」

「……歌のせいですわ」

震える声で、セラが答えた。

「歌姫の歌う『鍵の歌《クラヴィスカントゥス》』は文字《スペル》の力を強めますの。ドーンコーラスは四人の歌姫の中でも、もっとも優れた歌姫です。彼女が悲哀に満ちた『終焉』の『鍵の歌《クラヴィスカントゥス》』を歌ったから、村人達は悲嘆に暮れたのですわ。夢も希望も失って、崖から身を投げたのですわ」

ドーンコーラス——レッドと行動をともにし、彼を守ろうとしたコル族の歌姫。

「だがドーンコーラスにとって、レッドは仇《かたき》であろう？」エヴァグリンは難しい顔をして腕を組んだ。「なぜ彼女はレッドに手を貸すのであろうか？」

「歌と文字《スペル》は二つで一つ。惹《ひ》かれあうように出来ておりますの。レッドは左手に文字《スペル》を持っておりますから——歌姫であるドーンコーラスは、レッドに惹かれたのだと思いますわ」

そこでセラはちらっとアンガスを見る。けれど彼と目が合うと、セラは慌てて目をそらした。

「ドーンコーラスを止めなくてはいけませんわ。もう二度と、こんな悲劇を起こさないためにも」

「うむ、そうだな」

姫は旅の仲間達をぐるりと見回し、最後にアンガスに向き直る。

「『End《終焉》』を回収する。三十六ページを開け」

アンガスは指示されたページを開いた。

姫は背筋を伸ばし、歌い始めた。

失われし　我が吐息
砕け散りし　我が魂
帰り来たれ　悔恨の淵へ
いま一度　我が元へ

甘き夢は　遠くに去り
虚無の風は　終末を謳《うた》う
悲喜劇の　幕は閉じゆく
後に塵《ちり》さえ　残さずに

姫の声は美しく、いつも以上に澄みわたっていた。沈痛でもの悲しく、まるで鎮魂歌のように谷間に響いた。鐘を離れた文字《スペル》が『本』に吸い込まれる。姫の歌の残響が消え去るまで、アンガス達は黙《もく》禱《とう》を続けた。

「どうか汝らの魂が安らかならんことを――」

姫の言葉に、アンガスは空を見上げた。

空は鈍色《にびいろ》の雲で覆われている。その下に広がる雄大なコギタティオ渓谷。陽に晒《さら》された赤い岩肌。乾燥し、乾ききった岩石砂漠。

それが突然、反転した。赤い山は青く染まり、白く凍り付いた氷山と化した。広大な渓谷は白い雪に覆われている。恐ろしくも美しい世界。すべてが凍り付いた死の世界――

アンガスは目を閉じた。

これはただの幻ではない。これは一つの可能性、この世界とは別の世界なのだ。それは少しずつ、だが確実に近づいてきている。そう遠くない未来。どちらが現実でどちらが幻影なのか、わからなくなる時がやって来る。

『私は、仲間達は、確かにここにいるのです』

セラの声が耳に蘇る。そうだ。みんながいる世界――それが僕にとっての真実だ。自分が立っている場所を疑うな。判断を誤るな。

アンガスは目を開いた。

幻は跡形もなく消えていた。

息を吐いて、バンダナの上から右目を押さえた。あの幻を見るのは文字《スペル》のせいなのか。この右目にある『希望』が、本のように脳に作用して、僕に幻影《ヴィジョン》を見せているのか。

だとしても、もう揺らがない。僕には仲間がいる。待っていてくれる人がいる。この先、何が起ころうと、僕は決して世界の滅亡なんて望まない。

「さて――私が案内出来るのはここまでだ」

エヴァグリンが顔を上げ、アンガスを振り返った。

「して、アンガス。残る文字《スペル》をどこに求める？　これからどこへ向かう？」

「とりあえず、カネレクラビスに向かいます」

応えて、アンガスはセラに目を向けた。

「今度こそ、セラを連れて行かなきゃ」

「じゃ、一度ミースエストまで戻ろうぜ」とウォルターが提案した。「ずいぶんと西部に長居しちまったからな。そろそろ新見聞《ニュースペーパー》が恋しい」

それを聞いて、アークとジョニーが揃って顔をしかめた。

「う——またですか？」

「あの町と新見聞《ニュースペーパー》には、ろくな思い出がねぇんだよなぁ」

「今度こそ大丈夫」

アンガスは苦笑しながら答えた。

「そう何度も同じようなことは起きませんよ」

6

ラジエルに率いられ、カネレクラビスまでやって来た天使達。その住居も出来あがり、彼らがようやく落ち着きを取り戻した頃——

「島だ！」

叫び声と警笛がカネレクラビスに鳴り響いた。

「中心湖《メディウム》の上だ！」

俺は杖を手に林を駆け抜けた。

祭り《パウワウ》の前夜——リグレットと手を繋いだまま夜明けを迎えた岩の上に立つ。湖岸には武器を手にした各部族の戦士達が続々と集まってくる。

『見つけたぞ！』

頭をぶん殴られるような思念波が降ってきた。

『第十三聖域の堕天使——そこにいたか！』

俺が目的——ということは、リグレットには気づいていないのか？　いや、たとえ気づいていたとしても、リグレットは林の奥、地下に掘られた退避所に逃げているはずだ。そう簡単には見つからない。何より俺が、ここを通さない。

「馬鹿みたいに強い思念波だな」

俺の隣にラジエルが立っていた。カネレクラビスは天使の立ち入りを禁止していたはずなのに、こいつはいつの間にか大地の人に馴染《なじ》んで、今ではウィリディス族のホーガンに入り浸っている。

ラジエルは目の上に手で庇《ひさし》を作り、上空に迫り来る島を見上げた。

「ああ、あれは十二だな。第十二聖域『尊厳《ディグニティ》』だ。とすると、さっきのダミ声はミカエルか」

第十二聖域のミカエル。ハイブリッドの一人だ。

「いいタイミングだ」

俺は鼻で嗤った。十二ミカエルの頭を覗けば、クソ餓鬼ツァドキエルが何を企《たくら》んでいるのかがわかる。どうして第十七聖域が連絡を絶ったのか、奴に教えて貰おうじゃないか。

「しかしミカエルは強いぞ？　どうやって戦う？」

「なぜ俺が『悪魔の子』と呼ばれることになったのか、お前だって知ってるだろう？　きょうだい殺しのこの俺が、つるんでないと生きられないキメラごときに負けるかよ」

俺は中心湖《メディウム》をぐるりと眺めた。季節は生命の月。乾季なので湖水も少ない。

島は高度を下げ、湖の中央にさしかかろうとしていた。聖域は思考エネルギーで浮いている。高次のエネルギーは、新たなエネルギーの呼び水となる。

「水辺から離れろ！」

俺は岩場を下り、湖岸に立った。

「俺に考えがある。みんな岸から離れてくれ！」

臨戦態勢で上空を見上げていた戦士達は、不満そうな顔をしながらも俺の指示に従った。そうしている間にも第十二聖域は湖の中央からさらに北——カネレクラビスへと接近しつつある。その城壁を乗り越えて、自動人形《ドール》達が降りてくる。

俺は銀の杖を湖水に突き立てた。深呼吸をして息を整え、覚悟を決めて目を開く。

両手で杖を支え、俺は静かに歌い始めた。

この歌が届けばよいのだが
偉大なる魂の御元《みもと》に
愛する貴方の元に
この歌が届けばよいのだが

『解放の歌《リベルタカントゥス》』は刻印の意志に反する。刻印から流れ込む怒りが心臓を圧迫する。それでも俺は続きを歌った。刻印からエネルギーを取り出す『理性』の『鍵の歌《クラヴィスカントゥス》』を――

炎の如く　燃える怒りにも
嵐《あらし》の如く　渦巻く憎悪にも
凪《なぎ》の如く　穏やかであれ
其《そ》が汝らを　人たらしめる

すさまじいエネルギーが『理性』の刻印から放たれた。それは雷光のように湖面を走り、第十二聖域へと駆け上がる。

轟音《ごうおん》が響き渡った。

立ち込める水煙で視界が遮られ、何も見えない。

いや――違う。何も見えないのは水煙のせいじゃない。俺の視野が……暗いせいだ。

突き刺すような痛みが胸に走る。

畜生、来やがった。

俺は杖に縋りながら、ずるずると倒れ込んだ。

「おい、しっかりしろ！」

誰かが俺を助け起こす。

馬鹿、俺に触れるな。巻き込まれるぞ。

「ば、馬鹿にするな！　痩《や》せても枯れても私は十大天使だぞ！」

ラジエルか。なら巻き込んでもかまわないな。

「歌を――」

話そうとしても、息が続かない。声が、喉から出ていかない。

「アザゼル！」

リグレットの声がする。暗闇の中に歌声が響く。

寄せては返す　波の音よ
私の鼓動を　鎮めておくれ
愛しい愛しい　あの人を
思って高鳴る　私の胸を

永眠した死者でさえ起き出しそうな美しい声が、心を震わせる透明な旋律が、落ちていこうとした俺の意識を呼び戻した。

目を開くと、リグレットの顔が見えた。

「『解放の歌《リベルタカントゥス》』を歌ったな？」

その目に涙が湧き上がり、頬を伝って流れ落ちる。彼女は俺の服を摑み、ぐいと顔を近づけた。

「なんのために私が禁を破ったと思う？　なんのために掟を破ってまで、お前に呪歌を教えたと思ってるんだ？」

それを誰かに聞かれるのはまずい。

そう言おうとして、俺は周囲に渦巻く物音に気づいた。入り乱れる足音。荒い息遣いと叫び声。金属と金属の打ち合わされる音。怒号。悲鳴。破砕音。

青い空に島はない。第十二聖域は斜めに傾ぎ、ゆるゆると落下していく。そこから降りてきた自動人形《ドール》達と大地の人の戦士達が、そこここで激しい衝突を繰り返している。

俺はリグレットを押し返し、上体を起こした。

「こんな危険な所に――出て……くるな」

「出てくるな、だと？」

涙に濡れた彼女の目に、怒りの炎が燃え上がる。

「心臓を止めかけておいて、どの面下げてその台詞を言うつもりだ！」

ああ、その通りだ。その通りだが、今は言い争っている場合じゃない。

「手を――貸してくれ」

杖に縋り、俺は立ち上がろうとした。リグレットはまだ言い足りないようだったが、それでも俺の腕を取り、自分の肩に回した。

周囲では激しい戦闘が繰り広げられている。神経銃の攻撃を喰らって昏倒《こんとう》している戦士がいる。岸にも水辺にも、切り落とされた自動人形《ドール》の首や腕がゴロゴロと転がっている。

仲間達を置いて戦場から逃げ出すのは嫌だったが、今はリグレットを安全な場所に移動させるのが先だ。俺は彼女の肩を借りて、林の方へと移動しはじめた。

「その女性は、どなたかね？」

ラジエルがおっかなびっくり俺達についてくる。

「それにしても素晴らしい歌声だった。是非、私の歌劇に出演――」

風切り音をたてて彼の鼻先を矢がかすめた。ひっ……と声を上げ、ラジエルはのけぞる。

「交渉は後にしろ。今はここから逃げ――」

言いかけて、言葉が途切れた。

誰かが、俺を見ている。突き刺すような冷たい視線――これは――あのクソ餓鬼ツァドキエルだ。

俺は足を止め、湖を振り返った。ラジエルにリグレットを押しつける。

「彼女を連れて林に逃げろ」

「何を言う！　逃げるのならお前も一緒だ！」

「早くしろ、ラジエル！」リグレットの声を無視して、俺は叫んだ。「彼女に傷一つ負わせてみろ。お前を氷像にしてやるからな！」

「あああああ……」

ラジエルはうろたえながらも、リグレットを両手に抱え込んだ。

「姫……どうか姫……大人しくこちらへ来て――」

「アザゼル！」

悲鳴のようなリグレットの声。振り返っている余裕はない。自動人形《ドール》に両脇《りょうわき》を支えられ、滑空してくる白い人影。頑健《がんけん》で剛直だった十三ミカエルに勝《まさ》るとも劣《おと》らない、屈強な体軀《たいく》を持つ十二ミカエルが舞い降りてくる。

「おおおおお……ッ！」

十二ミカエルが吠《ほ》えた。俺の背丈《せたけ》ほどもある大剣を振りかぶり、着地と同時に振り下ろす！

一瞬早く、俺は後方に飛び退いた。大剣が湖岸の岩盤を打ち砕く。なんて馬鹿力だ。こいつ、本当に人間か？

「おりゃぁッ！」

掛け声とともに、軽々と大剣を振るう。得物が大きいだけに動作も大きい。俺は間一髪で攻撃を避け続けた。しかし先程、発作を起こしかけたせいもあって、少し動いただけで息が上がってしまう。ミカエルの暗示が利いているのか、まわりの戦士達は俺達に見向きもしない。誰の助けも望めそうにない。

　足が縺れて転んだ。立ち上がろうとするが、膝に力が入らない。胸を押さえて喘《あえ》ぐ俺を、ミカエルは愉悦の表情で見下ろした。

「心臓に欠陥があるというのは、どうやら本当らしいな？」

　答える代わりに、俺は杖を握りしめた。チャンスは一度だけ。しくじったら命はない。

「これで終わりだ！」

　ミカエルが大剣を振りかぶった、その瞬間――

　俺は跳ね起き、両手で杖を突き出した。杖の鋭い切っ先がミカエルの鳩尾に突き刺さる。

「ぐ、わぁ！」

　剣を取り落とし、ミカエルは腹を押さえた。俺は立ち上がり、右手を彼の額に押し当てた。

「第十七聖域はなぜ連絡を絶った!?」

　声に出さなくても、答えは頭の中に浮き上がる。第十七聖域『歓喜』はイオディーン山麓に降りた。ハイブリッドの一人、十七ツァドキエルは同じ十七聖域の天使に恋をした。彼女を守るため、十七ツァドキエルは造反したのだ。彼は自ら首輪を填めてハイブリッド達との繋がりを断ち、他の聖域とのネットワークも遮断した。彼は地上に楽園を降ろし、そこで聖域再建の機会を待つつもりなのだ。

　だが十三ツァドキエルはそれを望まない。聖域の再興にも存続にも興味がない。十三ツァドキエルはハイブリッドの中でもっとも若い個体であり、もっとも優れた能力を持つ。彼女はハイブリッド達の統合人格を支配する。逆らうことは許されない。

「聖域の存続を望まないなら、十三ツァドキエルの狙いはなんだ」

その真意を——俺が摑みかけた時、

「お前になんか、教えてやるもんか！」

舌っ足らずな声でミカエルが叫んだ。ツァドキエルの殺意を感じ、俺は彼から手を離した。もう一方の手で杖を引き抜き、ミカエルから飛び離れる。

ミカエルは頭を抱え、岩場に倒れた。

「なぜだあああ！」

大声で泣き叫び、彼は地面を転げ回った。

「なぜお前だけがあぁぁ！」

屈強な体が感電したように硬直する。血を吐くような絶叫を残し、ミカエルは絶命した。

怒号渦巻く戦場に立ちつくし、俺は彼の遺体を見下ろした。

仲間の命を奪ってまで隠そうとしたツァドキエルの真の目的。聖域の復興でも存続でもない彼女の目的。

それは——一体なんだ？

7

アンガス達はコギタティオ渓谷を出て、荒野を南東へと向かった。鉛の採掘でにぎわうプルンブム鉱山を経由し、駅馬車街道を辿ってアケルウスへと抜ける。

まだ朝夕の冷え込みは厳しかったが、日中は暖かい日が多くなってきた。雪溶け水で川の流れは勢いを増している。川辺には小さな黄色い花が咲いている。

カクメンを出てから一ヵ月あまり。ようやくミースエストの町並みが見えてきた。

「久々の大都市だ」ジョニーは喜び勇んで手綱を握る。「着いたら一杯やらなきゃな！」

「ご主人様にお酒を飲ませるのはもうやめてください」

「その通りですわ。アンガスは酔うと口が軽くなるのですから」

アークとセラが抗議する。ジョニーは唇を尖《とが》らせ、ムキになって反論する。

「なんだよ、お前ら。自分が謹厳実直だからって、この世に楽しみというものがあっちゃならんとでも言うつもりなのか？　だいたい酒と博打《ばくち》と女なくして、この世になんの楽しみが……」

「む？」馬車と併走する馬上で、エヴァグリンが声を上げた。「町の出入り口に騎兵隊がおるようだが、何か事件でもあったのだろうか？」

「げ、またかよ！」

ジョニーはアンガスを振り返り、いーッと歯を剝いてみせる。

「もう、何もないって言ったじゃない！　アンガスちゃんの嘘つき！」

アンガスは町の出入り口を見た。騎兵隊の先頭に立つのはオニール市保安官《シティ・マーシャル》だ。どうやら彼もアンガス達を見つけたらしい。こちらに向かって馬を走らせてくる。

「お久しぶりです、エヴァグリン連盟保安官《リーグ・マーシャル》」

オニールは騎乗したままエヴァグリンに敬礼した。

「緊急事態です。カネレクラビス北部ネリル峠付近で、東部連盟《イースタンリーグ》の騎兵隊とネイティヴの間に諍《いさか》いが発生しました。今も一触即発の睨《にら》み合《あ》いが続いています」

そこでオニールは厳しい表情でアンガスを見た。

「アンガス、君はネイティヴ達とも面識があるって言ってたよね？」

「え、ええ——」

「では、君の力を貸してくれ」

返事を待たず、オニールは馬の首を巡らせた。

「詳しい話は事務所でします。皆さん、どうかご同行を」

「しゃあねぇなぁ、もう」

ジョニーはため息をついた。それから背筋を伸ばし、手綱をぴしりと鳴らした。

「さ、急げ！　ハムレット、オフィーリア！」


アンガス達は保安官事務所に通された。オニールが机の上に地図を広げる。それを見て、ウォルターは満足げに微笑んだ。

「ソリディアス大陸中央地図。しかも三年前に改訂した最新版だ」

「この仕事に地図は必要不可欠だからね」

そう言って、オニールは早口に説明を始めた。

「一ヵ月前、東部連盟議会《イースタンリーグ》は鋼鉄道路《レイルウェイ》の西部延伸を決定しました。そのルートが……これです」

彼は地図上に引かれた赤い線を指で追う。

「この案通りに進めれば、標高差も少なく、工事も楽に進められる。けれどこの線は——」

「ネリル峠の南側、カネレクラビスの中を通っている」アンガスは上目遣いにオニールを見た。「これじゃ、ネイティヴ達が怒るのも当然ですよ」

「ロックウェル氏は金品を用意し、土地を譲ってくれるよう交渉しようとしたそうだ。が、ネイティヴ達は話し合いに応じようともしなかった」

「当然ですわ！」

抗議の声をあげたのはセラだった。

「カネレクラビスは大いなる意志のもの。私達はそれを守るために存在しているんですのよ。ネイティヴが大いなる意志のものを売り渡すなんて、天地がひっくり返ってもありえませんわ！」

「え、ええと――君は？」

オニールは戸惑ったようにセラを見た。セラは答えず、その大きな目で彼を睨み付けている。美少女に睨まれて、居心地が悪くなったらしい。オニールは助けを求めるようにアンガスに目を向けた。

「僕も同じ意見です」と彼は言った。オニールの立場もわからなくはないが、ここは譲れない。「開拓者達は約束しました。カネレクラビスには立ち入らないと。イオディーン山が火を噴き、再びすべてが……」混沌《こんとん》に沈むその時まで――と続けようとして、アンガスは声を詰まらせた。脳裏に滅びの風景が浮かぶ。火を噴くイオディーン、流れ出す溶岩、燃える森、焼き尽くされる村、炎上する町、逃げまどう人々――

近い……近づいてきている……

「アンガス！」

誰かが叫んで、彼の肩を乱暴に揺さぶった。

詰めていた息を吐く。心臓が胸の奥で暴《あば》れている。まるで長いこと息を止めていたみたいだ。

「大丈夫か？」

ウォルターが心配そうに彼の顔を覗き込んでいる。

「顔色が真っ青だぞ？　貧血か？」

説明など出来なかった。幻のことは誰にも話せない。それを観測してはならない。誰にも知られてはいけないのだ。

「……大丈夫」

アンガスはウォルターを見上げ、微笑んでみせる。

「ちょっと目眩がしただけ。心配いらないよ」

「けど、お前……」

何かを言いかけるウォルターに向かい、アンガスは首を横に振った。何も聞くなというように。

ウォルターは心配そうに眉を顰《ひそ》めたまま、再び椅子に座り直した。

「状況はわかりました」

アンガスは改めてオニールに向き直った。

「僕達はカネレクラビスに向かいます」

「そうしてくれるか。ありがたい！」

「けど、条件があります」

その言葉に、居合わせた全員が驚いたように彼を見た。それに動じることなく、アンガスは続ける。

「たとえ僕がネイティヴ達を説得出来たとしても、騎兵隊がカネレクラビスから撤退しなければ意味はありません」

そこで彼は二人の保安官《マーシャル》を交互に見た。

「エヴァグリン連盟保安官《リーグ・マーシャル》、オニール市保安官《シティ・マーシャル》、戦いを放棄するよう騎兵隊員達を説得してください。人々の尊敬を集めるお二人の言葉ならば、騎兵隊員も無視出来ないはずです」

「もちろん、初めからそのつもりだよ」

オニールは真顔で頷いた。それからエヴァグリンに向かって問いかける。

「一緒に来ていただけますね？　エヴァグリン連盟保安官《リーグ・マーシャル》？」

「しかし私は――」

「もう連盟保安官《リーグ・マーシャル》ではない、などと言い訳じみたことはおっしゃらないでください」

エヴァグリンの返答を封じ、厳しい口調でオニールは言った。

「貴方の活躍は伝説の域に達しています。誇りある騎兵隊において、貴方の言葉に耳を貸さない者は存在しません」

「僕もそう思います」

アンガスはオニールを支持し、エヴァグリン連盟保安官《リーグ・マーシャル》に笑いかけた。

「どうか、お願いします」

大きく息をついてから、エヴァグリンは答えた。

「わかった。私に出来る最大限の努力をしよう」

アンガスは頷き、椅子から立ち上がった。

「では僕らはカネレクラビスに向かいます」

「悪いが俺は別行動させて貰う」

ウォルターが右手を挙げた。

「俺はバニストンに戻る」

彼の顔を見て、アンガスはその意図を悟った。

「マイケル・ロックウェルに会いに行く気なの？」

「さすがアンガス、察しがいいな」ウォルターはニヤリと笑った。「こう見えても俺はスペンサー地図店の当主だ。ロックウェルにも面識がある」

「でも、危険だよ」

「わかってる。だからこそ今のうちに情報を集めておく必要があるんだ」

「チョイ待ち」

ジョニーが二人の会話に割って入った。

「なんでロックウェルに会いに行くのさ。どうしてそれが危険なのさ。オレにもわかるように説明してくれよ」

「考えてもみろよ」とウォルターが答える。「今回のこともプラトゥムでの一件も、東部の会社が西部開拓を目論《もくろ》んだことに原因がある。しかも今回は鋼鉄道路《レイルウェイ》絡みで、騎兵隊まで出てきた。となれば、これは東部連盟《イースタンリーグ》の代表であり、東部鋼鉄道路社《イースタン・レイルウェイ》の頭取でもある、マイケル・ロックウェルの意図が働いているとしか思えないだろう？」

「だからロックウェルにイチャモンつけに行こうってのか？」

「そうじゃない。俺の知る限り、マイケル・ロックウェル市長はバニストンだけでなく、東部一帯の平和と秩序の維持にも貢献し続けてきた好漢だ。悪い噂なんて一つも聞いたことがない。その彼が、どうして今になってこんな暴挙に出る？　ジョニーは気にならないか？」

「う……」

ようやく状況が飲み込めたらしい。ジョニーは力一杯顔をしかめた。

「また文字《スペル》の影響とか、言い出すんじゃねぇだろうな？」

「それはまだわからない」

アンガスは低い声で言った。

「けど、僕らはここのところ、ずっと西部に目を奪われてきた。これもレッドの策略だったのかもしれない。レッドは西部各地に文字《スペル》を放置し、数々の事件を巻き起こし、僕らが西部に留まっている間に、自分は東部での計画を推し進めたのかもしれない」

「その可能性は大いにある」とウォルターが続けた。「だから俺は一足早くバニストンに戻って、どんな計画が進行しているのか、探りを入れてみようと思う」

そこで彼は、アンガスにウインクして見せる。

「ま、そう心配そうな顔をするな。いくら俺でも、いきなりロックウェルの屋敷に乗り込んだりはしないよ。帰ったらその足で、デイリースタンプ新見聞《ニュースペーパー》社に駆け込むさ。エイドリアン女史のことだ。すでに何かしらの情報を摑んでいるに違いないからな」

8

カネレクラビスを強襲した第十二聖域との戦いは、大地の人が勝利した。第十二聖域は湖の北側に広がる林の中に落ち、自動人形《ドール》達も戦士達の果敢な攻撃により、すべて破壊しつくされた。島の中には千人を超す下級天使達が生き残っていたが、彼らは心縛により、すでに自我を失っていた。

下級天使達は島から運び出され、大地の人の手厚い看護を受けた。けれど彼らは物も食べず、動くことも知らず、ただひたすらに『尊敬』の鍵の歌を歌い続けた。歌う人形と化した人々——彼らを助ける術はどこにもなかった。

この戦いで死んだ大地の人は五十五名。彼らの遺体は生命の四季を振り返るため、四日間安置された後、丁重に葬《ほうむ》られた。

彼らの勇気をたたえ、その魂を送り出す歌が『大地の鍵』によって歌われた。それが悲哀を帯びた鎮魂歌であっても、リグレットの歌声は美しかった。

弔いの儀式が終わった後、俺は湖の畔に出た。岩の上から湖を眺める。湖面は凪《な》ぎ、四日前の惨劇など微塵も感じさせない。けれど湖畔に目を戻せば、破壊され、放置されたままの自動人形《ドール》が幾体も転がっている。

それらから目をそらし、俺は再び湖面へと目を向けた。太陽光が反射して眩《まぶ》しい。軽い目眩を覚えて目を瞬く。

「アザゼル」

背後から俺を呼ぶ声が聞こえた。鈴が鳴るような美しい声。俺は声の主を振り返り——思わず目を見張った。

数歩離れた岩場に自動人形《ドール》が立っている。金の巻き毛に青い瞳。アークエンジェルⅡ型、第十三聖域の自動人形《ドール》だ。そいつは岩の上に立つ俺を見上げ、美しい声で呼びかけた。

「アザゼル——いい名前ですね」

優しく懐かしい声の響き。自動人形《ドール》のくせに人形らしくない。前にも一度、この手の人形を見たことがある。第十三聖域で俺を逃がしてくれた自動人形《ドール》。ミカエルの意志を持ったあの人形だ。

「何が言いたい？」

いつでも呪歌の詠唱に入れるよう、俺は身がまえた。

「自動人形《ドール》と湖を眺める趣味はねぇんだ。中枢がイカレてるなら、俺が引導渡してやるぜ」

「相変わらず口が悪い」

自動人形《ドール》はくすっと笑った。

笑った――？　自動人形《ドール》が？

「お久しぶりです」

自動人形《ドール》は左耳にかかった髪をかき上げた。その耳朶《じだ》に填められているのは、見覚えのある銀色のアクセスクリップ。

「……ガブリエル？」

驚きの声が口を衝《つ》く。と、同時に頭の中に警報が鳴る。これは罠だ。ガブリエルのアクセスクリップはあのツァドキエルが握っていた。それを填めた自動人形《ドール》が、なんの意図もなく、ここに来るはずがない。

「そうです」

俺の心を読んだかのように、自動人形《ドール》は答えた。

「十三ツァドキエルの言葉を伝えに来ました」

「あのクソ餓鬼が今さら俺になんの用だ？」

「そう身がまえなくてもお話しします。ですが……」

自動人形《ドール》は眉根を寄せた。憎らしいほどガブリエルそっくりな動きだった。

「女性に向かって、クソ餓鬼は失礼ですよ？」

この人形はガブリエルではない。そうわかっていても騙《だま》される。俺を動揺させるのがツァドキエルの狙いなのだとしたら、俺はまんまとその術中にはまってしまった。ガブリエルにそっくりな自動人形《ドール》を目の前にして、考えずにはいられない。もう一度、彼に会いたい。ガブリエルと話がしたい。

「第十三聖域を脱出する直前、ハニエルを締め上げて私達は事実を知りました。私達は彼女が遺伝子操作で造り上げた、優良遺伝子のハイブリッドなのです」

「知ってるよ。お前達は心を持たない欠陥品、ツギハギされた怪物だ」

「お前達ではなく私達です」

自動人形《ドール》は『私達』の部分に力を込めた。

「ハニエルさえパニックを起こさなければ、貴方も私達に繋がることが出来たはずでした。なのに、たかが九十九名の嬰児《えいじ》を殺しただけで、ハニエルは貴方を隔離し、首輪まで付けた」

優しい微笑みを浮かべ、自動人形《ドール》は言った。

「貴方と私達はきょうだいなのです」

「なん……だと？」

「私達には大賢人の遺伝子が組み込まれています。最初の成功例が私——十三ガブリエルでした。次に生まれたのは十七ツァドキエル。続いて十二ミカエルと七のラファエル。共同研究者が次々と成功例を生み出す中、次の個体を生み出せず、ハニエルは焦ったんでしょうね。だから彼女は——開けてはいけない禁断の箱に手を出してしまった」

自動人形《ドール》は笑う。寂しそうに、悲しそうに、何か大切なものを諦めてしまったような顔で笑う。

「第十三聖域に秘匿されていた大賢人の体細胞。その核を移植した未受精卵から生まれたのが貴方です。つまり貴方は私達きょうだいの中で唯一、大賢人とまったく同じ遺伝子を持つ個体なのです」

目眩がした。地面がぐらぐらと揺れている。それを否定したいと願う一方で、納得している自分がいる。ガブリエルと俺は互いに共鳴し、依存を強めた。それには理由があったのだ。

「なぜだ——？」

掠れた声で、俺は問い返した。

「なぜ今さら——それを俺に伝える？」

「それは……」

言いかけて、自動人形《ドール》は口を開いたまま静止した。

その仮初《かりそ》めの体に、別の魂が入り込む。

「あんたを苦しめるためにきまってるじゃん」

舌っ足らずな声——第十三聖域のツァドキエルだ。

「大賢人は『解放の歌《リベルタカントゥス》』をこの世にもたらした。人類を育《はぐく》み、進化を促《うなが》してきた刻印の意志を思いっきり歪めたんだ。大賢人こそ破滅の元凶。災いのもと。そしてお前はそのコピー」

ツァドキエルはクスクス笑った。

「我慢するのはもうやめて、己の欲望に従おうよ。ねぇ、あんた。ガブリエルを取り戻したいんでしょ？」

「やめろ！」

「あはは、やっぱムキになる。ガブリエルはあんたのお兄ちゃんだもんねぇ？　大好きなんだもんねえ？　僕が悪かったです、僕のガブリエルを返してくださいって、泣いてお願いしてごらんよ？　そしたらコイツを解放してあげてもいいよ？」

「——やめろッ！」

心が震えるのを感じた。それがツァドキエルの狙いだとわかっていても、平静ではいられなかった。俺が膝をついて謝っても、ツァドキエルはガブリエルを解放などしない。そんなことはわかってる。わかっているんだ。でも——心は揺れ動く。振り切れない。諦められない。

「貴方を守りたかった」

自動人形《ドール》が言う。ガブリエルの口調で、ガブリエルにそっくりな目で、人形は告白する。

「貴方の傍にいたかった。他の誰よりも貴方に近しい存在でありたかった」

ガブリエル——そう呼びかけそうになるのを堪えた。これはガブリエルであり、ツァドキエルでもある。統合された意識。首輪で隔離でもしない限り、ハイブリッド達の意識を切り離すことは出来ない。

「この世界にはどんなに望んでも、決して手に入らないものがある。それを悟った時……どんな気分になるか。貴方にわかりますか？」

自動人形《ドール》が問う。胸が締めつけられるほど悲しげな声で。

「すべてを壊してしまいたくなるんですよ」

自動人形《ドール》が右手を上げる。手首が折れ、銃口が現れる。

「誰かに渡すくらいなら、私の手で殺します」

そうだな。お前にはその権利がある。お前が俺の死を望むなら、俺はそれに従おう。そうすることでしか、俺はお前の恩に報《むく》いることが出来ない。

俺は銃口の前に立った。そして神経針が俺の体を射抜くのを待った。

けれど——いつまで待っても銃声は響かなかった。

「に……げ……」

自動人形《ドール》の唇から掠れた声が漏れる。

はっとして、俺は顔を上げた。

目の前で自動人形《ドール》の首が飛んだ。唸りを上げて飛来した斧が、人形の首を刎《は》ね飛ばしたのだ。戦士達が駆けつけてくる。振り上げられた斧が、その左腕を切り落とす。

首輪を外した俺の意識はハイブリッド達にリンクしていた。咄嗟《とっさ》のことで、切り離す暇もなかった。自動人形《ドール》に襲いかかった衝撃は、それを操るツアドキエルを通して、俺自身にも襲いかかった。

死に至る痛みの中で、俺はようやく理解した。

俺が高い感応能力を持って生まれたのは偶然じゃない。俺もまたハニエルによって造られた。奴らと同じ——怪物だったのだと。

第十章

1

準備を整えて、アンガス達はミースエストを出た。同行するのはジョニーとアーク、それにセラだ。ウォルターはバニストンに向かい、エヴァグリンとオニールはカネレクラビスの東側を迂回し、ネリル峠を目指すという。

ジョニーは馬車をメディウム湖沿いに走らせた。

三日も進むと平原に出た。冬枯れした草の合間から、早くも新芽が頭をもたげている。灌木の茂みには若葉が芽生《めば》えている。春の兆《きざ》しを見せる高原。気のせいか、外界とは空気が違う気がする。

ここはカネレクラビス――最後の聖地だ。

「こんだけ見晴らしがいいのに、誰も出てこないってのは逆に気味が悪《わり》ぃな」

「そうですね」

ジョニーのぼやきにアンガスも同意する。前回はカネレクラビス北部の森林地帯から侵入したのに、二日とかからず発見された。それを思えば、やはり解《げ》せない。これだけ露骨に姿を見せているのだ。ネイティヴが姿を見せないのはおかしい。もしかしたらネイティヴ達は全員、北の紛争地帯に向かってしまったのではないか。そんな不安が胸をかすめる。

「ホーゥ！　ホーゥ！　ホーウゥ！」

遠くから、甲高《かんだか》い叫び声が聞こえた。

ジョニーは馬車を停め、アンガスは荷台に立ち上がった。前方の茂みがガサリと動き、背の高い男達が現れる。盛り上がった筋肉と黒光りする肌。革製のズボンを身に着けているが、上半身は裸だ。

彼らは馬車を取り囲んだ。数は十余名。全員が手に柄の長い槍を持ち、背中に弓と矢筒を背負っている。

「勝手に聖地に踏み込んだことはお詫《わ》びします」

アンガスはネイティヴ達に呼びかけた。毛皮の縁取りが付いたフードを外し、顔を晒す。

「僕の名前はアンガス・ケネス。オルクス族の首長《チーフ》、ローンテイルさんに会いに来ました。至急、彼女と話がしたいんです。どうか通してください」

「アンガスケネス？」

ネイティヴの男が呼びかけた。疑わしそうに目を細める。

「お前、アンガスケネス？　オルクスの歌姫、救った男？」

「スカイラークさんのことですか？」

「おお！」

男は目を見張った。

「祈り通じた！　アンガスケネス、現れた！」

「——はい？」

状況が摑めず、アンガスは首を傾げた。

男達は興奮し、足を踏みならす。そんな中、一人の男が前に進み出た。地面に槍を置き、掌を彼に向ける。ネイティヴの最敬礼だ。

「オレ、タムド。メンブルム族のタムド」

男は名乗ると、荷台の上のアンガスを見上げた。

「アンガスケネス、オレと来る。メンブルム首長《チーフ》ドラムとオルクス首長《チーフ》ローンテイル、オルクスの村にいる。彼女達、助け求めている」

どうやらメンブルム族とオルクス族は、まだ村にいるらしい。助けを求めているというのが気になるが、直接話が出来るのはありがたい。

「では、オルクス村まで案内をお願いします」

アンガスの返答に、メンブルム族の戦士達は歓声を上げた。タムドは槍を拾い上げ、それを振って、ついてこいと合図する。戦士達がいっせいに走り出した。長い足と強靱《きょうじん》な足腰。その速さはとても人間業とは思えない。

「頑張れ、人に負けちゃいらんねぇぞ！」

声援とともにジョニーが手綱を譲った。馬車を牽く二頭の馬は一声嘶くと、主人の声に応えるべく疾走を開始した。

高原を抜け、森林地帯に入った。木々に遮られ、走るスピードは落ちたが、それでもメンブルム族の男達は足を止めなかった。結局、この日は日没まで走り続けることになった。

翌日、メンブルム族の男達は日の出とともに起き上がった。簡単な朝食を済ませた後、再び走り始めた。昨日の疲れなどまったく感じさせない走りに、ジョニーは半ば感嘆、半ば呆れたように呟いた。

「あいつら、オレ達よりアークに近いんじゃね？」

「そんなことありません」併走するアークが律儀に反論した。「彼らの歩行速度は昨日に較べ、二割ほど低下しています」

そのまま走り続けること半日。戦士達よりも先に、二頭の馬の方がへばってきた。先行する戦士達に「少し休憩しよう」と呼びかけようとした時、見覚えのある風景が目に飛び込んできた。白い壁と石積みで出来た三角屋根。崩れた遺跡。浅黒い肌をしたネイティヴ達が彼らを出迎える。オルクス族だ。

「ようやく着いたぜぇ」

馬達の疲労をジョニーが代弁した。彼は手綱を引き、馬の歩みを止めた。御者台を降りると、鼻息を荒くしている二頭の首を撫でてやる。

「よく頑張った。偉いぞ、お前達」

アンガスとセラも荷台から降りた。二人をオルクス族の人々が取り巻いた。口々にアンガスの名を呼び、歓声をあげる。

「アンガスケネス！」

懐かしい声が聞こえた。人垣が割れ、その間を一人の女性が颯爽《さっそう》と歩いてくる。

「ローンテイルさん！」

「おお、しばらく会わぬ間に大きくなったナ！」

ローンテイルはアンガスを抱擁し、彼の背中をバンバンと叩く。

「あいかわらず体は薄いナ。キチンと飯喰ってるのカ？」

「ええ、人並みには」

彼女の変わらぬ笑顔に、アンガスは笑い返した。

「お元気そうで何よりです。ホーネットさんやスカイラークさんもお変わりありませんか？」

「うむ、達者ダ。後で会ってやってくレ」

その時、背後から奇妙な笑い声が聞こえてきた。

「ホホホ、ワタシの祈り。大いなる意志に届いた」

黒い巨体を揺すりながら現れたのは、メンブルム族の首長《チーフ》ドラムだった。彼女は分厚い大きな手で、アンガスの肩を親しげに叩いた。

「お前、来た。ワタシ、歌い続けた甲斐あった」

似たようなことをメンブルム族の戦士達も言っていた。どうやら彼女達はアンガスの来訪を望んでいたらしい。

「状況は……」と尋ねかけ、アンガスは気づいた。

二人の首長《チーフ》は驚きに目を見張り、彼の背後を凝視している。その視線の先には——セラがいた。

「お久しぶりでございますわ。オルクスのローンテイル。メンブルムのドラム」

セラが一歩前に出ると、ローンテイルとドラムは揃って両手を上げて挨拶した。

「カプトのホーリーウィング、よくご無事で戻られタ」感慨深そうにローンテイルは頷く。「今、この時に貴方が戻られたこト。大いなる意志は、我らを見捨ててはおらぬのだナ」

その言葉に危機を感じ取り、アンガスは用心深く声を掛けた。

「そんなに危うい状態ですか？」

「——まぁナ」

ローンテイルは苦々しく唇を歪めた。が、すぐに笑顔に戻ると、アンガスの肩に手を回す。

「とりあえず話は何か喰ってからダ。長旅で腹が減っただろウ？」

真剣な話は腹を満たしてから……というのがネイティヴ達の流儀だ。ここではそれに従うのが礼儀だ。

「遠慮なくご馳走になります」

以前、通されたことのある家に食事が用意された。

羊肉の腸詰めが入った豆のシチュー。川魚の塩焼き。小魚の塩漬けが入ったトウモロコシの粥。床を埋め尽くさんばかりに、ご馳走の皿が並べられている。冬は食料も乏しいはずなのに、こんな大盤振る舞いをして大丈夫なのだろうか。アンガスは本気で心配になった。

そんな彼を見て、ローンテイルは苦笑する。

「相変わらず心配性だナ、アンガスケネス」

そうだった。彼女には表層意識が読めるのだ。

「さテ——」

ローンテイルは杯に指をつけ、トウモロコシ酒を数滴、空中に撒いた。

「カプトの歌姫の帰還と、友との再会を祝して乾杯しよウ」

互いの杯が打ち鳴らされる。食卓を囲むのはアンガスとセラ、ローンテイルとドラム、それにオルクス族の無口な戦士ホーネットだった。ジョニーは馬達の世話をすませ、途中から食事に加わった。食事を必要としないアークは壁際に大人しく立っている。

食べている最中は、誰も紛争の話を切り出さなかった。アンガスはセラが記憶を取り戻すまでの出来事をかいつまんで話した。人の心を操る天使ツァドキエルがカネレクラビスに内偵を送り込んだ話をした時、ローンテイルは動きを止めた。厳しい表情を見せたのは、その一瞬だけだった。彼女は何も言わず、すぐに食事を再開した。

あんなにたくさんあったご馳走も喰い尽くされ、すべての皿は空になった。久しぶりに感じる満腹感にアンガスは眠気を覚えた。が、眠っている暇などない。食後に運ばれてきた香草茶を一口飲むと、喉と鼻の奥にスーッと清涼感が漂った。ミントの刺激が眠気を追い払ってくれる。

「状況はわかっタ」

アンガス達がカネレクラビスにやってきた理由を聞き、ローンテイルは頷いた。

「だが事態はもっと深刻、かつ複雑なのダ」

「――というと？」

「我らが交渉に応じないとわかると、外界人は実力行使に出たのダ。奴らはネリル峠の白樺《しらかば》林を切り倒し、そこに火を放っタ」

彼女は苛立《いらだ》たしげに自分の膝を叩いた。

「我ら四部族の首長《チーフ》は集まって話し合っタ。外界人と戦うべきカ、話し合うべきカ。幾度も議論が交わされタ」

この土地は大いなる意志からの預かりもの。外界人に踏み荒らされるわけにはいかない。カプト族とコル族はそう主張した。一方、オルクス族とメンブルム族は争いを望まなかった。彼らは主張した。力に力で対抗することはお互いの傷を深めるだけだと。争いは憎しみを、憎しみは破壊の連鎖をもたらすだけだと。

「戦いを避けることも勇気の一ツ。我らはそれをアンガスケネスに教えられタ。本当に強き者は自分の信念が届くまで、相手に呼びかけ続けるものなのだとナ」

アンガスは赤くなって俯いた。そう聞くとなんだか立派なようだが、実際にはボコボコに殴られただけなのだ。

「四部族の首長《チーフ》達は、アンガスケネスが起こした奇跡を知っていル。戦うよりも受け入れることの大事さを我らは学んダ。それはコルとカプトとて同様。我らの意見は、まずは話し合うべきだということで纏まろうとしていタ」

「その矢先、コル族の首長《チーフ》ビッグフット、夢見た」

ドラムが話を引き継いだ。彼女の声は太く低く、太鼓の音のように腹の底に響く。

「ビッグフットの夢の中、コルの歌姫ドーンコーラス現れ、言った。『外界人と戦え』と。そして彼にナイフ、残した」

同意を求めるように、ドラムはローンテイルを見た。ローンテイルは頷き、話を続ける。

「私達もそのナイフを見せられタ。石で出来た昔々のナイフなのに、まったく古びていなかっタ」

「奇妙、それに異様。恐ろしく、とても邪悪」

ドラムがぶるるっ……と身震いした。

アンガスは唾を飲み込み、掠れた声で問いかけた。

「そのナイフに、文字《スペル》が刻まれていたんですね？」

「そうダ。黒い刃に刻まれたあの形は、石舞台にあったものにそっくりだっタ。だが同じ文字《スペル》でも、ナイフの文字《スペル》は生きていタ。あの文字《スペル》は我らの心に、憎しみと争いを呼びかけてきタ」

コル族の意志は戦へと傾倒していった。焼き払われた北西の林に住居をかまえるカプト族も、外界人への怒りを露わにした。彼らは対話を拒否し、徹底抗戦する道を選んだ。

「コル族とカプト族は焼き払われた林の中に陣をかまえ、外界人を迎え撃つ準備を進めていル。戦いが始まったという知らせはまだないが、それも時間の問題ダ」

アンガスは拳を口元に当て、考え込んだ。

ドーンコーラスはレッド側の人間だ。これがレッドの策略であることは間違いない。彼の目的は人々を煽り、争わせ、世界を滅ぼすことだ。

「アンガス」

彼の膝の上、開かれた『本』から姫が呼びかけた。

「なんですか？」と答えると、ドラムは怪訝そうな顔をした。彼女はナイフの文字《スペル》を見ただけで、触れてはいないのだ。もし彼女がナイフの文字《スペル》に触れていたならば、メンブルム族も戦いに参加する道を選び、ここに残ってはいなかっただろう。

「戦争を始めさせてはいけない」

姫は言った。その目には固い決意が見て取れる。

「憎しみの連鎖が始まってしまえば、それを途中で断ち切ることは難しい」

「それがレッドの目的だとしたら、なおさらですね」

アンガスはローンテイルとドラムを見て、最後にセラへと目を向ける。

「ネイティヴにとって歌姫は、とても大切な存在のはず。だからセラ——じゃなかったホーリーウィング。君の呼びかけにならカプト族は耳を貸してくれると思う」

彼の言葉に、ローンテイルも首肯する。

「カプトの首長《チーフ》ファルコンならば、きっと思いとどまってくれるであろウ」

セラはぐっと顎を引き、真剣な面持ちで応えた。

「私に出来ることなら、なんでもいたしますわ」

「しかして問題、コル族ビッグフット。コル族、勇猛果敢。彼ら、止める、難しい」

「アンガスケネス、何か良い策があるカ？」

少し考えてから、アンガスは逆に問いかけた。

「カプト族とコル族も、オルクス族と同じ戦士の矜持《きょうじ》を持っていますか？　『武器を持たない者とは戦わない』という？」

「もちろんダ」

「戦士の矜持、我ら大地の人、全体のもの」

それでもアンガスは逡巡した。この策はオルクス族とメンブルム族に辛い役目を強《し》いることになる。犠牲者だって出るかもしれない。彼らを危険な目に遭わせたくない。でも他に策を思いつかない。

「自信を持テ。アンガスケネス」

ローンテイルは朗らかに笑った。心を見透かす琥珀色の瞳。そこには深く、揺るぎない信頼が込められている。

「武器よりも歌ヲ。憎しみよりも微笑みヲ。お前らしい素晴らしい策ダ。きっとうまくいク。臆《おく》することはなイ。皆にそれを話してくレ」

2

遠くで誰かが呼んでいる。何度も何度も繰り返し呼びかけてくる。

俺は目を覚ました。

茶色の土壁、木組みの天井。ホーガンの中だ。

「アザゼル？」

クロウが俺の頬に触れた。かと思うと、今度は両手で俺の顔を撫で回す。

「やめ……ろ」

俺が呻くと、彼は悲鳴のように叫んだ。

「ゴート！　アザゼルが目を覚ました！」

「おお！」

クロウの肩越しにゴートが俺を覗き込む。

「ついに呼び戻したか。でかしたぞ、クロウ！」

「呼び戻し……た？」

「ああ、そうじゃ。お前さんの魂は体を離れて、遠くに行っておったんじゃよ」

ゴートは俺を抱き起こし、木の椀《わん》に入れたオーツ茶を飲ませた。相変わらずひどい味だが、おかげで目が覚めた。息を吐き、自分の首を撫でる。それだけで全身に鳥肌が立った。自動人形《ドール》の首が飛んだ時の感覚がまだ残っている。同調率がもう少し高かったら、俺は間違いなく死んでいた。

「三日も寝てた」

クロウはぐずぐずと洟をすすった。

「もう戻ってこないかと思った」

あれから三日——そんなに経《た》ったのか。

俺はゴートを見上げた。

「俺を襲った自動人形《ドール》はどうなった？」

「ああ、アイツな。首と左手を失ってもなお暴れ続けたらしくての。ツタでグルグル巻きにされて、洞窟《どうくつ》に封じられたと聞いている」

「アクセスクリップは？　耳につけてた銀色の？」

「耳はどうだか知らんが、首と左腕は捨てられた」

「どこに？」

ゴートは答えない。

「どこに捨てられたんだ？　教えてくれ、あのアクセスクリップが必要なんだ！」

「なんでお前さんがそんなに必死になるのか、ワシにはようわからん」

ゴートはやれやれというように頭を横に振った。

「お前さんはラピスのアザゼルだ。人形の首の行方など、知らんでもいい」

俺は喰い下がったが、ゴートは口を割らなかった。いっそ彼の頭の中を覗いてしまおうかと思ったが、すんでのところで思いとどまった。

アクセスクリップを見つけて、それでどうする？　自動人形《ドール》は聖域によって造りが違う。ガブリエルのアクセスクリップが適合するのは第十三聖域で造られた自動人形《ドール》――アークエンジェルⅡ型だけだ。けれど第十三聖域はもうない。残っていた自動人形《ドール》も目の前で破壊された。たとえアクセスクリップを手に入れたとしても、それに適合する自動人形《ドール》はない。

ガブリエルは戻らない。

もう――彼は戻らないのだ。


俺が目覚めたことを聞きつけて、リグレットが見舞いに来た。まだどこかに稼働可能な自動人形《ドール》が潜んでいるかもしれないので、物々しい警備を引き連れていた。ついてこようとするオルクス族のスクァーレルをホーガンの外に押し出し、彼女は一人、俺が寝ているベッドの傍にやってきた。

なのに彼女は何も言わず、俺に触れようともしなかった。状況が状況だけに笑顔は期待していなかったが、それにしても表情が硬い。沈黙に耐えられず、俺は先に口を開いた。

「お前が出向かなくても、歩けるようになれば俺の方から訪ねていったのに」

「黙れ」

俺の軽口を、彼女は一刀両断した。

「お前は身勝手だ。自分の命を顧みず、危険に身を晒す。お前の無事を祈ることしか出来ない私の気持ちなど、お前は考えたこともないのだろう」

淡々とした口調は彼女の怒りの深さを物語っていた。いつものように怒鳴ってくれたら安心出来たのに、今日の彼女は何かが違った。

「お前に私の声は届かない。それなら、私にも考えがある」

嫌な予感がした。腹の底で真っ黒な蛇が蠢《うごめ》いているような——嫌な嫌な予感。

「私は『大地の歌《テッラカントゥス》』を歌い、この身に文字《スペル》を宿す。『大地の鍵』に封じられた文字《スペル》を得れば、私にも呪歌が歌える。嵐を起こし、大地を揺るがす力を、私は得ることが出来る」

俺は起き上がろうとした。が、まだ体が思うように動かない。それでも俺は手を伸ばし、リグレットの手首を握った。

「そんなことをしたら、お前が刻印に喰われるぞ」

「わかっている。あの文字《スペル》は、かつてアザゼルが封じた呪われた力。私の意志が弱まれば、私はそれに飲み込まれるだろう」

「わかっているなら——」

「それでも私は歌う」

「リグレット！」

「お前を守るには、それしか方法がない」

真剣な眼差しに気《け》圧《お》されて俺は言葉を失った。彼女は本気だ。本当に『大地の歌《テッラカントゥス》』を歌うつもりなのだ。

「もし私が我を失い、私自身の手でこの大地を滅ぼしてしまいそうになったら、その時はお前が止めてくれ。もし私が文字《スペル》の呪いに負け、文字《スペル》に喰われてしまったなら、その時はお前の手で私を殺してくれ」

「馬鹿なことを言うな！」

俺は彼女を引き寄せ、抱きしめた。でないと、彼女が遠くに行ってしまう気がした。

「そんなことを考えるな。お前のことは俺が守るから、必ず俺が守ってみせるから——」

「命をかけて……か？」

冷ややかにリグレットは笑った。彼女の体から決意が伝わってくる。それは金剛石《ダイヤモンド》のように硬く、研ぎ澄まされた刃のように鋭かった。

「私はお前を失いたくない。私には歌うことしか出来ない。私の歌が力を持ち、それによりお前を守り、この戦いを終わらせることが出来るのであれば……何を迷うことがあるだろう」

リグレットは俺の肩に手を置き、体を引き離した。俺は縋るようにその手を掴む。

「やめるんだ。リグレット」

「もう決めたのだ」

彼女の目に宿る強い意志。

それを見て俺は悟った。

何か取り返しのつかないことが起きようとしている。なのに俺はそれを止めることが出来ない。たとえ百の言葉を連ねても、どんなに固く抱きしめても、彼女の決意を変えることは出来ない。

「各部族の首長《チーフ》達に話はつけてある。お前が目覚めたら——それを行うとな」

リグレットは俺の手を振り解いた。俺はベッドから身を起こすことも出来ないまま、彼女を見上げるしかなかった。

「リグレット——頼む、やめてくれ」

「そんな顔をするな」

そう言って、彼女は微笑んでみせた。

「お前のことは私が守る。これからはお前の代わりに私が戦う。だからお前は大人しく休んでいろ」

3

山頂を白く輝かせたフロリーン山。

その東側、ネリル峠から見下ろす高原地帯は冬枯れた下草に覆われていた。山の裾野には白樺林が広がっている。この辺りには、まだ春の兆しは見られない。冷たい北風が裸の枝を震わせ、ヒューヒューと悲しげな音を奏《かな》でている。

高原に接する林の一部が無惨に切り倒されていた。切り口も生々しい白樺がゴロゴロと転がっている。焼け焦げた下草からは、ぶすぶすと黒い煙が上がっていた。先日放たれた火が、まだ鎮まっていないのだ。

高原にはいくつもの塹壕《ざんごう》が掘られていた。その中に身を伏せる男達。灰色の制服に身を包んだ騎兵隊員達だ。彼らは長銃を手に、林の様子をうかがっている。

ひっそりと静まりかえった林の中に動くものはない。人の姿も、動物の姿も見られない。なのに緊張の糸が張り詰めている。息遣いが聞こえてくる。枯れた藪《やぶ》に、木々の陰に、まだ焦げ臭い下草に、身を潜めている者達がいる。彼らは長槍や戦斧《せんぷ》を握りしめている。戦意を四肢に漲《みなぎ》らせたまま微動だにしない。

物音ひとつ、身動きひとつで、緊張が弾けてしまいそうだった。異様な空気を察しているのだろう。いつもは陽気な歌声を聞かせる鳥達も、今は頑《かたく》なに沈黙を守っている。

白樺の切り株が点在する林と高原の境界線。そこよりさらに林の奥に入った場所に、枯れた藪と同じ色のテントが張られていた。てっぺんを束ねた数本の棒を地面に立て、その周囲に獣皮を巡らせただけの、ティピと呼ばれる簡易テントだ。

その前には木の椅子が置かれ、ネイティヴの老戦士が腰掛けていた。美しい羽根飾りを頭上に戴く彼こそ、カネレクラビスに残されたネイティヴ四種族の中で、もっとも勇猛果敢と評されるコル族の首長《チーフ》ビッグフットであった。その傍には、同じくイーグルの羽根飾りをつけた壮年の男——カプト族の首長《チーフ》ファルコンが膝をついて座っていた。

彼は低い声でビッグフットにささやく。

「じき日が中天に昇る。影が小さくなれば見通しが良くなる。奴らに優位を与えてはならない」

ビッグフットは頷いた。彼はゆっくりと立ち上がると、右手に握った黒い石製のナイフを振りかざした。木陰《こかげ》にうずくまっていた戦士達が立ち上がる。彼らは息を詰めて、ナイフが振り下ろされるのを待った。雄叫びをあげて敵陣になだれ込む、その合図を待った。

その時——あろうことか、林の奥から太鼓の音が響いてきた。長槍を手に握り、ファルコンは弾かれたように立ち上がる。

「ホー、ホー、ハー！」

「イヤーッハ、ハッハッハァ！」

陽気なかけ声。踏み鳴らされる足音と軽快な手拍子。リズミカルな太鼓の音とともに枯れた木々と藪の間に鮮やかな色彩が現れた。美しい衣装に身を包んだ一団。メンブルム族の若い男女だ。踊る彼らの動きに合わせ、上衣の裾に縫いつけられた貝殻の飾りがシャンシャンと鳴る。

それは三年に一度開かれる祭り《パウワウ》の衣装だった。

呆気《あっけ》にとられて、ファルコンは立ちつくした。ビッグフットもナイフを掲げたまま、呆然とそれを眺めている。他の戦士達も同様だった。誰もが突入の合図のことも忘れ、踊る男女に目を奪われている。

切り倒された木々の向こう側、塹壕では騎兵隊員達が長銃をかまえている。にもかかわらず踊り子達は楽しげに踊る。倒された白樺林を抜け、切り株が並ぶ両勢力の緩衝地帯に躍り出た。太鼓を抱えた者、笛を吹く者がそれに続く。

最後に現れたのはオルクス族の歌姫スカイラークだった。白く長い髪を結い上げた背の高い男は、太鼓の音に合わせて歌い始める。小鳥の囀《さえず》りのように美しい歌声が林の中に響き渡る。大地を讃《たた》え、空を敬《うやま》い、生命の歓喜を歌う祭り《パウワウ》の聖歌。それに応え、踊り子達はますます激しく足を踏みならす。歓声を上げて舞い踊る。

ファルコンはようやく我に返った。武器も持たず、敵の目前で踊る男女。あれでは撃ってくださいと言っているようなものだ。彼は槍を振り上げて叫んだ。

「何をしている！　戻れ！」

その声は祭り《パウワウ》の歓声にかき消されてしまった。彼は業を煮やし、林から飛び出すと踊り子の腕を摑んだ。

「ええい、やめないか！」

「やめるのはおぬしの方ダ。カプトのファルコン」

彼は林の中に引き戻された。彼の腕を掴み、引きずっていくのはオルクス族の首長《チーフ》ローンテイルだった。

「ローンテイル、なぜここにいる？」

困惑していたファルコンの瞳に、怒りの炎が燃え上がる。

「おぬし、このような馬鹿な真似をして、一体何を考えているのだ！」

「馬鹿な真似かどうか、自身の目で確かめヨ！」

凛とした声でローンテイルは言い返した。

「踊り子達を見ヨ。誰一人として撃ち倒されてはおらぬではないカ。外界人とて、歌い踊る者達を無差別に撃ち殺すことを潔しとはせぬのダ」

彼女の言う通りだった。踊りの輪の向こう側に見える塹壕からは、幾人もの騎兵隊員達が顔を出している。彼らは銃をかまえるのも忘れ、目を丸くして踊りの輪に見入っている。

「奴らは我らとは違う。驚きから覚めれば、すぐに攻撃してくる。この隙に攻め入らねば――」

「戦ってはいけませんわ」

ファルコンの言葉を、若い娘の声が遮った。彼は驚きに目を見張り、その声の主を振り返った。まだナイフを振り上げたままのビッグフット、彼の隣に褐色の肌をした娘が立っている。彼女はファルコンに向かい、懐かしそうに呼びかけた。

「アラウンドは最後まで言ってましたわ。嵐のように泣いてもいい。雷のように怒ってもいい。けれど憎んではいけないのですわ。憎しみで生きる者は何も生み出さず、憎しみで歌われる歌は世界を滅ぼすのです。首長《チーフ》、いえ、お父様。どうか争うのはやめてください」

カプト族の歌姫ホーリーウィング——連れ去られた時はまだ九歳だった少女は、美しい娘に成長していた。

「なんということだ……」

ファルコンは呟いた。驚愕の呪縛《じゅばく》から解き放たれ、彼は娘に駆け寄った。長槍を放り出し、両手で彼女を抱きしめる。

「生きていてくれたか、ホーリーウィング！」

「はい！」紅茶色の目に涙を浮かべ、セラは答えた。「アンガスが私を助けてくれましたのですわ！」

そこで彼はようやく、娘の傍らに立つ青年に気づいた。白い髪に青い目をした外界人。気の弱そうな外見に似合わぬ戦士の魂を持つ彼らの友。アンガス・ケネスもまた、立派な青年へと成長していた。

「お久しぶりです。ファルコンさん」

「おぬしが歌姫を救ってくれたのだな。おお、なんと礼を言えばよいのだろう——」

「その前に、僕の話を聞いてください」

そう言って、アンガスはビッグフットに向き直った。彼の手に握られている石のナイフに目を向け、その刃に刻まれた文字《スペル》を見つめる。

「歌姫達をさらったのはレッド・デッドショットという男です。そのナイフをもたらした歌姫ドーンコーラスは彼の協力者です」

「……なんと！」

驚きの声を上げたのは、ビッグフットだった。

「我らの歌姫が、我らを裏切ったと申すのか！」

「アンガスの言うことは本当ですの」セラがアンガスの言葉を引き継いだ。「ドーンコーラスがそのナイフを首長《チーフ》にもたらしたのは、外界人と我らをいがみ合わせるためなのですわ！」

「そのナイフに刻まれた文字《スペル》が貴方達を戦いに駆り立てているのです」

淡々とした声でアンガスは言った。

「それを回収させてください」

言葉は丁寧だったが、有無を言わせぬ響きがあった。

アンガスは右手に持っていた『本』を開いた。ページ上に現れた人影を見て、ビッグフットとファルコンは息を呑む。彼女の服を彩《いろど》る金の刺繍《ししゅう》。『本』の上に立つ小さな女性は、一人ですべての歌を歌い伝えてきたという『大地の鍵』――伝説の歌姫の衣装を纏っていた。

「私が見えるようだな」

威厳に満ちた声で姫は言った。自分よりもはるかに年長に見えるビッグフットに向かって、彼女は命じる。

「戦士達に伝えよ。武器を捨て、踊りに加われと」

「それは……出来ませぬ」

苦しげな声で老戦士は呻いた。

「さすれば土地は奪われ、我らは皆殺しにされましょう」

「この土地は誰のものでもない。誰のものでもないものを、誰が奪えるというのだ？」

姫は優しく微笑んだ。

「お前達は長きにわたって孤立していた。それゆえに我らの本質を失念してしまったのだ」

「本質――ですと？」

「ああ、そうだ」姫は鷹揚《おうよう》に頷いた。「我らはすべてを受け入れる。まず受け入れてみなければ、正しい判断は出来ない。そうだろう？」

ビッグフットは皺に埋もれた目を見開いた。

「奴らを受け入れろと、そうおっしゃいますのか？」

「そうだ」

姫は首肯し、周囲の人々をぐるりと見回した。

「文字《スペル》は人の心を狂わせる。けれど人には、それを撥ね返す力がある。悪しき心を凌駕するだけの良心がある。互いに殺し合い、傷つけ合うことでは未来は開けない。話し合い、理解し合う道にこそ、希望が生まれる」

「しかして、奴らは我らの歌姫を奪いました。さらに奴らは、我らの住処《すみか》さえも奪おうとしている！」

ビッグフットは右のナイフを握りしめる。

「これが我らを戦いに導くものであるのなら、なおさらお渡し出来ませぬ。我らに必要なのは結束です。奴らを憎む心が、死をも恐れぬ闘争心となるのです。挑まれた戦いから身を引くは戦士の恥。我らの矜持、お解《わか》りいただきたい！」

「もし彼らが武器を捨てたら――」アンガスが横から口を出した。「貴方も拳を収めてくれますか？」

「奴らに武器を捨てさせると？　奇跡でも起こらぬ限り、そんなことはありえぬ！」

アンガスは静かに微笑んだ。

「では僕が、奇跡を起こしてみせましょう」

彼はくるりと身を翻した。踊り続ける人々に向かって歩き出す。

「――アンガス！」

セラが呼びかけた。不安を隠せないその表情。アンガスは彼女を振り返り、にこりと笑った。

「計画通りに。頼んだよ、セラ」

セラは何かを言いかけたが、ぐっと堪えて頷いた。アンガスは頷き返し、再び歩き出した。林を出て、踊りの輪に踏み込む。その中央ではスカイラークが歌い、メンブルム族の首長《チーフ》ドラムは巨体を揺らして踊っている。

敵の銃口の前に無防備な姿を晒す。彼らの勇気がなければ、この戦いを押しとどめることは出来なかった。その勇気に応えるためにも、騎兵隊には武器を置いてもらわなければならない。

「奇跡を起こしてみせるだと？　またハッタリを言いおって……」『本』の上から姫がアンガスを見上げる。「で、勝算はあるんだろうな？」

「ここまで見得を切ったんです。あるに決まってます」

でも――と言って、彼は声を潜める。

「この対立はレッドが仕組んだものです。ならば、文字《スペル》があるのはこちら側だけじゃない。おそらくあちら側にもあるはずです」

「分が悪い……ということか？」

「今までの傾向からして、傍にあるだけの文字《スペル》よりも、実際に目《ま》の当たりにした文字《スペル》の方が威力は強いですからね。あちらが文字《スペル》を持っているとしても、常時目にする場所になければ、その効果は薄いはず」

アンガスは左手でバンダナを解く。隠された右目に宿る『希望』。かつては忌《い》み嫌《きら》い、自分の手で封じたそれを、自分の意志で解き放つ。

「あとは信じるだけです。本当は戦なんて、誰も望んでいないんだってことを」

アンガスは踊りの輪を通り抜け、その向こう側に出た。数歩先には塹壕があり、長銃をかまえあぐねた騎兵隊員達が立っている。アンガスが左手を上げると、ドラムが周囲に合図を送った。太鼓と笛の音が止まり、踊りが止まる。賑《にぎ》やかだった音が絶え、あたりは静寂に包まれる。

まるで静止の術が解けたように、騎兵隊員達は慌てて長銃をかまえた。間近にせまったネイティヴ達に初めて気づいたような驚愕と恐怖の表情。

「な、何者だ！」

塹壕の陰から裏返った声が叫ぶ。アンガスは開いた『本』を右手に持ったまま、両手を上げた。

「僕はアンガス・ケネスといいます。ネイティヴではありませんが、彼らの意志を代弁しに来ました。どうか話を聞いてください」

「何だとォ！」

声の主が塹壕から顔を覗かせる。騎兵隊の制服の襟に階級章が見える。黄色い線が三本。彼がこの部隊の隊長らしい。

「話し合いなどもう手遅れだ！　我らは東部連盟《イースタンリーグ》の命に従い、進軍するのみ！」

「まあ、待ってください」アンガスは穏やかな笑みを浮かべ、彼に一歩近づいた。「ネイティヴも争いは望んでいません。この祭り《パウワウ》は友好の証《あかし》です。武器を置いて、皆さんも祭り《パウワウ》に参加しませんか？」

「ふ、ふざけるな！」

男はホルスターから六連発を引き抜き、その銃口をアンガスに向けた。

「そんな甘言に騙されるものか！」

「嘘や奸計《かんけい》のために、ここまで出来ると思いますか？」

アンガスは破顔する。一歩、また一歩、ゆっくりと前進する。騎兵隊員達に右目の文字《スペル》を見せるためには、もう少し近づく必要がある。

「来るなと言っているだろうが！」

ダァン……！　と銃声が響いた。

息を呑む音と、声のない悲鳴が聞こえる。

放たれた弾丸はアンガスの頭をかすめ、はるか彼方へと飛び去った。

「争うことで、貴方は幸せになれますか？」

震えそうな膝に力を込め、アンガスはさらに前進する。

「ネイティヴも貴方と同じ人の子です。家族を持ち、愛する者を持ち、守りたい者を持っている。戦争で命を奪い、奪われて、幸せになれる者などどこにもいません」

「う、うるさい！」

答えの代わりに再び銃声。

今度の弾はアンガスの右足をかすめた。膝をついた彼を見て、騎兵隊員は呻き、ネイティヴ達は悲鳴をあげる。

右膝の下、裂けたインディゴにジワジワと血が滲《にじ》む。焼け付くような痛みに体が震える。ここで彼が立ち上がらなければ、ビッグフットは彼を守るためにも突撃を命じるだろう。そうなっては取り返しのつかないことになる。

腹の底に力を込め、アンガスは立ち上がった。背後を振り返り、ひらひらと手を振る。

「かすっただけです。心配いりませんよ」

ほうっ……という安堵の息。それはネイティヴだけでなく、騎兵隊の側からも聞こえた。

「撃たれるのって嫌なものですね。とっても痛いし、傷が治るまでに時間もかかる。でも人を撃つのだって、撃たれるのと同じくらい嫌なものでしょう？」

隊長は答えない。その手は震え、恐怖に引きつった顔には、かすかな迷いが浮かび始めている。

「貴方が恐れるのもわかります。夢や希望は儚《はかな》いものです。暴力に対しては無力に等しいし、過酷な現実の前には簡単に滅ぼされてしまう」

右足を引きずりながらアンガスは前に出る。

「それでも僕は信じたいんです。夢や希望は儚いものだけど、それがあるから生きていけるんだって。どんなに現実が辛くても、未来に希望があるから、僕らは生きていけるんだって」

出血のせいか、目の前が暗くなってきた。それでも彼はもう一歩進んだ。もう一歩、さらにもう一歩。

「武器を捨てて話し合いましょう。すぐには無理でも、きっとわかり合えます。理解し合えるまで、何度でも話しましょう。心を開いて、相手を受け入れてみてください。それは憎み合うよりも、ずっと難しいことだと思います。でも殺し合うより、ずっと幸せになれること請け合いです」

アンガスは騎兵隊隊長の目の前までやって来た。アンガスに銃口を向けたまま、彼はガタガタと震えている。

「お……お前は何者だ？」

「ただの非暴力主義者ですよ」

にこりと笑って、左手を差し出す。

「さあ、銃を下ろして。とりあえず休戦の祝いに、一緒に歌って踊ってみてはいかがですか？　きっと楽しいですよ？」

それを合図に、背後から歌が聞こえる。少女の美しい歌声が、青い空に高らかに響く。

夢を抱きし兄弟達よ
お前は一人ではない
たとえ現実に打ちのめされ
今は泣きながら眠ったとしても
立ち上がれ！　兄弟達よ！
そうだ、お前は一人ではない！

希望を抱きし兄弟達よ
我らは一人ではない
たとえ幾夜も続く不安と孤独に
押し潰されそうになったとしても
立ち上がれ！　兄弟達よ！
そうだ、我らは一人ではない！

歌声は一つ、また一つと重なり合う。
美しいハーモニー。儚いものに力を与える人の意志。それは大きな波となり、恐怖を押し流していく。

立ち上がれ、我が兄弟！

夢見ることを諦めるな！

その希望を手放すな！

お前は一人ではない！

そうだ、我らは一人ではない！


銃口が下がり、隊長の手から六連発が地に落ちた。

「馬鹿な……」

信じられないというように、彼は自分の右手を見つめた。隊長に倣い、騎兵隊員達は長銃を足下に置く。メンブルム族の踊り子達が踊りだす。太鼓が鳴り、笛の音が高らかに響く。衣装をシャラシャラと鳴らしながら、若い娘達が騎兵隊員達に駆け寄り、その手を取って踊りの輪へと誘う。

「なんだかわからんが……」

「もういい、考えるのは後だ！」

騎兵隊員達は戸惑いがちに、それでも踊りの輪に加わった。見よう見まねで踊りだす。

「踊れ！　踊れ！」

陽気な掛け声があちこちから聞こえる。困惑顔が、泣き顔が、次第に笑顔に変わっていく。

「貴方も踊ってみてはいかがですか？」

まだ呆然としている隊長に、アンガスは呼びかけた。隊長は怯えたように彼を見つめ、それから血を流し続けている彼の右足を見た。その顔に、ありありと浮かぶ後悔の色。

「貴方はいい人です」

アンガスは微笑んだ。

「頭を狙うことも出来たのに、わざと外してくれたんでしょう？」

「い、いや……それは違う……」

「違いませんよ」

アンガスは言い切った。

「貴方の心が貴方の指に命じて、狙いを外させたんです。貴方の心は争いを望んでいなかったんです」

「そ……そうなのか？」

「そうだとも！」

太い声が請け合った。ドラムはノシノシ歩み寄ると、飛び退こうとする隊長を、その逞《たくま》しい両腕でしっかりと抱き留めた。

「お前、踊る！　相手、私！　最高の相手！　この踊り、女誘う。男、断るナシ！」

彼女は半ば強引に隊長を踊りの輪に引きずり込む。ドラムの腕の中で隊長は、まるで泳ぐように空《くう》を掻《か》いていたが、やがてリズムの波に飲み込まれていった。

「ふぅ……」

アンガスは大きく息をついた。その場に座り込むと『本』を地面に置き、両手で傷を押さえる。

「痛《い》ってぇ……」

「無抵抗を誇るのなら、あれしきの攻撃ヒラリとかわしてみせろ。この馬鹿者めが」

「無茶言わないでください。銃弾の初速は音速を超えるんですよ？」

「黙れ、これが何度目だと思っている？　まったく呆れ果ててものも言えん」

悪態をつきながらも、姫は誇らしげに笑った。

「よくやった。お前は本当に——最高の下僕だ」

踊り騒ぐ人々をかき分け、ジョニーが駆けてくる。その後ろにはファルコンとローンテイル、セラに手を引かれてビッグフットもやってくる。

「あ～もう馬鹿馬鹿。お前は正真正銘の馬鹿。この世で一番の馬鹿、決定」

ジョニーはアンガスのインディゴズボンをナイフで切り裂き、傷口を布でギリギリと縛る。

「痛い、痛いってば！」

「仕方ないだろ馬鹿。我慢しろ馬鹿」

「馬鹿馬鹿連呼するなあ！」

「コレが言わずにいられるか！」

止血を終え、ジョニーはアンガスの髪をぐしゃぐしゃと掻き回す。その目にうっすらと涙が浮かんでいることに気づき、アンガスは言葉に詰まった。

「何見てんだよ、この馬鹿」

ジョニーは両手の拳で、彼のこめかみをグリグリする。

「お前は真性の大馬鹿で、やたら格好いいぜ。ああもう最高だよ！」

「痛いって、わかったから、もうやめて」

「そうですわよ！　アンガスを虐《いじ》めると私が許しませんのことよ！」

そう叫ぶセラの声も震えている。駆け寄りたいのを我慢して、彼女はビッグフットに場所を譲った。老戦士はアンガスの傍らに膝をつき、無言で両手を差し出した。その掌の上には黒い石のナイフが載っている。その黒い刃に刻まれた文字《スペル》——

Hate

「二十七番目の文字《スペル》。『Hate《憎悪》』だ」

アンガスは『本』を取り上げ、二十七ページを開いた。「お願いします」

「うむ」

姫は深く息を吐き、ゆっくりと歌い始めた。

失われし　我が吐息
砕け散りし　我が魂
帰り来たれ　悔恨の淵へ
いま一度　我が元へ

愛することを　知らなければ
憎しみもまた　知らなかった
かつて私が　与えしもの
其の全てが今　憎しみと化す

文字《スペル》が一瞬、キラリと赤く光った。かと思うと、次の瞬間にはもう『本』の上に黒々と焼きついていた。

ピシリ……と硬い音をたて、ビッグフットの手の上で、黒いナイフが二つに折れる。

「おぬしの言う通りだった」

刃と柄に分かれたナイフを見下ろし、老戦士は呟いた。

「我らの憎しみはこれと同じく、たった今、壊れた。再び元の形を取ることはないだろう。アンガスケネス、一度ならず二度までも奇跡を起こしたおぬしは、まさしく我らの祖先を救った白き友——アザゼルの再来だ」

目の前がチカチカと瞬いた。キーン……と耳鳴りがする。心配そうに彼を覗き込むみんなの顔、顔、顔。それらが色を失っていく。人々が、白樺林が、空が山が大地が、灰のように崩れていく。

虚無が、迫ってくる。

すべての光、すべての音が絶える。何も見えず、何も聞こえない。手足の感覚さえも消えていく。

気をつけろ
お前が深淵を覗き込むときは

虚無に響く声。

この声の主を知っている。

深淵もまた
お前を覗き込んでいる

世界を裏切った堕天使。

絶望の観測者。

あの人の名は――『完全なる除去《アザゼル》』だ。

4

封じられた刻印を歌姫に移す――『大地の歌《テッラカントゥス》』の儀式は滞りなく行われた。けれど俺はまだ立ち上がることが出来ず、儀式に立ち会うことは出来なかった。

「見た目はまったく変わらんよ」

俺を宥めるためにか、ゴートは彼女の様子を報告してくれた。

「肩のあたりにちょっとだけ、入れ墨みたいなもんが見えるだけでな。気にするほどのもんでもない」

だが、クロウの話はそれとは違った。

「怖いよ」と彼は言った。「あれはとっても怖いモノだよ。真っ暗で、どろっとして、いいモノをみんな呑み込んじゃうよ」

ねぇねぇ……と、クロウは俺の腕を揺さぶる。

「早く『解放の歌《リベルタカントゥス》』を歌わせよう。あんなものに取り憑かれてたら、リバティが参っちゃう」

「今はだめだ」

呻くように俺は答えた。

「リグレットは天使を憎んでいる。憎しみの心で『解放の歌《リベルタカントゥス》』を歌えば、世界は呪われ、滅んでしまう」

「じゃ、この戦いが終わるまでは歌えないの？」

「そうなるな」

「そんな！　だったら急がなきゃ。早くこの戦を終わらせなきゃ！」

「ああ……わかってる」

ベッドに体を横たえたまま、俺は両手で顔を覆った。

「でもどうしたら、この戦いを速やかに終わらせることが出来るのか。俺にはわからない――わからないんだよ」

杖を頼りに、ようやく歩き回れるようになった頃、カネレクラビスの上空に島が姿を見せた。

第一聖域『生命《ライフ》』だった。俺はそれに向かって走り出そうとしたが、足が縺れて思うように動けない。林の中に逃げ込む人々。武器を手に南へと走る戦士達。彼らにぶつかって俺はよろめき、近くのホーガンに手を突いた。

「下がれ――！」

凛とした声が命じた。

「下がっていろ。巻き込まれるぞ！」

強大な島に立ち向かう華奢な人影――リグレットだ。彼女は一人、島に向かって歩いていった。

豆の畑の中に立ち、呪歌を歌い始める。

破壊の文字よ
今こそ怒りの拳を振り上げ
我が宿敵を討ち滅ぼせ
唸る風よ　呻く大地よ
強烈な顎をもって
暴虐の限りを尽くせ

彼女は左の手を空にかざした。その掌に浮き上がる赤い刻印――『Destruction《破壊》』。

空が暗雲に覆われていく。風が渦を巻き始める。ヒカヒカと空が光る。暗い雲からパラパラと氷の粒が降ってくる。雷鳴が轟き、雷光が暗雲を切り裂く。空を覆い尽くした重苦しい雲から、黒雲の尾が伸びてくる。

それに呼応するように、大地からは風の渦が立ちあがる。その二つは空中で手を結び、渦巻く風の柱となった。

竜巻だった。呪歌によって呼び出された竜巻は、みるみるうちに太さを増した。荒れ狂う強風に体が浮きそうになり、俺はホーガンの戸にしがみついた。

竜巻は周辺の木をなぎ倒し、空を舞う自動人形《ドール》達を巻き上げる。その荒々しい渦に第一聖域は引き寄せられ、なすすべもなく呑み込まれていく。巨大な質量を持つ島がキリキリと回転し、はるか高みへと舞い上がった。

かと思うと――放物線を描いて落下し始める。大地の人々が息を呑んで見守る中、遠い遠い南西の地平に第一聖域は墜落した。遠い空に、茸《きのこ》形をした土煙が舞い上がる。

大地の人は勝利の雄叫びをあげることも忘れ、遠い土煙を見つめていた。畏怖と恐怖が入り交じった表情。皆、呪歌のすさまじい威力に圧倒されていた。

俺はリグレットの後ろ姿を見つめた。大気にはまだ邪気が残っている。なんて強力な負のエネルギーだろう。聖域を浮かせていた刻印を良心と呼ぶのであれば、リグレットがその身に宿した刻印は悪意そのものだ。

最初に大地に刻まれた二十二の刻印。それは生物を進化させ、人々を守り育んできた。しかしすべての物に裏と表があるように、刻印にも悪しき意味を持つものが存在したのだ。人々を呪い、世界を滅ぼすための悪意の刻印を初代アザゼルがあの本に封じた。だがリグレットは『大地の歌《テッラカントゥス》』を歌うことで、その封印を解いた。

もちろんすべて推測に過ぎない。が、これだけはいえる。あれは彼女の魂を蝕む。一刻も早く戦を終わらせ、リグレットから刻印を引き剝がさなければならない。清き魂で『解放の歌《リベルタカントゥス》』を歌えば、刻印は彼女から離れるはずだ。

なのに、嫌な予感が消えない。

彼女の真名は『世界《エマ》』。世界がその身に呪いを刻み、人を滅ぼすための蛮力を行使する。

これほど嫌な符合が、他にあるだろうか。

俺の焦燥をよそに、じりじりと時間は経過していった。カネレクラビスに集まった部族は百を超え、楽園から脱出してきたという天使の数も二万を超えた。

季節は巡り、照りつける夏の日差しは陰りを見せ、実りの月がやってきた。

「トウモロコシの収穫に戻らねばならない」

カネレクラビスに集まった各部族の首長《チーフ》。その幾人かが主張し始めた。

「人も増え、喰《く》い扶持《ぶち》も増えた。蓄《たくわ》えも残り少ない。畑で穫れた作物だけでは、冬は越せない」

彼らの主張はもっともだった。各部族が持ち寄ったトウモロコシの備蓄が残り少なくなっていることとは、俺も知っていた。

けれど俺は反対した。聖域はまだ半数以上が残っている。今カネレクラビスから離れるのは、山羊が群れを離れるのと一緒だ。腹を空かせたオオカミ達は、はぐれた山羊に襲いかかるだろう。

「それは承知の上」

そう答えたのは、驚いたことにラピス族の首長《チーフ》ブラックホークだった。

「『大地の鍵』がいれば、カネレクラビスは安全だ。ならば我ら戦士は手分けして故郷に戻り、食料をここへ持ち帰ろう。無論、何人かはオオカミにやられるだろう。だがオオカミの数は多くない。何人かは倒されても、その他は食料を持ち帰るだろう」

彼の意見を首長《チーフ》達は支持した。

大地の人ならば、冬の厳しさは身にしみてわかっている。このまま冬を待てば餓死する者が出る。だからこそ彼らは命を懸けて、食料を集めに行くつもりなのだ。

「準備が整い次第、出発しよう」

すぐに各部族による収穫隊が結成された。その数は五十を超えた。現在確認出来ている墜落島数は九。残りの十三島がすべて生き残っていて、収穫隊に攻撃を仕掛けてきたとしても、四十近くの隊が無事に帰還出来る計算になる。それだけあれば、冬を越すことは可能だろう。

俺はラピス族とともに母《マーテル》湖に向かうことにした。

リグレットは賛成しないだろうが、俺だってラピス族の一員だ。彼らが戦うのであれば隠れているわけにはいかない。

そう思ったのは嘘ではない。しかし正直に言えば、それは理由の一つにすぎなかった。

俺は怖かったのだ。荒れ狂う負の感情に昼も夜も眠れず、悲鳴をあげ続けるリグレットの心。それを感じ続けることに——俺は耐えられなかったのだ。

5

何かが唇に触れた。

水面に波紋が広がる。暗く淀《よど》んだ水の底から、意識の泡沫《ほうまつ》が浮かび上がってくる。

目を開いた。眼前に人の顔がある。閉じられた瞼《まぶた》。長い睫毛《まつげ》。でも近すぎて誰だかわからない。

「——だ、れ？」

彼の声を聞いて、その人物は弾かれたように飛び退いた。彼女は両手で口を押さえた。血の気のない頬に、みるみるうちに赤みが差してくる。

「……セラ？」

アンガスは上体を起こそうとした。

「ああ、急に動かないでください」

アークが彼の体に手を添えて、もう一度ベッドに寝かしつけた。ずり落ちた毛布を彼の肩にかけ直す。

「じっとして、そのまま横になっていてください」

アンガスは目だけを動かして、自分が寝ている部屋を眺めた。見覚えのない部屋だった。レンガの壁に木の天井。彼が寝ているベッドの他は、簡素なテーブルがあるだけだ。

「ここ、どこ？」

「ウィードの保安官《マーシャル》事務所です。騎兵隊が馬車でここまで運んでくれたんですよ」

その言葉に、アンガスは気を失う前のことを思い出した。そうだ——僕はネリル峠の白樺林で気を失ってしまったんだ。

「……どのくらい寝てた？」

「まったく、呑気だねぇ」ヤレヤレというように、ジョニーが肩をすくめた。「ここに担ぎ込まれてから、もう三日だぜ？」

「そんなに？」

「心配したんですよ？」とアークが続ける。「貧血を起こしただけと思っていたのに、気を失ったままお目覚めにならないんですから」

「そう……なんだ」

アンガスは右目に手を当てた。頭がぼおっとしている。頭の中に綿が詰まっているみたいだった。

「すごく……長い夢を見てた気がする」

「——夢？」

「よく覚えてないけど……怖かった」

押し寄せてきた虚無。それになすすべもなく呑み込まれたのは覚えている。でも——その先は覚えていない。アンガスはぶるっと身震いした。

「間違いない。そいつはあの世ってやつだぜ」

ジョニーは腕組みをし、うんうんと頷く。

「あの世に行こうか、この世に踏みとどまろうか。迷っていたお前を、乙女のキスが呼び戻したってワケ――ぎゃあ！」

ジョニーの足をセラが思いっきり踏んづけた。それだけでは飽き足らず、彼の爪先《つまさき》をグリグリと踏みにじる。

「何か、食べ物を、貰ってきますわ！」

セラはくるりと背を向けた。そのまま答えも待たずに部屋を出ていく。

「おおイテぇ。なにもそんな力一杯踏んづけなくてもいいのにな」

ブツクサ文句を言いながら、ジョニーは丸椅子を引き寄せ、それに腰掛けた。

「まったく……色男は何かと辛いぜ」

その色男というのは彼自身のことか？　問いただしてみたい気もしたが、それよりも先に訊かなければならないことがあった。

「あれから、どうなりました？」

「当面の争いは回避されたさ」

ジョニーが煙草を取り出し、火をつけた。アークは非難の目で彼を睨み、アンガスの方に流れてきた煙を手で払う。けれどジョニーはおかまいなしに、煙をふうっと吐き出した。

「だけど前線を一歩離れた高原には、騎兵大隊が陣をかまえてな。そいつらを率いていたジェームズ・テイラーって連盟保安官《リーグ・マーシャル》が、これまたどうしようもない石頭でさ。『これはロックウェルの命令だ』とか『従わない者は銃殺刑だ』とか言い張って、人の話なんか聞きゃしないのよ」

ジョニーはゆっくりと煙草を吹かし、煙を吐いてから、アンガスを横目で見た。

「肝心のお前は、ひっくり返ったままだしさ？」

「まさか、別の騎兵隊がカネレクラビスに侵入した……とか言うんじゃないでしょうね？」

アンガスは上体を起こした。たったそれだけで目がまわり、彼は呻いて再びベッドに横になる。

「急に動いちゃダメです」

アークが気遣《きづか》わしげに言い、ジョニーを睨み付ける。「ご主人様をからかうのはやめてください」

「へいへい」

さすがに反省したのか、ジョニーは煙草を床に捨てて、ブーツの踵《かかと》で火を消した。

「エヴァグリンがさ、待機していた騎兵隊を説得したんだ。戦いは無意味だってな。けど彼はもう連盟保安官《リーグ・マーシャル》じゃねぇし、テイラー連盟保安官《リーグ・マーシャル》は彼らの上官だ。エヴァグリンの言葉を信じるか。テイラーの命令に従うか。騎兵隊員達はモメにモメた」

そこで器用に片目をつぶる。

「けど最終的には、全隊一致でエヴァグリンを支持したよ。ま、言うまでもないよな？」

アンガスは詰めていた息を吐き出した。

「――よかった」

「でもね、まだ問題が残ってるのよ」

ジョニーは首を左右に傾け、コキコキと首の骨を鳴らした。

「テイラーの奴、騎兵隊員達が争いを放棄しても、まだ『カネレクラビスを攻撃する』って息巻いていやがるんだ。エヴァグリンは『彼が文字《スペル》を持っているからではないか』って言うんだけど、まさか身ぐるみ剝《は》いで身体検査するわけにもいかねぇし？」

「姫は、なんて言ってました？」

「文字《スペル》の気配はするって。でも、どこにあるのかはわからないとさ。念のため、ここいら一帯を探してみたけど、それらしいモンは見つかんなかった」

同意を求めるようにジョニーはアークに視線を送り、アークは真顔で頷いた。

「そんなわけで——」ジョニーは立ち上がった。「『テイラーを尋問しますか』ってエヴァグリンに訊かれたんだけど、姫は『アンガスが目覚めるまで待つ』って言ってね」

テーブルの上から『本』を取り上げ、アンガスにそれを差し出す。

「お前じゃなきゃダメなんだとさ」

アンガスは『本』を受け取った。ゆっくりと上半身を起こすと、膝の上に置いた『本』を開く。

「ふああぁぁ……あ」

ページの上に胡坐をかいたまま、姫は両手を突き上げ、大きく伸びをした。

「ああ、よく寝た」

呑気な声に、アンガスは拍子抜《ひょうしぬ》けした。

「僕が起きるのを待っててくれたんじゃないんですか？」

「そう言うな、私にだって休養は必要だ」

姫は立ち上がった。アンガスを見上げ、勝ち気に笑う。

「文字《スペル》の気配がする。さぁ、そのテイラーとやらに会いに行こうではないか！」

セラが運んできてくれたトウモロコシのお粥を食べると、少しだけ体に力が戻ってきた。アンガスは起き上がり、アークが用意してくれた服に着替えた。

「まだ横になられていた方がよろしいのでは？」

「三日も寝ていればもう充分だよ」

アンガスは頭にバンダナを巻き、右目を隠した。負傷した右足を床に下ろすと、借り物の杖で体重を支え、ベッドから立ち上がる。

「うん、なんとか歩けそうだ」

右手で杖を持ち、もう一方の手で『本』を抱え、アンガスは仮眠室を出た。

「アンガス、もういいのか？」

「まだ顔色が良くないぞ？　無理をするな？」

エヴァグリンとオニールが心配そうに呼びかけてくる。だがアンガスは応えることなく、ぽかんと口を開いた。

窓辺に背の高い女性が立っている。袖のない革製のベストに、同じく革製の丈の短いスカート。剝き出しの肩に毛皮のマントを羽織《はお》り、右手には短槍を握っている。

確かネイティヴには、カネレクラビスから出てはいけないという掟があったはずだ。

「……ローンテイルさん？」

「どうして、ここに？」

ローンテイルは無言で歩み寄り、真剣な表情で彼の目を覗き込む。

「お前の魂が離れていくのを感じタ」

心の奥底まで見通すようなその視線に、アンガスはドキリとした。彼女には心の表層が読める。ローンテイルには見えていたのだ。あの時、彼が目にした光景——すべてが幻のように崩れ去り、虚無に呑まれていくあの光景が。

誰にも言わないでくださいと、アンガスは心の中で念じた。あれは見てはいけないもの。触れてはいけないもの。多くの者があれを知れば、あの世界をさらに引き寄せてしまう。

彼の意を汲《く》み取《と》ったのか、ローンテイルは頷いた。

「無事で、よかっタ」

アンガスはほっと息をつき、微笑んでみせた。

「ご心配おかけして、すみませんでした」

「うム」

彼の肩を軽く叩き、ローンテイルはエヴァグリンを振り返った。

「私はカネレクラビスに戻ル。戻って皆にアンガスの無事を伝えル」

「ああ、そうしてやってくれ」とエヴァグリンが応じた。「ネイティヴ達もアンガスの身を案じていたからな」

「しばらくの間、カネレクラビスは開放しておくことにすル。我らの力が必要とあらば、いつでも呼んでくレ」

「それは心強い。皆によろしく伝えてくれ」

「では、馬を出してきましょう」と言い、オニールが事務所を出ていく。それに続いて出ていきかけ、ローンテイルは足を止めた。

「おお、言い忘れるところだっタ」

彼女はアンガスに向き直り、ニヤリと笑った。

「ファルコンから伝言ダ。『娘の意志は固く、もはやこの地に留《とど》めることは叶わぬようダ。ゆえにカプトの歌姫は、白き友に預ける』──ト」

カプトの歌姫……つまりセラのことだ。そのセラは事務所の隅の方に立っていた。彼女は気まずそうな顔で、じっとローンテイルを見つめている。

「娘……？」

そういえば咄嗟のことで聞き流してしまったが、セラはファルコンのことを『お父様』と呼んではいなかったか？

「もしかしてセラ……いえホーリーウィングは、ファルコンさんの実の娘なんですか？」

「これは驚いタ」ローンテイルは呆れたというようにセラに目を向けた。「お話しになっていませんのカ？」

「なんとなく……話しそびれていたのですわ」

小声で弁解し、セラは上目遣いにアンガスを見る。

「単に機会がなかっただけで……隠そうとか、秘密にしようとか、思ってたわけじゃありませんわ」

「たとえ貴方が首長《チーフ》の娘と知っても、アンガスケネスは気にせぬと思いますゾ？」

「違いますですわ！　そんなんじゃなくって……」

「何を慌てていらっしゃル？」ローンテイルは首を傾げた。「否定なさらずともよいではありませぬカ？　アンガスケネスは稀《まれ》に見る勇気の持ち主。歌姫が惚《ほ》れるのも無理からぬ……」

「わあああああッ！」セラは大声で叫んだ。「それ以上言っちゃダメなのですわ！」

「む……なにゆえニ？」

「それは――乙女のヒミツだからなのです！」

「秘密なのですカ？　しかし姫が彼に惚れていることは周知の事実では――」

「あああああああ！　聞こえませんわ！　私には何も聞こえませんのですわ！」

真っ赤になって耳を押さえると、セラは脱兎《だっと》のごとく部屋を横切り、先程までアンガスが寝ていた仮眠室に隠れてしまった。

「おかしな方ダ」

ローンテイルが呟く。その周りでは男達が必死に笑いを堪えている。

「胸はでかくても、乙女心はわからんらしいな」

アンガスの左手、薄く開かれた『本』から姫の声がする。幸か不幸か、その声はローンテイルには聞こえない。

「まあいイ——歌姫がともにおられるのであれば、私も安心出来ル」

ローンテイルは真顔に戻って、アンガスに向きなおった。

「歌姫の歌はお前を守ってくれル。もし暗闇に呑まれそうになったら、耳を澄ませ。アンガスケネス、彼女の歌がお前を導くだろウ」

アンガスは無言で頷いた。

ローンテイルは天井に向かって短槍を掲げて叫んだ。

「汝らに大いなる意志のご加護があらんことヲ！」

そして身を翻し、風のように颯爽と事務所を出ていった。

それを見送り、半ば呆れてジョニーが呟く。

「相変わらず男前なネェさんだな～」

「ああ、なんとも気持ちの良い御仁であるな」

エヴァグリンは惚《ほ》れ惚《ぼ》れしたように笑い、開け放されたままの扉を閉めた。

アンガスは曖昧に笑った。皆は知らない。彼女がここに来た本当の理由を。ローンテイルは虚無を見た。なのにそれについて何も言及しなかった。お前なら虚無を撥ねのけ、未来を掴むことが出来ると、彼女は信じてくれている。それを伝えるために、彼女はここまでやって来たのだ。

その信頼に応えなければならない。レッドの思い通りにはさせない。僕はこの世界を――仲間達が住むこの世界を守ってみせる。

「テイラー連盟保安官《リーグ・マーシャル》は、今どこにいらっしゃいますか？」

アンガスの問いかけに、エヴァグリンの表情が厳しく引き締まった。

「不本意ながら、独房に入って貰っている」

彼は奥の扉に目を向けた。鉄の枠で補強された頑丈そうな木の扉。大きな錠前がついている。

「彼は一人でもカネレクラビスに乗り込むと言って聞かぬのだ。しかしこのまま閉じこめておくことは出来ぬし、かといって解放することも出来ぬ」

「話をさせて貰えますか？」

「うむ、私もそれを頼もうとしていたところだ」

エヴァグリンは棚から鉄製の大きな鍵を取り出した。鉄枠の扉に取り付けられた錠前に鍵を差し込み、それを開く。現れたのは独房に続く階段だった。エヴァグリンが先に立って下りていく。

「ここで待ってて」

ついてこようとするアークとジョニーを、アンガスは押しとどめた。

「大勢で囲んだら、説得じゃなくて脅迫になっちゃうから」

「でも――」

「いいから。何かあったらすぐに呼ぶよ」

そう言い残し、アンガスはエヴァグリンの背を追った。

半地下の廊下は薄暗く、空気は淀んで黴臭《かびくさ》かった。三つ並んだ独房の一番奥、その中央に置かれた椅子に一人の男が座っていた。

「彼がジェームズ・テイラー。この度の作戦で騎兵大隊を任された連盟保安官《リーグ・マーシャル》だ」

歳は三十代半ばぐらいだろう。色の薄い茶色の髪。神経質そうな白い顔。騎兵隊の制服は汚れて皺が寄っている。だが、その背筋はまっすぐに伸び、眼差しも鋭さを失っていなかった。

「ジム」囚《とら》われ人《びと》に向かってエヴァグリンは呼びかけた。「この青年がアンガス・ケネスだ」

テイラーはアンガスに目を向け、意外そうに片眉を吊り上げた。

「ネリル峠の英雄がこんな華奢な若者だったとは――驚いたな」

「初めまして、テイラー連盟保安官《リーグ・マーシャル》」とアンガスは彼に声を掛けた。「貴方はどうしてカネレクラビスに侵入しようとしたのですか？」

「またそれか……」

彼の顔に疲れたような苦笑が浮かんだ。

「何度も言った通り、それが命令だったからだ」

「カネレクラビスはネイティヴ達の聖地で、東部連盟《イースタンリーグ》と不可侵《ふかしん》条約を結んでいます。無茶な命令だとは思わなかったのですか？」

ふむ……と彼は唸った。両腕を組み、鉄格子の中からアンガスを見上げる。

「右に行きたいのに、勝手に足が逆の方向に歩き出したことがあるか？　握手がしたかったのに、相手の頬を殴りつけてしまったことは？」

「いえ――今のところはありません」

「そう、あってはならないことなのだ。私達は東部連盟《イースタンリーグ》の手足となって動く。手足が自分の意志で勝手に動き出したら、体はバラバラになってしまう」

「しかし我らは人間だ」とエヴァグリンが口を挟んだ。「手足にたとえるのは、いささか乱暴過ぎはせぬか？」

「黙っていて貰おうか」

テイラーはエヴァグリンを睨みつけ、厳しい声で言い返した。

「貴方は切り落とされた腕だ。切断された腕は大人しく地面に転がっていればいいのだ」

かつての同胞からの辛辣《しんらつ》な台詞に、エヴァグリンは言葉なく頭を振った。

その様子を見て、アンガスは思った。文字《スペル》は人心を惑わせ、凶行に走らせる。けれどテイラー保安官は冷静そのものだ。文字《スペル》に操られているようには見えない。その姿はレッドに似ている。彼もまたレッドと同じく、文字《スペル》の意志を自分の意志として受け入れてしまっているのだろうか。

だとしたら、説得は容易ではない。命懸けで挑まなければ、文字《スペル》の呪いから彼を解き放つことは出来ない。

「エヴァグリン連盟保安官《リーグ・マーシャル》。僕と彼を二人きりにして貰えませんか」

アンガスは鉄格子を摑んだ。

「それと、ここを開けて僕を中に入れてください」

「しかし、それは……」

「お願いします」

アンガスは『本』を軽く持ち上げて見せる。僕には姫がついてるから大丈夫、というように。

エヴァグリンは逡巡するように目を閉じた。しばらく間を置いてから、大きく息を吐き出す。

「わかった」と彼は言った。「おぬしの言動には、いつも必ず、もっともな理由があった。今回もそれを信じることにしよう」

彼は錠を外して鉄格子を開いた。アンガスが中に入るのを待って、静かに鉄格子を閉める。

「事務所にいる。何かあったら大声で呼んでくれ」

「わかりました」

アンガスはにっこりと笑った。エヴァグリンは心配そうに何度も振り返りながら、それでも事務所へと戻っていった。歯が浮くような軋みを上げて、鉄枠の扉が閉じられる。

「ここ、座ってもいいですか？」

使われた様子のない粗末なベッドを指さす。テイラーは黙ったまま、それでもかすかに頷いた。

アンガスはベッドに腰掛けた。杖を傍らに、開いたままの『本』をベッドの上に置く。『本』を見て、姫の姿に驚いてくれたなら、文字《スペル》に触れたことがあるという確証になる。だが関心がないのか、無視を決め込むつもりなのか、テイラーは『本』には目もくれない。

「エヴァグリンさんのこと、嫌いなんですか？」

アンガスは単刀直入に切り出した。

予想外の質問だったのだろう。テイラーは眉根を寄せてアンガスを見た。

ようやく視線が合った。アンガスはさらに続けた。

「腹を立てているんですか？　彼がプラトゥムで取った行動に？」

「なぜそう思う？」

「こんな目に遭っても貴方はとても冷静です。それは一種の虚脱感というか、諦めにも似た失望から来ているように思えるんです」

アンガスは手を組み、身を乗り出した。

「でもエヴァグリンさんに言い返した時は違った。あれは義務や使命感とは別の、貴方の本心から出た言葉のように聞こえました」

「面白い男だ、君は」

テイラーは薄い唇の両端を上げて冷笑した。

「しかし状況を楽観視しすぎるのは、あまり誉《ほ》められたものではないな」

彼は椅子から立ち上がった。大股《おおまた》に二歩、素早くアンガスに詰め寄る。

「まともに動けない身で一人牢《ろう》に残るとは、大胆を通り越して無謀だ。私が君を人質に取ったらどうするつもりなんだ？」

「周囲は敵だらけです。たとえ人質を取っても、全方位を囲まれたら逃げきれませんよ」

「試してみるか？」

声と同時に、テイラーの右腕がアンガスの首に巻き付いた。喉を絞められ、息が詰まる。

「アンガス！」

姫の叫び声が聞こえる。が、言い合いをしている暇はない。アンガスは手を伸ばし、『本』を閉じた。

「人を呼べ」押し殺したテイラーの声。首を絞め付ける腕に一段と力が入る。「さあ、早く奴らを呼ぶんだ」

「いや……です」

「死にたいのか？」

「いいえ……でも……呼びません」

腕が頸動脈《けいどうみゃく》を圧迫する。ズキン、ズキン、と頭蓋骨の内側に拍動が響く。苦しくて、頭が爆発しそうだ。徐々に視界が暗くなっていく——

意識を失う直前、テイラーの腕が緩んだ。アンガスは首を押さえて咳き込んだ。空気が肺に流れ込む。湿った黴臭い空気でも、この際かまわなかった。

「なぜだ」苦々しくテイラーは吐き捨てた。「なぜ助けを呼ばない？」

「貴方を、死なせるわけには、いきませんから」

息を整え、アンガスは続けた。

「僕が悲鳴を上げれば、エヴァグリンさんが駆けつけてくる。僕が絞め殺されそうになってるのを見たら、彼は迷わず貴方を撃つ。貴方の狙いは、彼に自分を殺させることだ——違いますか？」

テイラーは否定も肯定もしなかった。彼は射るような眼差しでアンガスを見下ろしている。アンガスは怯むことなく、その視線を受け止めた。

「何がそれほどまでに貴方を絶望させたんですか？」

テイラーは答えない。

「エヴァグリンさんのせいですか？」

「ああ——そうだ」

無表情だったテイラーの顔に苦悩が色濃く滲み出す。「いつだって彼は正しいのだ。議会の命令に背いてもなお、彼は人々に支持される。皆が彼を尊敬し、私の部下達でさえ彼に従う。彼こそが正義。彼こそが本物の連盟保安官《リーグ・マーシャル》。同じ肩書をもってしても、彼と私は大きく異なる」

彼は椅子に座った。後ろに撫でつけられていた髪が一筋、額に落ちる。それを直そうともせずに、彼はポケットから懐中時計を取り出した。

「私は連盟保安官《リーグ・マーシャル》として忠実に命令を遂行してきた。東部連盟《イースタンリーグ》はその功績を認め、騎兵大隊の隊長に私を選出してくれた。隊長の証として手渡されたこの時計の価値が——君にはわかるか？」

アンガスはそれを想像してみようとしたが、出来なかった。彼が首を横に振ると、テイラーは寂しそうに微笑んだ。

「だが実際にはどうだ？　私の言葉にはなんの説得力もなかった。部下達は私ではなく、エヴァグリンに従うことを選んだ」

彼は懐中時計をぐっと握りしめた。

「私は東部連盟《イースタンリーグ》の命令に忠実に従ってきた。私は何一つ、間違ったことはしていない。私は――間違っていない」

その口調は穏やかだったが、頑なだった。彼は気づいている。しかし手放せないでいる。その手に握りしめた空虚な威厳を。

アンガスは右目を覆うバンダナに触れた。今の彼に『希望』を見せたら、ケヴィンの二の舞になりかねない。だが他に方法はない。迷っている暇もない。

アンガスはバンダナを解いた。閉じていた目を開き、正面からテイラーを見つめる。

彼の右目を見て、テイラーは目を見張った。

「それは――」

「文字《スペル》です。『希望』という意味があるそうです」

「希望……？」

「昔、僕の兄はこの文字《スペル》に触れて死にました。決して叶わぬ願いを目の前に突きつけられ、絶望して、自ら死を選んだのです」

アンガスは立ち上がり、彼の傍まで歩いていった。

「もし貴方が一筋の光も差さない暗闇にいるのなら、この文字《スペル》は貴方を殺す。けれどもし、貴方の心に光が残っているのなら、この文字《スペル》は貴方を救う」

テイラーの前に膝をつき、彼を見上げる。

「『希望』に触れてみてください」

テイラーは息を呑み、アンガスの右目を凝視する。アンガスは瞬きもせずに、彼の目を見返した。人は誰でも救いを求めている。死を望むほど絶望していても、その心は最後まで、助けを求めてもがき続けている。昔の自分がそうであったように、彼は今、断崖の上に立っているのだ。

「大丈夫です」

アンガスは微笑んだ。

「希望はまだ死んではいません」

ぴくり、とテイラーの手が動いた。震える左手が、ゆっくりとアンガスの右目に近づく。

その指先が、文字《スペル》に触れた。

アンガスは反射的に瞼を閉じた。と同時に、まるで熱いものに触れたかのように、テイラーは手を引っ込めた。

その喉から、押し殺した呻き声が漏れる。

「テイラー家は代々連盟保安官《リーグ・マーシャル》を輩出する名家――私も幼い頃から、保安官《マーシャル》になるべく育てられた。周囲の期待に応えようと私は必死だった。他に選択肢はなく、私自身もまた、それを望まなかった」

テイラーは驚いたように自身の喉に手を当てた。が、譫言《うわごと》のような呟き声は止まらない。

「立派な連盟保安官《リーグ・マーシャル》になるためには己を滅し、命令に忠実であれと言い聞かされてきた。私はそれを守った。保安官《マーシャル》になり、ついには連盟保安官《リーグ・マーシャル》を拝命された。初めて金の四本線が入った連盟保安官《リーグ・マーシャル》の制服を着た時のことを、今でも覚えている。誇らしさを覚えてしかるべきなのに、ただ虚《むな》しかった。でもその時は――それがなぜなのか、わからなかった」

テイラーの目に異様な光がある。虚無ではない。だが希望でもない。それは怒りだった。今まで抑えつけてきた激しい怒りが、言葉の奔流となって溢れ出す。

「エヴァグリンが連盟の命令に背き、連盟保安官《リーグ・マーシャル》の任を解かれたと聞いた時、ようやくその理由がわかった。わかってしまったんだ。私は――エヴァグリンが妬ましかったんだと！」

　神経質そうな白い指が、ギリギリと懐中時計を握りしめる。今まで自分が信じてきた虚構の威厳を、その手で握り潰そうとするかのように。

「私は彼が羨ましかった。私にはないものを持っている彼が妬ましかった。彼は命に背き、地位を剥奪されてもなお人々の信頼を得る。彼こそが本物の連盟保安官《リーグ・マーシャル》。それに較べて私はなんだ？　命令しても銃で脅しても、部下一人さえ動かすことが出来ない。私は傀儡《かいらい》だ。中身を伴わない偽物なのだ。私はそれを、思い知らされた」

　信じていたものに裏切られる。誇りに思っていたことが否定される。それこそが彼の絶望の所以《ゆえん》。エヴァグリンは自身の信念を通すため連盟保安官《リーグ・マーシャル》の肩書をあっさりと捨てた。テイラーがエヴァグリンに見せた怒り。あれはエヴァグリンに対する妬みであり、憧れでもあったのだ。けれど彼は、どこかで気づいていたのではないだろうか。命令で人は動かせても、その心までは動かせないと。だからこそ彼は文字《スペル》の力を、人の心を操る文字《スペル》の力を欲したのではないだろうか。

「本当は貴方も、カネレクラビス侵攻を望んでいなかったのではありませんか？」

　アンガスの言葉にテイラーは頭を横に振った。怒りの奔流は流れ去り、その顔には諦めにも似た虚脱感が漂っている。どうすれば彼を救えるのだろう。わからないまま、アンガスは言葉を続ける。

「文字《スペル》に力が宿るのは、それが万人に共通の明確な意志を伝えるものだからです。言葉もそれと同じです。意志を伴わない言葉に力は宿りません。力の宿らない言葉は、たとえ耳に入っても――」

耳を指さし、それから胸に手を当てる。

「心には届かない」

「心に——届かない？」

「そうです」

アンガスは力強く頷いた。

「連盟保安官《リーグ・マーシャル》は法の番人です。法を遵守《じゅんしゅ》し、治安を維持し、市民を守るために存在します。今回のように無意味な争いに人々を駆り立てるのは、その精神に反することです。今回、騎兵隊員達が貴方の命令に従わなかったのは、貴方が発した言葉が貴方の本意ではなかったからです。命令に従い、カネレクラビスに侵攻することを、貴方も望んでいなかったからです」

「だとしても、私は命令に背くことが出来ない」

テイラーは俯いた。

「連盟保安官《リーグ・マーシャル》という職務。たとえ名ばかりの肩書であったとしても、それは私が誇れる唯一のものだ。命令に背き、それを失うことは、私にとって人生を失うことに等しい」

「なぜですか？」

問い返されるとは思っていなかったのだろう。テイラーは驚いたように瞬きをした。

「……なぜ？」

「偽物でいるのは嫌だと、傀儡でいるのはもう嫌だと言いながら、なぜそれに執着するのですか？ 貴方の魂は自由になりたいと叫んでいるのに、なぜそれを解き放ってやらないのですか？」

「…………」

「貴方は立派な連盟保安官《リーグ・マーシャル》です。誰よりも平和を尊び、人々の平穏と安全を願っている。その心に従ってください。信念を貫き通してください。人々はきっと貴方についていきます」

「――手遅れだ」

淡々とした声で、テイラーは呟いた。

「私は平和を守ることよりも、命令に忠実である方を選んだ。こんな愚か者に、失地回復の機会などない」

彼はうなだれて、頭を左右に振る。

「これ以上の恥辱に私は耐えられない。後生だ、どうかこのまま死なせてくれ。虚構の肩書を信じたまま、私を死なせてくれ」

懐中時計を握るテイラーの手に、アンガスは自分の手を重ねた。掌を通して、テイラーの震えが伝わってきた。彼の手を握るアンガスの手も震えていた。兄を死に至らしめ、故郷を追われた時の絶望が、胸の中に蘇る。

「貴方は死んだのです。虚構の肩書を信じていた貴方は――それを悟った貴方自身の手によって、今ここで死んだのです」

静かに、けれど力を込めて、アンガスは彼に語りかけた。

「昔、僕の師匠が言いました。人生をやり直すのは早いに越したことはない。けれど人生をやり直すのに手遅れはないと。自分が信じていたものを否定するのは、とても辛いことです。いっそ目を閉じたまま人生を終わらせてしまった方が、楽なんじゃないかと思った時もあります」

声が震える。当時の想いが蘇る。苦しかった。死にたかった。それでも生きたかった。堪えきれなくなった涙が、堰を切ってあふれ出す。

「でも……信じてください。努力が報われる時は必ず来ます。その時は、誰にでも、必ずやって来るのです。それを信じて僕はここまで来ました。だからどうか、貴方も諦めないでください。ここで諦めてしまわないでください」

テイラーは答えなかった。

薄暗い牢獄に、押し殺した息遣いだけが響く。

長い長い沈黙——

それを破ったのは、テイラーの掠れ声だった。

「私にも……希望はあるのだろうか？」

「もちろんです」

アンガスは首肯する。それこそが希望であるかのように、彼の手を両手で握りしめる。

「貴方はもう、自分の言葉で、自分の夢を話しているじゃないですか？」

「私の……夢」

テイラーは目を閉じた。自分の鼓動を聞くように頭を傾ける。

「私の夢は、本物の連盟保安官《リーグ・マーシャル》になることだった。今も昔も、それは変わらない。なのに、いつの間に、見失っていたのだろう」

大きなため息をつくと、彼は目を開いた。

「君を——信じよう」

テイラーはアンガスの手を取り、懐中時計を彼の掌に載せた。

「これは虚構を妄信していた私だ。どうか君の手で、埋葬してほしい」

「——はい」

アンガスは頷き、銀色に輝く懐中時計の蓋《ふた》を開いた。同心円状に並ぶ十二本の刻み線。それを巡る長針と短針。蓋の裏には細かく刻まれた文様がある。

Obsession

アンガスは立ち上がり、ベッドの上に置いた『本』を開いた。

懐中時計に刻まれた文字《スペル》を見て、姫は言った。

「『Obsession《妄執》』、四十一番目だ」

「本が、話した――？」

テイラーが椅子から腰を浮かせた。驚愕の表情でアンガスが持つ『本』を指さす。

「君は――本と会話することが出来るのか？　いやそれ以前に、どうして『スタンダップ』を唱えなくても本が読めるんだ？」

「説明は後だ」鋭く姫が一喝する。「今からお前に取り憑いた文字の精霊を祓《はら》う。お前は文字《スペル》の呪いから解放される。その後の人生をどう生きるかは、お前自身が決めることだ」

テイラーは気圧されたようによろめいて、再び椅子に腰を下ろした。

アンガスは四十一ページを開いた。白紙の『本』の上に懐中時計を置く。

姫はすっと背筋を伸ばした。

失われし　我が吐息
砕け散りし　我が魂
帰り来たれ　悔恨の淵へ

いま一度　我が元へ

薄暗く湿った独房に、姫の歌声が流れ出す。

雲間から差し込む光のように美しく、神々しい歌声。

諦めきれぬ　この思い
忘れ得ない　あの温《ぬく》もり
幾度も幾度も　繰り返す
呪いの如く　彼《か》の名を叫ぶ

懐中時計の蓋から赤い文字《スペル》が浮き上がり、『本』のページに吸い込まれた。文字《スペル》が赤い光を失い、白いページの上に黒く焼きつく。

それを見届けてから、アンガスは懐中時計を取り上げた。磨き上げられたように輝いていた銀の蓋は酸化して、真っ黒になっていた。ガラスは曇り、その針も時を刻むのを止めている。竜頭《りゅうず》を引いても回しても、もう時計は動かない。

「どうした？」

テイラーの問いに、アンガスはおそるおそる懐中時計を差し出した。テイラーはそれを受け取ると、ガラス盤を爪の先でコツコツと叩く。

「壊れてしまったようだな」

「文字《スペル》を回収したせいです。すみません、大事な時計なのに……」

「いや、これでいいんだ。私は死んだのだ。虚構の肩書を信じていた私は――それを悟った私自身によって死んだ」

テイラーは懐中時計の蓋をぱちんと閉めた。

「そうだろう？　ネリル峠の英雄？」

「やめてください。その呼び方だけは勘弁してください」

アンガスは眉を寄せ、両手で自分の二の腕を擦った。

「うわぁ、嫌すぎて鳥肌立った」

そんな彼を見て、テイラーは微笑んだ。

憑き物が落ちたような、穏やかな微笑みだった。

6

母湖《マーテル》を目指したラピス族は総勢五十人あまり。バイソン狩りで腕を鳴らした屈強な戦士達ばかりだ。トウモロコシを載せるため、数台の馬車が用意されていたが、基本的に歩行での道行きだった。でも俺は彼らの健脚についていけないので、オルクス族から馬を借りた。以前、倒れていた俺の髪の毛を干し草か何かと勘違いして食べようとした、ウィンドという名の栗毛の牝馬だ。

一行を率いるのはブラックホーク。ペルグリンとウォルロックもいる。俺は労働力としてはあまり役に立たないが、戦力にはなるので同行するのは当然としても――なぜクロウまでついてくる？

「道化師《ヘヨカ》がいなきゃ、収穫祭は始まらないよ」

「祭りなんかやってる暇があるか。穫ったらすぐに引き返すに決まってるだろ」

「アザゼルはすぐ怖い声出す。ピリピリするの、よくないね？」

「お前こそ、状況わかってないだろ？」

「わかってるさ。もうすぐたらふくトウモロコシが喰えるんだろ？」

「——違う！」

俺達の会話を聞いていた戦士達が笑い出す。緊張が和らぎ、彼らの表情に明るさが戻ってくる。

「笑ってないでこいつを追い返せよ。一緒に来たって役に立たないだろ？」

「まぁ、そう言うな」

笑いながらブラックホークが答えた。

「道化師《ヘヨカ》には首長《チーフ》を辞めさせるほどの権限があるのだ。誰の命令にも従わず、心の欲するまま、自由に振る舞う。それが道化師《ヘヨカ》の役目なのだ」

「そうなのだ！」

クロウは調子に乗って、子供のようにぴょんぴょん跳びはねる。

「オレは自由なのだ！」

自由——自由か……

鳥のように自由に空を飛びたいと願ったこともあった。大地の人に生まれ変わることで、自由になれたと思ったこともあった。

だが自由を願うには——俺はあまりに罪を犯しすぎた。どんなに空が青くても、今はもう、空を飛びたいとは思えない。


六日後、俺達はトウモロコシ畑に到着した。放置されていたにもかかわらず、トウモロコシは俺の背丈よりも高く伸び、今年も立派な実をつけている。

　いつもは穫れたてのトウモロコシをその場で茹《ゆ》で、かぶりつきながらのんびりと作業を進める。だが今年はそうも言っていられない。戦士達は猛烈な勢いでトウモロコシを刈り穫っていく。俺もナイフを振るい、その作業を手伝った。

　収穫作業は二日で終了した。馬車の荷台にトウモロコシを満載し、俺達は帰路についた。

　上空に島影は見えず、自動人形《ドール》達に襲われることもなかった。このまま何事もなくカネレクラビスまで戻れることを祈りながら、三日が過ぎた。

「う～」

　傍を歩いていたクロウが唸った。気分が悪そうに腹のあたりを撫でている。

「どうした？　腹でも痛いのか？」

　馬上から問いかけると、クロウは俺の方に顔を向け、エヘヘと笑った。

「食べ過ぎたみたい。胸がモヤモヤする」

「自業自得だな」

　俺は手綱を引いて馬を停め、地面に下りた。

「乗れよ」

「でもアザゼル歩く、心臓によくないよ？」

「大丈夫だ。馬車に合わせて歩いてるから、行きほど速くない。これなら俺でもついていける」

　俺はクロウの尻《しり》を支え、馬の背に押し上げた。

「うわぁ、高い。高い。高いよ～」

「高くない。だいたいお前には見えねぇだろうが」

悪態をつきながら手綱を取る。ウィンドは大人しく俺についてくる。

昼過ぎには草原にさしかかった。以前に第八聖域『自我』とぶつかったあたりだ。

「来たぞ！」

先頭を歩いていたペルグリンが叫んだ。彼女が指さした西の空に黒い島影が浮いている。

「こっちからも来る！」

ビッグベアが東の空を指さした。

「北にもいる」

「南からは、二つ来るぞ！」

俺は舌打ちをした。

ラピス族の戦士五十余人に対し、島が五つ。戦うには数が多すぎる。

冷静なブラックホークの声が響く。戦士達はそれぞれの武器を手に、荷馬車のまわりに集まった。

「固まれ、荷馬車の傍を離れるな」

上空を五つの聖域が制圧する。そこから数百もの自動人形《ドール》達が降下してくる。襲いかかってくるかと思いきや、彼らは一定の距離を保ったまま、ぐるりと俺達を取り囲んだ。

俺は意識を飛ばし、島に探りを入れてみた。が、幾重にも張り巡らされた障壁《ファイヤーウォール》に邪魔されて、深く潜り込むことが出来なかった。わかったのは名前だけ。第九聖域『勇気《カレッジ》』、第十四聖域『英知《ウィズダム》』、第十六聖域『努力《エフォート》』、第十八聖域『平和《ピース》』、第二十一聖域『自制《セルフコントロール》』。指揮者は誰か、下級天使達は無事なのか、さらわれた大地の人は乗っているのかいないのか、大事なことは何一つ読み取れない。これでは呪歌で自動人形《ドール》を破壊することは出来ても、ネットワークに侵入し、島を落とすことは出来ない。

「なぜ襲ってこない？」

短槍を握りしめ、ペルグリンが呟いた。

五つの聖域と自動人形《ドール》達は、完全に俺達を包囲していた。だが奴らは動こうとせず、不気味な沈黙を続けている。これだけの数だ。その気になれば、俺達など一瞬で殲滅《せんめつ》出来るはずだ。人形には死に対する恐怖もなければ、殺人に対する禁忌もない。なのに奴らは動かない。なぜだ。なぜ動かない？

奴らの目的は俺達を殺すことではないのか？

「アザゼル～」

ウィンドの上からクロウが呼びかける。俺は彼に手を貸して、馬から下ろしてやった。

「どうしよう、どうしよう」

「落ち着け。奴らは様子をうかがってる。まだ襲いかかってはこない」

「ラピスって『石』って意味なんだよ」

何を言い出すんだ、こんな時に？

「オレ、今朝ヘンな夢を見ちゃった。それで胸がモヤモヤしてた。そしたら島が襲ってきた。ねぇねえ、コレってもしかして――」

「――予知夢か」

俺のすぐ後ろにブラックホークが立っていた。彼はクロウに歩み寄り、その肩に手を置く。

「その夢、どんなだったか話してくれるか？」

「うん――」

クロウは頷いた。ドリーミングという優れた夢見がいたからかもしれないが、ラピス族は予知夢を信じる。戦士達は周囲に警戒の眼差しを向けながらも、クロウの言葉に耳を傾けている。

「リバティが黒い不味《まず》そうな蒸しパンをたくさん食べてるんだ。それを白い人が横取りしようとする。リバティがそれを譲らないでいると、白い人は斧を振り上げて脅すんだ。いうこと聞かないと『石』を砕くぞって――」

黒い不味そうな蒸しパン。

ラピスは『石』を意味する。

「俺達は人質か」

「どうゆうこと、それ？」

「天使達は『大地の鍵』がほしい。呪歌に襲われることなく『大地の鍵』を手に入れるために、奴らは取引を持ちかけたんだ。ラピス族の命が惜しければ、自分達に従えとな」

俺はブラックホークに目を向けた。

同意を示すように、彼は頷く。

「オレ達に人質の価値はない。オレ達の命よりも大切にせねばならぬものがあることを、リバティは承知している」

「確かにそうだ。でも、彼女が別のことを考えたら？」

「別のこと？」

「奴らの懐《ふところ》に飛び込む、いい機会だと」

この戦いを終わらせるには、すべての聖域を落とさなくてはならない。カネレクラビスに籠《こ》もり、聖域が戦を仕掛けてくるのを待っていたのでは、戦いは長引く。

「自分から乗り込んでいって、すべての聖域を攻め滅ぼす。彼女なら考えそうなことじゃないか？」

ブラックホークは腕組みをした。目を閉じ、黙り込む。己の娘リグレットがこの状況にどういう判断を下すか、考えているのだろう。

ラピス族は沈黙を守ったまま、首長《チーフ》の命が下されるのを待っている。

ややあってから、ブラックホークは重い口を開いた。

「『大地の鍵』は聖地を離れるかもしれぬ」

一同にどよめきが走った。

「『大地の鍵』はオレ達の心の支えだ。『大地の鍵』を失えばオレ達も滅びる。万が一にも『大地の鍵』を失うことなど許されない。ゆえに我らは動かなければならぬ。我らは人質にはならぬ。聖地を出るための口実にもならぬ。それを『大地の鍵』に教えなければならぬ」

それは戦おうという意味だ。この人数で圧倒的な数の敵を相手に打って出て、戦って死のうという意味だ。

一瞬の静けさ。

それを破ったのはペルグリンだった。

「戦おう！」彼女は短槍を空に突き上げた。「戦って死ぬのであれば本望だ！」

「そうだとも！」

「我らは目的を果たした！　白い人の島を五つも集めたんだ！」

「今頃、カネレクラビスには、トウモロコシがたくさん運び込まれてるだろう」

戦士達は手にした武器を掲げた。

「戦おう！　戦って死のう！」

「ラピスの力を見せてやろう！」

ブラックホークが片手を上げた。鬨《とき》の声をあげていた戦士達が静まりかえる。

「戦おう」

穏やかな声で、ブラックホークは宣言した。

「この人生でやり残したことは、次の人生でやれる。来世でオレは娘の結婚祭を見る」

「次の人生では親孝行する！」まだ若いサンダーボルトが叫んだ。

「来世では籠《かご》の模様編みを覚えるぞ」先月結婚したばかりのイエローホーンが言った。

「次こそカミナリ魚を釣る！」力自慢のベアハートが叫ぶ。

「オレは首長《チーフ》になる」

そう言って、ペルグリンは胸を張った。その後ろでウォルロックが小声で呟く。

「オレは、またペルグリンの傍に生まれる」

「腹一杯、蒸しパンを喰う！」

嬉々としてクロウが叫ぶ。それにペルグリンがすかさず突っ込む。

「お前、この世でも散々喰ったじゃないか！」

戦士達は大笑いした。腹の底から笑っていた。何か言いたげに牝馬ウィンドも嘶く。

けれど、俺は笑えなかった。

なぜ笑える？　笑えるわけないだろう。勝ち目など万に一つもない。こんな時、こんな状況で、なぜこいつらは心底楽しそうに笑っていられるんだ？

「アザゼルは？」とクロウが問いかける。

「生き残る」俺の代わりに、ブラックホークが答える。「アザゼルの命はオレ達が守り抜く」

「でもいいじゃん。聞きたいよ？」

クロウは俺に向かって首を傾げる。

「やりたかったこと、出来なかったこと、なんでも言ってごらん？」

俺はゴクリと唾を飲み込んだ。ラピス族は興味津々、ワクワクした顔で俺を見つめている。

こいつら馬鹿だ。今から死のうとしているくせに、なんでこんなに楽しそうなんだ。

なんで——？

ああ、そうか。

死ぬからなんだ。

俺達は死ぬんだ。なのに今さら格好つけてなんになる？

馬鹿なのは……俺の方だ。

腹を決め、俺は顔を上げた。

「来世では、リグレットに告白する」

おおお……とラピス族がどよめいた。

「リグレットと結婚し、子を生し、家庭を築く」

ああ——すっとした。

言えなかったこと、言えずに我慢してきたことを叫ぶのは、なんて気持ちいいんだ。

「叶うさ」

ペルグリンが俺の肩をぽんと叩いた。

「来世じゃなく、この世でな」

「お前は死んではならない」

ブラックホークが言った。首長《チーフ》ではなく、父親の顔をしていた。

「周囲のことは気にせず、お前は逃げることだけを考えてくれ。逃げ延びてカネレクラビスに戻ってくれ。お前だけがリバティを止められる。どうか、あの子を救ってやってくれ」

　俺はぎゅっと杖を握りしめた。

「――わかった」

　それを合図に、戦士達は雄叫びをあげた。

「アザゼルを守れ！」

「アザゼルをカネレクラビスに戻すんだ！」

「戦おう！　ラピスの誇りをかけて！」

　ブラックホークは腰帯に吊るしていた戦斧を取り、それを空へと突き上げた。

「兄弟達よ、来世でまた会おう！」

　俺達を取り囲んだ自動人形《ドール》。その東側を固めている奴らに向かい、俺は呪歌を唱えた。

　理性の文字よ
　荒れ狂う海を鎮め
　燃え盛る炎を凍らせ
　全てを不動の支配下に収めよ

　絶対零度の攻撃が自動人形《ドール》達を瞬時に凍り付かせる。が、奴らは俺達を何重にも包囲している。たかが十数体凍らせても圧倒的に不利な状況に変わりはない――が、そんなこと、もう知るかよ。

　俺は声の続く限り、呪歌を唱え続けた。ラピス族が走り出す。手に武器をかまえ、雄叫びをあげながら、自動人形《ドール》の壁と激突する。足音が交差し、金属と金属が激しくぶつかり合う音が響く。ラピス族の斧が自動人形《ドール》の首を刎ね飛ばし、自動人形《ドール》の手が戦士の首を握り潰す。鮮血が飛び、骨の砕ける音がする。

阿鼻《あび》叫喚《きょうかん》の戦場を、俺はウィンドに乗って駆け抜けた。すぐ後ろをクロウを乗せた馬がついてくる。

俺は呪歌を歌い続けた。杖を摑んだ手は冷たさに麻痺していた。冷え切った杖にはびっしりと霜がつき、銀の表面が皮膚に張りつく。握力はとうに失われていたが、おかげで杖を落とすこともない。

上空に影が差した。見上げると、間近に聖域の基底部が見えた。島が落ちてくる。奴ら、俺達を島の下敷きにするつもりだ。

「逃げろ！」

俺は叫んだ。

「島が落ちてくるぞ！」

しかし逃げ道はない。俺達は自動人形《ドール》にすっかり取り囲まれていた。人形の数は二百を超える。一方ラピスの戦士は、もう半数も残っていない。

「活路を開け！」

ブラックホークが自動人形《ドール》に打ちかかった。戦斧の一撃で人形の首を刎ね飛ばす。

「アザゼルに道を作れ！」

おお！　という声が応じる。

ラピスの戦士は体中に傷を負い、自動人形《ドール》のオイルと情報伝達剤にまみれながらも、槍や斧を振るい続けた。その目は輝き、伸びやかな四肢は躍動感に満ちている。こんな状況でも彼らは失っていないのだ。未来を——希望を。自分達の命でそれを切り開くことが出来るのだということを、彼らは信じて疑っていない。

戦士達が道を切り開く。自動人形《ドール》達の壁が引き延ばされ、薄くなっていく。

俺は杖をかまえて、呪歌を歌った。

ピキピキと音を立てて自動人形《ドール》が氷に包まれる。そこにわずかな隙間が生まれる。

今だ！　と叫ぼうとして、俺の喉は凍り付いた。

鋭い手刀で喉を切り裂かれるベアハート。三体の自動人形《ドール》に取り付かれ、ウォルロックの巨体が見えなくなる。神経銃に撃ち抜かれ、肩を押さえるペルグリン。彼らの上空には、島が迫る。

「行け！」

ブラックホークが叫んだ。

「行け、兄弟！　我らの魂を聖地に届けろ！」

彼の腕を自動人形《ドール》が捕らえた。別の人形が彼の背後で腕を振り上げる。

「――――！」

人形の白い手が彼の肩に喰い込んだ。骨が砕け、肉が潰れる音がする。噴き出した鮮血が、人形達の羽を赤く染め上げる。

「……ッ」

俺はそれに背を向けた。手綱を握り、ウィンドの腹を蹴《け》る。解き放たれた矢のように、駿馬《しゅんめ》は走り出した。襲いかかる自動人形《ドール》を杖で殴り、呪歌で凍らせる。

ついに包囲網を突破した。戦場が背後に遠ざかっていく。俺は振り返らなかった。方向をウィンドにまかせて、その鬣《たてがみ》に顔を伏せる。

落雷のような音が聞こえた。それに続く破砕音。恐ろしい地響き。あまりの轟音に鼓膜がビリビリと振動する。

砂埃を巻き上げて、突風が襲いかかってくる。ウィンドの体が風圧で吹き飛ばされる。

俺は馬の背から投げ出され——そのまま意識は闇に呑まれた。

7

ネイティヴと騎兵隊は正式に和解した。騎兵隊の隊長であるテイラー連盟保安官《リーグ・マーシャル》はネイティヴの四首長《チーフ》と対面し、ロックウェルに鋼鉄道路《レイルウェイ》の経路変更を進言することを約束した。

テイラーの指示で騎兵隊は撤収の準備を始めた。

そんな矢先——

「大変、大変ですのよ！」

宿の食堂で遅い朝食をとっていたアンガスの元に、セラが駆け込んできた。その胸に一羽のパロットを抱いている。灰色の羽根、黄褐色の嘴《くちばし》。パロットは人間そっくりな声で、ぎゃあと鳴いた。

アンガスは鳥を見てから、セラに目を戻した。

「パロットは食用には向かないよ？」

「誰が喰うと言いましたか、ですわ」

セラは鳥を放した。テーブルの上に着地したパロットは、アンガスが食べていた豆のシチューにひょこひょこと近づく。せっかくの朝食を鳥に奪われてはたまらない。アンガスはシチュー皿を引き寄せ、怖い顔でパロットを睨んだ。

「これは僕のです」

パロットはアンガスを見上げ、くぅーきゅるるるぅ……と鳴いた。頭を上下させて餌をせがむ。その愛らしい仕草にアンガスは鼻白んだ。

「か、かわいい声で鳴いても駄目です！」

『……あんがす！』

大きな声でパロットが叫んだ。羽をばたつかせ、興奮したように歩き回る。

『あんがす！　あぁんがす！』

「な、なんだぁ？」

目を剝くアンガスに、セラが答える。

「今朝、騎兵隊の宿営地にやって来て、それからずっとこの調子で叫んでいたらしいのですわ」

自分の名前を連呼する鳥を迷惑そうに見つめ、アンガスはため息をついた。

「誰かが悪戯して僕の名前を教え込んだんだな？」

「いいえ、違いますわ」

セラの声に応えるように、パロットは叫ぶ。

『新見聞《にゅーすぺーぱー》ヲ見ロ！　あんがす・新見聞《にゅーすぺーぱー》ヲ見ロ！』

「新見聞《ニュースペーパー》――？」

アンガスは豆のシチューをテーブルに置いた。朝食が運ばれてくるまでの間、読んでいた新見聞《ニュースペーパー》を取り上げる。

「そういえば……ちょっとヘンだったたな」

新見聞《ニュースペーパー》の一面には、カネレクラビスに踏み込んだ騎兵隊とネイティヴの間に緊張が高まっていると描かれていた。このままでは抗争は必至。各都市はネイティヴ達の襲撃に備えよ。

エイドリアンらしくない不安を煽る描き方だった。しかもネリル峠での戦いが回避されてから、もう五日が経過している。「情報は鮮度が命」が口癖《くちぐせ》のエイドリアンのこと。ウィードに新見聞《ニュースペーパー》が届くまで二日かかることを考慮しても、そろそろ『争いは回避された』という記事が載ってもいいはずだ。

「何か、あったのかな」

嫌な予感が胸の奥に広がる。

アンガスはテーブルの上に目をやった。パロットはシチュー皿に頭を突っ込み、豆をつつき出してはついばんでいる。相当、人に慣れているようだ。

パロットは精神感応能力が高い。指示された人物が遠く離れた場所にいても、それを探し出し、伝言を届ける能力がある。子供の頃には、その能力を利用してウォルターと連絡を取り合った。

「そうか――これはウォルターからの伝言だ」

『うぉるたー！』

豆を喰っていた鳥が頭を上げて叫んだ。

『新見聞《にゅーすぺーぱー》ヲ見ロ！　あんがす・新見聞《にゅーすぺーぱー》ヲ見ロ！　うぉるたー！』

鳥は叫び続ける。が、その意味がわからない。新見聞《ニュースペーパー》の内容に違和感があるのは確かだが、わざわざパロットを使ってまで伝えるようなことだろうか？

「アンガス、それ……貸していただけます？」

セラが新見聞《ニュースペーパー》を指さした。アンガスは自分が手にした新見聞《ニュースペーパー》を見て首を傾げる。

「この新見聞《ニュースペーパー》が、どうかしたの？」

「いいから見せて、なのですわ」

セラは彼の手から新見聞《ニュースペーパー》をひったくった。両手で紙を広げ、窓に向かってかざしてみせる。縦、横、斜めにびっしりとスタンプが刷られた紙。それが日光に透け、白い透かし模様を浮かび上がらせる。

アンガスは目を眇《すが》めた。

「――文字《スペル》？」

上下に二段。

見慣れていても、決して読めない文様が二行。

アンガスは隣の椅子の上に置いてあった『本』を開いた。

「むぅ……」

セラが広げた新見聞《ニュースペーパー》を一目見るなり、姫は唸り声を上げた。

「間違いない『Deception《欺瞞》』と『Ruin《荒廃》』の複製だ。文字《スペル》そのもののような強烈な魔力は持たないが、それでも影響力はある」

「前にジョニーが言ってましたよね。ロバート・ラスティの元を訪れた地図屋さんの左手には奇妙な痣があったって。それを印刷してほしいと、ラスティさんを恫喝《どうかつ》したって」

アンガスはセラの手から新見聞《ニュースペーパー》を受け取り、テーブルの上に広げた。透けて見える文字《スペル》を指で辿る。

「スタンプを印刷する前に、弱酸性の液体で文字《スペル》を印刷したんだ。新見聞《ニュースペーパー》の紙が乾燥していくにつれ、文字《スペル》が浮き上がってくる」

アンガスは新見聞《ニュースペーパー》をぐしゃりと握り潰した。

「新見聞《ニュースペーパー》を利用するなんて――許せない！」

「エイドリアンがこれを見逃すとは思えん」

険しい表情で、姫はアンガスを見上げた。

「急いでバニストンに戻らねばならんな」

アンガスは頷いた。

シチューの豆をあらかた食べ終え、満足そうに羽根繕《づくろ》いをしているパロットに向かい、彼は真顔で呼びかける。

「疲れてるかもしれないけど、ウォルターまで返信を運んでくれるかい？」

鳥は愛嬌《あいきょう》のある丸い目でアンガスを見て、了解したというように、きゅーるるる……と鳴いた。

「エイドリアンの様子が知りたい」

『えいどりあんノ・様子ガ知リタイ！』

「君も無理せず、危なくなったら身を隠せ。僕もすぐ、バニストンに向かう」

『君モ無理セズ・危ナクナッタラ身ヲ隠セ・僕モスグ・ばにすとんニ向カウ！』

鳥は甲高い声で復唱し、満足そうに囀った。

「行け！」

アンガスの声に、パロットは飛び上がった。食堂の天井を旋回した後、窓から外へと飛び出していく。

アンガスとセラは窓辺に駆け寄り、空を見上げた。

東に向かって飛んでいく小さな鳥の影。その姿は青空に溶け、やがて見えなくなった。

8

何かが髪を、引っ張っている。

痛い。

痛いということは――

まだ、俺は生きているのだ。

薄く目を開いた。馬が湿った鼻面で俺の額や頬をつついている。

「ウィンド――」

俺は左手を伸ばし、馬の鼻面を撫でた。

「お前……無事だったか」

ウィンドは嬉しそうに嘶いた。首を起こし、ブルブルッと頭を振る。早く立ち上がれと、催促しているようだ。

俺はゆっくり体を起こした。全身が痛みに軋む。それでも足は動く。左手も動く。が、右手は重くて動かない。火傷を負った掌の皮膚が、銀の杖に癒着している。

俺は左手で杖を掴み、杖を右手から引き剝がした。布が破れるような音がして皮膚が裂ける。髪を束ねていた布を解き、右手にグルグルと巻き付ける。

それがすむと、俺は立ち上がった。空は暗いが、東の空はぼんやりと明るい。カネレクラビスは東にある。夜明けに向かって進めば辿り着けるはずだ。

「頼りにしてるぜ？」

そう言って、ウィンドの首を叩くと、馬はブヒヒッと唇を鳴らした。つべこべ言わずに早く乗れ、と言うように。

鞍《くら》を固定しているベルトに杖を挟んでから、俺は馬にまたがった。俺が手綱を握ると、指示も待たずにウィンドは歩き出す。

蹄《ひづめ》が乾いた岩を叩く。

夜明け前の世界は静まりかえっていた。

鳥も鳴かない。風も歌わない。誰の声も聞こえない。生命の気配さえ感じられない。圧倒的な沈黙に、俺は押し潰されそうだった。

あの時と同じだ。

なすすべもなく、第十三聖域が落ちるのを見ていた。あの時も誰も救えず、俺だけが生き残った。

周囲の人間に死をもたらす『悪魔の子』。大賢人の負の遺産。ハニエルの言った通りだ。俺は——生まれてきてはいけなかったんだ。

喉の奥に熱いものがこみ上げてくる。それを無理やり飲み下した。今は何も考えるな。自分の罪深さに絶望するのも、彼らの死を嘆くのも、すべては目的を達してからだ。


ウィンドは俺を乗せて、ひたすら東へと向かった。

途中、一回だけ湧《わ》き水《みず》を飲んだ。それ以外は俺もウィンドも飲まず喰わずだった。

昇った太陽が西の空を赤く染め、夜空を大月《カリタス》が横切り、再び東の空が白んでくる。俺は疲れ切っていた。すでに限界を超えていた。意識が朦朧《もうろう》とし、記憶が途切れ途切れになる。今が昼なのか夜なのか。何日経過したのかもわからない。

「お～い」

夢うつつの中――俺は声を聞いた。

「アザゼル～！　アザゼルなのか～！」

聞き覚えのある声。スカしているのに憎めない第十三聖域の天使――ラジエルの声だ。

俺はウィンドの鬣から顔を上げた。

朝靄《あさもや》の中に茶色の土盛りが見える。あれは……ホーガンだ。カネレクラビスに辿り着いたのだ。

「着いたぞ、ウィンド」

俺は馬の首を撫でた。栗毛の牝馬はフンフンと鼻を鳴らす。疲れ切っているだろうに、馬にもカラ元気というものがあるらしい。

草原を男が走ってくる。ラジエルを先頭に、天使もいれば大地の人もいる。彼らは泣きそうな顔で俺とウィンドを取り囲んだ。俺は馬を下り、傍にいたオルクス族の衣装を着た若者に手綱を渡した。

「ウィンドは素晴らしい名馬だ。俺の命を救ってくれた。どうか、ゆっくり休ませてやってくれ」

「ああ、承知しタ」

俺は杖を鞍から引き抜き、歩き出す。

それをラジエルが追いかけてくる。

「大変だ。大変なんだ、アザゼル」

「――わかってる」

低い声で俺は答えた。

離れていても、いつだって俺はリグレットを感じることが出来た。たとえ群衆に取り囲まれていても、たとえ彼女が眠っていても、リグレットの意識を見つけることが出来た。

なのに今――彼女の意識はどこにもない。カネレクラビス全体が、炎を吹き消された蠟燭のように暗く静まりかえっている。

ここにリグレットはいない。だが人々は無事だし、ホーガンも壊れていない。村も畑も荒らされていない。もし彼女が力ずくで連れ去られたのであれば、皆が無事でいるわけがない。

そこから導き出される答えは唯《ただ》一つ。

リグレットは自ら進んで天使に捕らえられたのだ。

彼女の呪歌は強力だ。島の中心であれを歌えば、聖域を滅ぼすことも可能だろう。けれど――彼女は人間だ。精神波に対し、特別な抵抗力を持っているわけではない。どんなに意志が強くても、天使の心縛には敵わない。

しかもリグレットは体に刻印を宿している。同調率は恐ろしく高い。そんな彼女が心縛され、『解放の歌《リベルタカントゥス》』を歌ったら、大地を壊しかねないほどの膨大なエネルギーを生み出すだろう。

リグレットを取り戻さなければ。手遅れにならないうちに。

だがその前に一つだけ、やっておかなければならないことがあった。

9

ウィードからバニストン行きの直通列車は三日後まで出ない。

そんなに待ってはいられない。最小限の荷物を布袋に詰め、アンガスはハーパー行きの汽車に飛び乗った。例年ならばこの時期、衣類や織物などを売りに行く商人で、東部行きの列車はにぎわう。けれど彼らと同じ客車に乗り合わせた乗客はわずかだった。ネリル峠での争いは回避したものの、この先、いつまたネイティヴとの戦いが始まるかわからない。人々の心には不安が燻《くすぶ》り続けている。

　二人掛けの座席が向かい合うボックス席。空席が多いのをいいことに、ジョニーは二人掛けの座席を一人で占領している。その正面にはアンガスとセラが腰掛け、アークは通路を挟んだ隣のボックス席に座っていた。

「旅は道連れと言うけれどもさ……」

　ジョニーは肩越しに振り返り、少し離れた座席を指さす。

「なんで奴らも一緒なのよ？」

　そこにはテイラーとエヴァグリンが腰掛けていた。

　新見聞《ニュースペーパー》に書かれた文字《スペル》の話を聞いて、テイラーは騎兵隊員達に命じた。至急小隊に分かれて東部の各都市に向かい、新見聞《ニュースペーパー》を回収して焼き捨てろ。その後、そのまま町に留まり、市保安官《シティ・マーシャル》と協力して治安維持にあたれ――と。

　そのテイラー自身はといえば、ロックウェルに事の成り行きを説明するため、一時バニストンに戻ることになっていた。連盟保安官《リーグ・マーシャル》への復職願いを陳述するべきだとして、エヴァグリンに同行を求めたのも彼だった。

　けれどこの二人――ボックス席に向かい合って座っていながら、まったく会話をしていない。重苦しい雰囲気が客車内に漂い、軽口をたたき合うことさえはばかられる。なんとも居心地の悪い状態だった。

「アンガス、なんとかしてこいよ」

　業を煮やしてジョニーは言った。

「このままじゃ、窒息しちまうよ」

「無茶言わないでください」声を潜め、アンガスも言い返す。「だいたい、後から馬車で来ればいいって言ったのに、一緒に行くって言って聞かなかったのはジョニーでしょう？　ハムレットとオフィーリアは賢いから、置いてかれたことに気づいたら大暴《おおあば》れしますよ？」

「奴らならオニールに頼んできたから大丈夫さ」

「オニール保安官《マーシャル》に？」

「ああ、オニールは騎兵隊の主力部隊を引き連れて、後追いでバニストンを目指すんだってさ。そのついでに、オレの馬車と愛馬も連れてきてくれって頼んでおいたんだ」

アンガスは呆れてため息をついた。

「保安官《マーシャル》に馬車の運転代行を頼んだんですか？　図々しいなぁ」

「そう？　アンガスからのお願いなんだけどって言ったら、快《こころよ》く引き受けてくれたぞ？」

「――って、また人の名を勝手に騙《かた》ったのか！」

「仕方ないじゃないか」ジョニーは珍しく真顔で言い返した。「残る文字《スペル》はあと九つ。お前の右目にあるのを除けばあと八つだ。そのうちの二つがバニストンにあるとなりゃ、こりゃ万が一にも偶然じゃない。間違いなくデイヴが絡んでる。なのにオレが行かないなんてありえねぇだろ？」

同意を求めるように、ジョニーはアンガスの右膝を叩いた。まだ完治していない銃創に痛みが走り、アンガスは思わず足を引っ込める。

「お、忘れてた。悪ィ悪ィ……」

「気をつけてください」アンガスに代わってアークが言い返す。「今朝抜糸したばかりなんです。下手に衝撃を与えたら、また傷口が開いてしまいます」

眉根を寄せ、アークは気遣わしげにアンガスを見る。

「私は心配です。いくら杖なしで歩けるようになったといっても、走ることさえままならないんです。そんな状態でレッドが待ちかまえている場所に赴くなんて……無謀すぎます」

「だからこそ私達の助けが必要なのですわ」

セラは膝の上に載せた『本』に向かって問いかける。

「そうですわよね、姫？」

「その通りだ」

姫はセラを見上げた。

「特にお前の歌は心強い味方だ。お前の歌がなかったら、ネリル峠での争いは回避出来なかった」

「あの歌はほんとにすごかった」アンガスは深く頷き、横に座るセラに微笑みかける。「ネイティヴの人達はみんなあの歌を知っているみたいだったけど、あれはなんて歌なの？」

「三年に一度の祭り《パウワウ》、その最後に歌われる古い古い歌で、正確な名前はわかりませんの。でも大地の人は、あの歌を『立ち上がれ《スタンダップ》』と呼びますわ」

「スタンダップ？　本を読む時の呪文と同じ？」

「ええ」セラはにこりと笑った。「あの歌は希望——人の心を奮い立たせる呪文なのですわ」

「うむ、上手いことを言う」

姫は感心したように頷いた。

「これからはますますあの歌が必要になるだろう」

この一言は正鵠《せいこく》を射ていた。

翌日の夕刻、アンガス達が乗った汽車はミラクルム湖の北側にある都市、ハーパーに到着した。

駅舎の出入り口は市保安官《シティ・マーシャル》によって封鎖されていた。彼らは列車の乗客達をホームに並ばせ、一人一人を審査している。

「何か事件でもあったんかな？」

ちっとも進まない列から半身を乗り出して、ジョニーは前方を眺めた。

「それにしたってやりすぎですよ。あのお婆《ばあ》さんなんか――」と言って、アンガスは壁際を指さした。そこには褐色の肌に白髪頭の老婆が座り込んでいる。傍らに置かれた籠の中には、色とりどりの敷物が入れられている。

「どう見たってただの行商人なのに、町に入ることさえ拒絶されている」

アンガスは足下に転がっている紙くずを拾った。広げてみるまでもない、それは新見聞《ニュースペーパー》だった。壁に吊るされたランプの灯りにかざしてみると、紙に白い文字《スペル》が浮き上がる。

それを見て、ジョニーは顔をしかめた。

「諍いのタネは東部中に蒔かれたってワケね」

「残念ながらそのようです」

アンガスは新見聞《ニュースペーパー》を捩《ねじ》って細長くした。その先端をジョニーに突き出す。

「次の目的は西部と東部の分断ってとこですかね」

ジョニーはポケットから煙草を取り出し、口にくわえた。それからマッチを擦って、丸めた新見聞《ニュースペーパー》の先に火をつける。新見聞《ニュースペーパー》は風に煽られ、松明《たいまつ》のように燃え上がる。そこから煙草に火を移し、ジョニーは煙を吐き出した。

「一難去ってまた一難ってわけだ、チクショウめ」

新見聞《ニュースペーパー》があらかた燃え尽きるのを待って、アンガスはそれを投げ捨てた。残り火を踏みつける。

後には黒く細かい灰が残された。

「列が進み出しましたわ」

セラが声をあげ、前方を指さした。そこにはハーパーの市保安官《シティ・マーシャル》と話すテイラーの姿があった。どうやら彼が市保安官《シティ・マーシャル》を説得してくれたらしい。その場をテイラーに任せ、エヴァグリンがこちらに向かって歩いてくる。

「疲れているところ、待たせてすまない。どうやらネイティヴが攻めてくるという噂が、まことしやかに流れているようだ。被害妄想が西部人への差別を生み、最近は暴力事件が絶えないらしい」

「新見聞《ニュースペーパー》に刷られた文字《スペル》とスタンプ記事のせいです」

アンガスは足下の灰を見下ろし、ぎゅっと唇を噛んだ。エイドリアンが苦心して作った新見聞《ニュースペーパー》。それがこんな風に悪用されたことが腹立たしかった。同時に、言いようのない不安感が胸を締め付ける。エイドリアンはこんなことを許す人ではない。彼女の身に何かあったのは確実だった。

「市保安官《シティ・マーシャル》の連中がな、審査に引っかかった者達を明日の汽車でウィードに送り返すと言って聞かないのだ。テイラー連盟保安官《リーグ・マーシャル》が説得してくれているのだが、このままでは我々も——特に私と歌姫殿は、町に入れて貰えぬかもしれない」

エヴァグリンの言葉に、姫はフンと鼻を鳴らした。

「おい、セラ！」

「は、はいっ？」

姫に名を呼ばれ、セラは慌てて背筋を伸ばした。

「な、なんでしょうか？」

「歌ってやれ」と姫は命じた。「お前の歌で、奴らの目を覚ましてやれ」

「でも――」心細そうにセラは周囲を眺める。「こんな場所で――私一人で？」

「僕からもお願いします」と言って、アンガスは頭を下げた。「セラ、歌ってください」

　セラは赤くなって俯いた。

「わかりましたわ。アンガスが……そう言うなら」

彼女は目を閉じ、何回か深呼吸を繰り返した後、目一杯息を吸い込む。

目を開いた。

ドン、と足を踏みならす。ドン、ドンドン！　木の床に音が響く。何事かと人々が振り返る。それを待っていたかのようにセラの喉から、豊かな歌声があふれ出す。

　その声は歌というよりも叫びだった。心の奥底から湧き出す、魂の叫びだった。胸を打ち、心を震わせる。全身にぞわぞわと鳥肌が立つ。

叫べ！
夢を抱きし兄弟達よ
お前は一人ではない
たとえ現実に打ちのめされ
今は泣きながら眠ったとしても
立ち上がれ！　我が兄弟達よ！
そうだ、お前は一人ではない！

圧倒的な声量。細い体のどこに、これほどのエネルギーを秘めているのだろう。アンガスはセラを見つめた。彼女の周りに光を感じる。錯覚だとわかっていても、彼女から目が離せない。

　奇妙なものでも見るような目でセラを見ていた人々の顔に、徐々に変化が現れ始めた。疲れ切り、俯いていた乗客達が顔を上げる。歌を止めるために飛び出そうとした市保安官《シティ・マーシャル》を、同僚の市保安官《シティ・マーシャル》が引きとめる。

　人々の注目を浴びて、セラは歌い続ける。

　若木のように背筋を伸ばし、右手の拳を突き上げる。


立ち上がれ！　我が兄弟！

夢見ることを諦めるな！

その希望を手放すな！

お前は一人ではない！

そうだ、我らは一人ではない！


「我らは一人ではない！」

　アンガスも叫んだ。ジョニーもエヴァグリンも、彼と同じように叫んでいた。

「立ち上がれ！　我が兄弟！」

　さらに唱和する声。列に並んでいた人々も、座り込んでいた老婆も立ち上がって叫んでいる。

「我らは一人ではない」

「そうだ、我らは一人ではない」

　ハーパーの市保安官《シティ・マーシャル》達に向かって、セラは手を差し出した。

心に満ちる暗闇に
溺れそうになったなら
いつでも私の手を貸そう
同じ夢を見る兄弟よ
我が手を摑め　ともに歩め
その先に　未来がある

セラはゆっくりと深呼吸してから、目の前で拳と拳を突き合わせ、頭を下げるネイティヴの礼をした。

夕闇《ゆうやみ》のホームに沈黙が降りた。

誰も動けなかった。列に並んでいる者達、列車の整備に取りかかっていた者達、歌声を聞きつけて駅舎の外からやって来た者達、その全員が魅入られたようにセラを見つめていた。

そんな中、真っ先に行動を起こしたのはティラー連盟保安官《リーグ・マーシャル》だった。彼は市保安官《シティ・マーシャル》達に二言《ふたこと》三言《みこと》声を掛けてから、ホームに立ちつくす人々へ向き直る。

「全員、町に入ることを許可する。慌てず、急がず、前に進め」

おお……という歓声に続き、割れんばかりの拍手が巻き起こった。座り込んでいた老婆が涙を拭う。人々はセラの歌を讃え、感謝の言葉を口にしながら、床に置いた荷物を持ち上げる。疲れなど吹き飛んだように、軽い足取りで出口に向かって歩いていく。

「セラ――君は奇跡だ」

アンガスは彼女を抱きしめた。突然の抱擁《ほうよう》に、セラはドギマギし、耳朶《みみたぶ》まで赤くなる。

「いいえ、奇跡はアンガスですわ。私はアンガスの真似をしただけなのですわ」

「本当に素晴らしかったです」

感激したようにアークが言い、その横でエヴァグリンがしきりに頷く。

「噂には聞いていたが、まこと恐れ入った！」

そしてジョニーは羨ましそうに呟いた。

「いいな〜、オレも抱きつきてぇ……」

その背後で咳払いの声がした。

ジョニーが慌てて飛び退くと、そこにはテイラーが立っていた。

「君達に、市保安官《シティ・マーシャル》からの伝言を預かってきた」

それでもアンガスはセラを抱きしめたまま放さない。テイラーは再び、わざとらしい咳払いをする。

「すべての乗客の滞在を許可する。その代わりもう一度、今の歌声を聴かせてほしい。明日の正午、駅前広場で、ハーパーの市民達にあの歌を聴かせてほしい……とのことだ」

「そんなのお安いご用ですって……おい、アンガス！」ジョニーは彼の肩を乱暴に小突いた。「いつまでひっついてるんだ。いい加減にしろっての！」

「うう……？」

歌による高揚《こうよう》からまだ醒め切っていないアンガスは、不満の呻き声をあげる。そんな彼を見て、テイラーの口元に苦笑が浮かんだ。

「君達はまさしく奇跡を起こす者達《ミラクルメイカーズ》だな。そうしていると——普通の恋人同士のようにしか見えないが」

10

俺は広場を横切り、林に向かった。目指したのは『大地の鍵』――リグレットが暮らしていた家だ。

その扉の前に立った時、家から一人の女が出てきた。オルクス族の戦士スクァーレルだった。右手に槍を、もう一方の手に『大地の鍵』を持っている。

彼女は驚き、飛び退いた。次の瞬間、弾かれたように槍の穂先を俺に向ける。

「近づくナ」

「その本をよこせ」

彼女と俺の声が重なる。数歩の距離を置いて、俺達は睨み合った。

「コレは渡せなイ。『大地の鍵』が誰にも見せるなと命じタ」

「その本には、刻印を封じる方法が書かれている。かつてアザゼルが負の刻印を封じた方法が記されているはずなんだ」

「『大地の鍵』は言ッタ。コレを見てはならないト。特にお前――ラピスのアザゼルに見せてはならないト！」

「もう一度、刻印を封じるためには、その本が必要なんだ。リグレットを救うためだ。それを渡せ！」

「断ル！」

スクァーレルは俺に槍を突きつけたまま、ジリジリと後退する。彼女は本を捨てに行くつもりなのだ。どこか遠く、二度と人の目に触れないような山奥へ。

「動くな！」

俺は言葉に暗示を乗せた。

スクァーレルの体がびくんと硬直する。俺は槍の穂先をかわすと、彼女に歩み寄った。本を摑んで引っ張る。が、スクァーレルはそれを離さない。

「本を放せ」

スクァーレルは目を閉じ、歯を喰いしばっている。額に玉のような汗が浮かび上がり、頰を伝って流れ落ちる。

「手を離せ、スクァーレル！」

俺はさらに強い暗示を彼女に叩きつけた。それでもスクァーレルは本を放さなかった。彼女は呻くと、気を失って大地に倒れた。地面に槍が転がる。緩んだ彼女の腕の中から、俺は本を拾い上げた。

なんの変哲もない、ただの本だ。茶色い革の表紙には赤黒い染みがある。

その表紙を開いた。中は真っ白だった。めくってもめくっても白紙のページが続いているだけだった。

——何も、書かれていない。

「そんな馬鹿な！」

これには刻印の秘密が記されているはずだ。リグレットを救う方法が書かれていなくてはいけないんだ。

俺は手荒くページをめくった。

「警告したはずだ」

不意に、声が響いた。

「私を開いてはならない、と」

ページをめくる手が止まった。あやうく本を取り落としそうになった。

感応紙のページにはなんの文様もなく、「スタンダップ」の呪文を唱えた覚えもない。なのに白いページの上には、小さな人影が立ち上がっている。

「お前が深淵を覗き込むときは、深淵もまたお前を覗き込んでいる。私に触れれば触れるほど、お前は未来を引き寄せる。私が見てしまった——見てはならなかった未来を引き寄せてしまう」

腕を組み、俺を見上げる小さな男。

その顔には見覚えがあった。

嫌というほどよく知っている顔だった。

「お前は……なんだ？」

掠れた声で問う俺に、その人影は淡々と答えた。

「私は第十三聖域の、十三代目のツァドキエル。聖域を追放された最初の堕天使。大賢人と呼ばれる者。お前の原型《オリジナル》。つまり——初代のアザゼルだ」

聖域風の白い服に身を包み、白っぽい金髪を長く伸ばした若い男。

彼は——俺と同じ顔をしていた。

11

当初の反応とは打って変わって、アンガス達はハーパーの市保安官《シティ・マーシャル》達から手厚い歓迎を受けた。おかげでその夜は宿屋で温かい食事をとり、柔らかいベッドでゆっくりと休むことが出来た。

そして次の朝――

『あんがす！　あんがす！』

ぎゃあぎゃあ叫ぶパロットの声に、アンガスは飛び起きた。

「うるせぇなぁ……」

隣のベッドでジョニーが呻く。アークが窓辺に駆け寄り、雨戸を開いた。清涼な朝の空気とともに、パロットが部屋に飛び込んでくる。

『あんがす！　あぁんがす！』

パロットはアンガスの肩に止まり、嬉しそうに囀った。

『暴動ヲ恐レ・西部人ガ・不当逮捕サレテイル』

『ろっくうぇるガ・戒厳令ヲ発動シ・街ハ混乱状態ダ』

『彼ハ・ばにすとんヲ・封鎖スル気ダ』

『新見聞《にゅーすぺーぱー》社ハ閉鎖・女史ノ姿ハ・見当タラナイ』

「マジかよ、おい」

ベッドに腰掛け、ジョニーはくしゃくしゃと髪を掻きむしった。かと思うと、ぱっとベッドから立ち上がる。

「――こうしちゃらんねぇな」

アンガスは頷いた。

「急ごう」

二人は着替えると一階の食堂に下りた。

そこではテイラーとエヴァグリンが朝食をとっていた。同じテーブルにはもう一人、ハーパーのミルズ市保安官《シティ・マーシャル》の姿もあった。

「悪いニュースだ」とテイラーが言った。説明してやってくれというように、ミルズに視線を向ける。

「今朝早く、連絡が入ったのですが……」

ミルズ市保安官《シティ・マーシャル》は口髭《くちひげ》を撫でつけながら、重い口を開いた。

「昨夜、カクタス川にかかる鉄橋が何者かによって爆破されました。鉄橋はこの町からバニストンに向かう唯一の鉄道道路《レイルウェイ》。このままではバニストンへの汽車は出せません。汽車が使えないとなると、あとは馬車を使うしかないのですが……」

「他の橋も無事だという保証はない？」

アンガスの問いかけに、気まずそうにミルズは頷く。

「その可能性が高いですな。今、保安官《マーシャル》達を調査に向かわせております」

アンガスはぎゅっと拳を握った。

カクタス川は東部の穀倉地帯を潤《うるお》す大河だ。春先のこの季節は水量も多い。馬車で突っ切るのはまず不可能だろう。向こう岸までなら船で渡ることも可能だが、その先の足がない。そこから徒歩では、バニストンまで三日はかかる。

「馬車でファゴートまで南下し、そこで汽車に乗り換えてバニストンを目指すという手もなくはないが――」

エヴァグリンはコーヒーを一口飲み、苦そうに顔をしかめた。

「それだと、到着までに最低でも一週間はかかってしまう」

「八方塞《はっぽうふさ》がりじゃねぇか」

ジョニーが苛立たしげに呟く。

アンガスは縋るような思いでミルズに問いかけた。

「他に何か手はありませんか？　先程このパロットが――」と言って、彼は自分の肩に乗った灰色の鳥を指さす。「バニストンにいる友人からの伝言を運んできたんです。西部人達が不当に逮捕され、街は混乱状態に陥っているそうです。ロックウェル氏が戒厳令を発動し、街を封鎖しようとしています。そうなる前になんとしても、バニストンに入りたいんです」

ミルズは唸って腕を組んだ。

「これは未確認情報なのですが……町外れに住む自走車屋《オートムーヴ》が、空飛ぶ機械を作っているという噂を聞いたことがあります」

アンガスの脳裏を、フォンス村で会ったケレット親子の姿がよぎった。いつか必ず空を飛んでみせると言ったピット・ケレット。彼は確かハーパー出身だと言っていなかったか？

「その人に会いたいのですが」

「ああ、案内させましょう」

「お願いします」

そこへ、朝食が運ばれてきた。スクランブルエッグとカリカリに焼いたベーコン。焼きたての小麦パンとコーヒーの香りが鼻孔をくすぐる。

だが悠長に食事をしている暇はない。断ろうとした矢先、エヴァグリンが先手を打った。

「急ぐ気持ちもわかるが、まずは腹ごしらえだ。腹が減っては戦は出来ぬからな」

「しかし――」と言いかけたアンガスの肩から、パロットがひらりと舞い降りた。嬉しそうに囀りながら、さっそくパンをつつき始める。

「気が急《せ》くのもわかるが、まずは計画を立てるのが先だ。たとえカクタス川を渡れたとしても、バニストンが封鎖されていては、市内に入ることさえ出来ない」

「ま、一理あるわな」

テイラーの冷静な意見に、ジョニーは椅子に座った。フォークを手に取り、スクランブルエッグに突き刺した。お前も座って喰えというように隣の椅子の背を叩く。アンガスは渋々、椅子に座り、無言で食べ始めた。


昼近くまでかかって、ようやく計画がまとまった。

ウォルターへの伝言を託し、アンガスはパロットを空に放った。遠ざかっていく鳥に想いを託し、バニストンにいる皆の無事を祈った。

その日の正午――ハーパー町長を始め、大勢の人々が見守る中、セラは町の中央広場で、再び歌を披露した。ネイティヴの娘に警戒の眼差しを向けていた町の人々も、歌が終わるころには目に涙を浮かべていた。

その後、ぜひ一緒に夕食をという町長の誘いを、セラは丁重に断った。

「私達、急いでバニストンに行かなくちゃならないのでございますの」

ミルズ市保安官《シティ・マーシャル》の案内で、アンガス達はハーパー市内を出た。エヴァグリンとテイラーはそれぞれ馬に乗り、アンガスとセラとアークは借りた馬車の荷台に乗った。御者台で手綱を握っているのはジョニーだ。

「やはり他の橋も被害を受けているようです。修復には二、三週間はかかるでしょう」

先頭を切って馬を走らせながら、ミルズが報告する。

「それとバニストンの様子ですが、封鎖されたというのは本当のようですな。二日前、バニストンから追い出されたという商人の話では、市街の周囲には急ごしらえの壁が築かれ、侵入者を徹底的に排除するかまえだったそうです。食料を確保するため、線路沿いの街道だけは開かれているらしいのですが、バニストン在住の一部の商人しか通さないということです」

そこで彼はため息をつき、唇を歪めた。

「先日、西部の無法者《アウトロー》との銃撃戦が展開されてからというもの、どうも雲行きがおかしくなってきたのを感じておりました。ネイティヴが攻めてくるという噂が、それに拍車を掛けたのでしょうな。ロックウェルは真面目な方ですから、市民を守るために過剰反応を起こしたのでしょう」

それだけではない。これには文字《スペル》が――レッドが絡んでいる。

そうは思ったが、アンガスは何も言わなかった。ミルズ保安官《マーシャル》に説明している暇はないし、説明しても信じては貰えないだろう。東部の人間は伝説など信じない。文字《スペル》の恐ろしさは、それを目の当たりにした者でなければ理解出来ない。

ハーパー市街を出て、馬を走らせること一時間あまり。トウモロコシ畑を抜け、雑木林を横切ると、その先には緩やかな丘陵地帯が広がっていた。緑の丘では牛の群れがくつろいだ様子で草を食べている。

「見えました。あの家です」

ミルズが指さす先、丘の上に粗末な木の小屋が建っている。小屋の前に無造作に置かれているのは、弾丸のように走るあの自走車《オートムーヴ》だ。アンガスは心臓が高鳴るのを感じた。これはまさにネイティヴ達の言う『大いなる意志』のお導きに違いない。

小屋に向かって走り出した彼らの頭上から、パリパリ……という音が聞こえてくる。

「雷――？」

セラが呟いて、空を見上げた。しかし晴れ上がった空に雲はない。

「違う。これは――ローター音だ」

アンガスは上空を見回した。はるか遠くの空にぽつりと影が浮かんでいる。鳥というには大きく、羽ばたくこともない。それは雷のような羽音を立てながら、こちらに近づいてくる。

「なんだありゃあ！」

ジョニーが素っ頓狂な声をあげる。

胴体を形成する鉄の枠組み。尻尾《しっぽ》のように突き出した小さなプロペラ。筐体《きょうたい》の上では大きな羽根が力強く回転している。

「回転翼機《ジャイロ》だ」

アンガスの呟きに応えるように、回転翼機《ジャイロ》は彼らの上空で旋回し、小屋の前に広がるなだらかな丘に見事な着地を決めた。その後部座席から、一人の子供が転がり降りてくる。

「アンガス～！」

手を振りながら、笑顔いっぱいで駆けてくる。アンガスは荷台から飛び降りて、その少年を抱きとめた。

「久しぶり、ジミー。ずいぶん大きくなったね！」

「うん、ジミー大きくなった。大きくなった！」

あれから約一年半。日に焼け、背も伸びていたが、それは忘れもしないジミー・ケレットだった。

「本当にアンガスか？　こりゃ驚いたな！」

回転翼機《ジャイロ》の操縦席からピット・ケレットが降りてくる。ゴーグルを上げると、日に焼けた顔に笑みが溢れる。

「元気そうだ。また会えて嬉しいぜ！」

「貴方もジミーも、お元気そうで何よりです」

アンガスは彼の背後にある回転翼機《ジャイロ》に目をやり、再びピットに目を戻した。

「ついに飛べるようになったんですね」

「ああ、最近ようやくマトモに飛ぶようになった」

自慢げに、ピットは鼻の下を擦った。

「しかも前のみたいな廃品利用じゃないんだぜ？　コイツはオレとジミーが一から部品を作って、機体を組み上げたんだ」

「それはすごい……」

アンガスは回転翼機《ジャイロ》を眺めた。これは奇跡か偶然か、それとも本当に『大いなる意志』のお導きなのか。いずれにしても、これが最後の望みの綱だ。意を決して、彼はピットへと向き直った。

「貴方と回転翼機《ジャイロ》の力を借りたいんです。協力して貰えませんか？」

「そう急がなくても、お前を乗せてやる約束だった――」と言いかけて、ピットは口を閉じた。アンガスの真剣な表情と、彼の後ろにいる保安官《マーシャル》達を交互に見る。「――なんだか訳アリっぽいな？」

「ええ、かなり深刻な状況なんです」

ピットは表情を曇らせた。逡巡するようなその表情。愛する息子を厄介ごとに巻き込みたくないのだろう。

「飛ぼうよ！」

ジミーが言った。両手をぱたぱたと動かす。

「パパ、アンガス兄ちゃん乗っけて飛ぼうよ！」

「ああ――そうだな」

ピットは息子の頭にポンと手をのせた。それからアンガスを見て、真顔で答えた。

「詳しい話を聞こうじゃないか」ピットは一同に向かって手を振った。「狭い家だが入ってくれ。コーヒーぐらいなら出すぜ？」

馬を繋ぎ、アンガス達はケレット親子の小屋に入った。ピットが淹れてくれたコーヒーを飲みながら、アンガスは状況を話した。

「なるほどな」

話を聞き終えて、ピットは頭を掻いた。

「そんなことになってるなんて、全然知らなかったよ。こんな場所で暮らしていると世事に疎《うと》くなっていけねぇ」

「それで――」アンガスは身を乗り出した。「僕らを回転翼機《ジャイロ》でバニストンまで運ぶことは、可能ですか？」

「もちろん」

ピットは自信たっぷりに請け合った。

「お前には大きな恩がある。燃料さえ用意して貰えりゃいくらでも飛ぶさ。ただしアイツは二人乗りだからな。オレが操縦するから、後部座席に一人ずつ乗っけて何度か運ぶことになる」

そこで彼は眉間に縦皺を寄せる。

「だけどバニストン市内に着陸させたら、目立ってしょうがねぇだろ？」

「市内に乗り込もうとは思っていません」

アンガスは地図を広げた。バニストン近郊の、ある地点を指さす。

「ここまで運んでくれれば、充分です」

「そのあたりなら以前にも飛んだことがある。丘もなだらかだし、着陸も可能だ。けど――」

言葉を切って、ピットは首を傾げた。

「そこに何があるんだ？」

「秘密の抜け穴です」

アンガスは答え、にやりと笑った。

「バニストンの繁栄を築いた燃石坑《バニストン》。それらはすでに閉鎖されていますが、そのトロッコ線路は、今でもバニストン市内まで続いているんですよ」

話がまとまると、三人の保安官《マーシャル》は回転翼機《ジャイロ》の燃料である燃油《バーニル》を調達するため町へと戻っていった。明日は回転翼機《ジャイロ》をフル稼働させなければならない。ケレット親子はさっそく機体の整備に取りかかった。アークとジョニーはそれを手伝い、アンガスはキッチンを借り、セラと一緒に夕食の準備を始めた。

「どうしても連れて行っては貰えませんの？」

ジャガイモの皮を剝きながら、セラが問いかけた。

朝から幾度となく繰り返された問いだった。

彼らが立てた計画は、燃石《バニストン》坑を通り抜け、バニストンに潜入するというものだった。上手くいけば、誰にも見咎《みとが》められずに市内に入ることが出来る。が、その先が問題だった。これは間違いなくレッドの罠だ。最悪の場合、エイドリアン達が人質に取られている可能性もある。彼らの安否が確認出来ない限り、目立った行動は取れない。だがセラとエヴァグリンは一見しただけで西部人だとわかってしまう。西部人が不当に捕らえられていることを考えれば、彼らを連れて行くわけにはいかなかった。

「何かあったら、すぐにパロットを飛ばすよ」

アンガスの答えに、セラはため息をつく。

「あの街にはレッドだけでなく、ドーンコーラスもおりますのでしょう？」

「うん……多分ね」

新見聞《ニュースペーパー》に隠されていた『欺瞞《ぎまん》』と『荒廃』。その魔力を煽るには歌姫による歌が必要だ。ドーンコーラスが『鍵の歌《クラヴィスカントゥス》』を歌えば、バニストンもアウラのような地獄と化す。

しかも歌姫は『解放の歌《リベルタカントゥス》』を持っている。万一、ドーンコーラスがそれを歌うようなことになれば、大惨事になるだろう。なんとしても、それだけは阻止しなければならない。

「信じておりますわ」

セラの声に、アンガスは我に返った。

慌てて目の前にある鍋をかき回す。くつくつと煮えるシチューからはトマトのいい匂いが漂う。

「アンガスなら止められる。レッドにもドーンコーラスにも負けない。必ずエイドリアンさんや、囚われている人達を助け出せると信じておりますわ」

　剝いたジャガイモを角切りにしながら、セラは言葉を続ける。

「でも、私は怖いのです。そのためにアンガスが自分の命を投げ出してしまいそうで怖いのです。アンガスは一度だって、未来を語ったことがないのです。文字《スペル》を集める旅が終わったら、その後どうするのか。何がしたいのか。一度も話してくれたことがないのです」

　アンガスは返答に詰まった。コギタティオ渓谷でウォルターに言われた言葉を思い出す。

『先のことが考えられないなんて、セラには口が裂けても言うんじゃないぞ？』

　あれ以来、アンガスは考え続けてきた。

　この旅を始めた時、旅の終わりは命の終わりを意味していた。ケヴィンを死なせてしまった罪の重さに耐えかねて、自らの死を願っていた。姫に協力を約束したのも、右目に宿る文字《スペル》を回収しない限り、死ぬことは叶わないと告げられたからだ。

　けれど第十七聖域で、文字《スペル》が守るのはそれが刻まれた臓器だけだということを知った。たとえ右目に文字《スペル》を宿していたとしても、肉体は滅び、宿主は死ぬのだと。姫は彼の右目から文字《スペル》を回収し、彼を自由にしてくれると言った。

　なのに——彼はそれを断った。死を求めての旅は、未来を求めるための旅になっていた。この世界を守りたいと真剣に考えるようになっていた。

「この旅が終わったら……」

　切ったジャガイモをシチューの中に放り込み、アンガスは言った。

「セラは、どうする？」

「私は歌姫ですから——カネレクラビスに戻らなければなりませんわ」

「ああ、そうか……そうだったね」

「でも……」と彼女は続ける。「すべての文字《スペル》が回収されたなら、『鍵の歌《クラヴィスカントゥス》』や『解放の歌《リベルタカントゥス》』は意味を持たなくなりますわ。その他の儀式で使う歌は誰もが知っていますから、後継者選びはそう難しくないはずです」

　アンガスは驚いてセラを見た。

「歌姫を他の人に譲る……ってこと？」

　セラは力強く頷いた。

「カネレクラビスは最後の聖地。いわば心の故郷ですわ。けれど私、もう聖地では暮らせません。本や新見聞《ニュースペーパー》のない生活など、考えられませんもの」

「うん、それは言えてる」

　アンガスは苦笑した。エイドリアンの口癖を思い出す。すなわち『本なくして、人生なし』。

「私、もう一度、エイドリアンさんの所でスタンプの修業がしたいのですわ」セラはアンガスを見上げ、真剣な表情で言った。「私、一人前の本の修繕屋になりたいのですわ」

「セラならきっと腕のいい修繕屋になれるよ」

　シチューをかき混ぜながらアンガスは呟いた。

「そしたらまた一緒に旅が出来るかな？」

「――え？」

「いつも考えてた。レッドのことや文字《スペル》のことがすべて解決した後も、このまま仲間達と一緒に旅が続けられたらいいのにって」

「旅を、続けたいんですの？」

「うん」

それを想像して、アンガスは微笑んだ。

「世界中の遺跡を巡って本の欠片を発掘するんだ。それをセラと僕とで修繕して、ジョニーに売って貰うっていうのはどうかな。ウォルターは新しい地図を作り、アークはその測量を手伝う。そしてたまにバニストンに戻っては、エイドリアンに怒られるんだ。『連絡もしないで、今までいったいどこを回っていたんだい』って――」

涙が溢れそうになった。

なんの根拠もない。けれど、わかっていた。この夢は叶わない。決して叶うことはない。

急に黙り込んだアンガスの様子を、セラは誤解したらしい。彼女は彼の肩をそっと撫でる。

「エイドリアンさんは無事ですわ。とても強い人ですもの。きっとどこかに身を隠して、反撃の機会を狙っているに違いないのですわ」

「うん――そうだね」

アンガスは頷いた。

自分達の行く先に何が待ち受けているのか。世界はどうなってしまうのか。先のことは何もわからない。明日、セラと別れてしまったら、もう二度と会えないかもしれない。今、この時が、彼女に想いを伝える最後の機会かもしれない。

「レッドと僕は似てるんだ」

シチューに目を向けたまま、アンガスは切り出した。

「彼にも僕にも優秀な兄がいて、どんなに努力しても敵わなかった。そんな自分が嫌いで、自分を受け入れてくれない世界を呪った。僕にはレッドの気持ちがよくわかる。姫と出会わなかったら、仲間達に、セラに出会えなかったら、僕もレッドと同じように世界の破滅を望んでいたかもしれない」

「アンガス——」

「僕が仲間達と出会って救われたように、今度は僕が彼を救いたいんだ。彼だって僕と同じように、心の底では救われたいと願っているはずなんだ。だから僕は、それを信じてみようと思う。危険な賭けだってことはよくわかってる。でも——それが出来るのは、きっと僕だけなんだ」

アンガスは木の匙でシチューをすくい、味見してみた。トマトの酸味と鶏肉《とりにく》の旨《うま》みが良い感じに馴染んでいる。

「うん、美味しい。もういいかな」

アンガスは前掛けを外して椅子の背にかけた。

セラは何も言わず、じっと彼を見上げている。アンガスも、その紅茶色の瞳を見つめた。シチューが煮えるコトコトという音。それに合わせて心臓がとくん、とくん、と脈打つ。

「セラ——僕は——」

声が、途切れた。

続けられなかった。

まだ修業中だった頃、アンガスはエイドリアンに「どうしてアンディと結婚しないんですか？」と尋ねたことがある。

「ませたことを聞くんじゃないよ」と言いながらも、エイドリアンはそれに答えてくれた。

「私はアンディのことが好きだよ。多分彼も憎からず思ってくれているんじゃないかな。けれど恋は周囲を見えなくさせる。愛する人とともにいられるのであれば、他はどうなってもいいと思えるほどにね。もし彼の中に居心地の良い場所を見つけてしまったら、私はきっとそこで安心してしまう。私には叶えなければならない夢がある。だから私はアンディと同志であることを選んだんだよ」

当時は、その意味がよくわからなかった。

けれど今なら理解出来る。彼女の気持ちが痛いほど理解出来る。

今ここで、セラに「君が好きだ」と打ちあけて、もし彼女がそれを受け入れてくれたら、僕はきっと動けなくなってしまう。彼女を置いてバニストンに行くことも、レッドと対峙することも出来なくなってしまう。

「今は何も言わないでください、なのですわ」

セラの言葉に、アンガスは顔を上げた。

「その胸にある言葉は、すべてが終わるまで取っておいてくださいですの。そしたら私、それを伝えるためにアンガスは必ず生きて戻ってくると、信じることが出来ますわ」

「セラ――」

アンガスは彼女を抱きしめた。

このまま彼女を連れて逃げ出したいと思った。彼女を放さずにいられるのなら、世界が滅びてもかまわない。そんなことをすれば、彼女も自分も後悔するとわかっている。でも……そう思わずにはいられなかった。

目を閉じたセラの唇に、彼はそっと口づけた。

短く、不器用なキスだった。

顔が離れると、セラは目を開き、彼を見上げて微笑んだ。

「トマトソースの味がしましたわ」

アンガスは何も言わず、もう一度、ぎゅっと彼女を抱きしめた。

たとえ虚無に呑み込まれても、自分のことさえわからなくなっても、彼女のことは忘れない。
決して――決して忘れない。

12

大地の人の歌姫に代々受け継がれてきた一冊の本――『大地の鍵』。その本から、呪文を唱えるまでもなく現れた初代アザゼルの幻影《ヴィジョン》。

「お前は私を開いてはならない」

俺と同じ顔をした男は、『本』の上から俺に命じた。

「『本』を閉じろ、アザゼル。これ以上、あの未来を引き寄せるな」

本は記録媒体だ。記録された記憶以外を再生することなど出来ない。こんな風に読者に話しかけてくる本など、見たことも聞いたこともない。

けれどこれは夢でも幻覚でもない。紛《まぎ》れもない事実だ。どういう仕組みなのかはわからないが、この『本』には初代アザゼルの魂が宿っている。

その衝撃から立ち直ると、今度は次々と疑問が浮かんできた。なぜ彼の魂が『本』に憑いているのか。どうして大賢人である彼が地上にいるのか。聖域を創った本人が、なぜ大地の人に歌を伝えたのか。

知りたいことは山ほどあった。だがそれよりも先に――訊かねばならないことがある。

「リグレットを救う方法を教えろ」

この男は負の刻印を封じた。ならば彼女から負の刻印を引き剥がし、再び封印する方法も知っているはずだ。

「教えてくれ。刻印を封じる方法を」

『本』の上に立つ男は、無表情に俺を見上げた。

「それには答えられない」

「なぜだ！」

俺は『本』を揺さぶった。出来ることなら彼の襟首を摑んで首を絞めてやりたい。が、相手は幻影《ヴィジョン》だ。触れることはもちろん、心縛して口を割らせることも、心を読むことも出来ない。

リグレットはすでにハイブリッド達の手の内にある。こうしている間にも彼女に危険が迫っている。もう一刻の猶予もない。なのに初代アザゼルは、冷静な態度を崩そうとしなかった。彼は腕を組むと、淡々とした声で言った。

「この『本』に刻印を封じたのは私ではない。ゆえに刻印を封じる方法は、私にはわからない」

「わからない……だと？」

「そうだ」

「馬鹿な、お前でなければ誰の仕業だと言うんだ！」

俺は地面に『本』を置き、膝をついて頭を下げた。

「頼む、教えてくれ。一体誰が刻印を封じたのか。どうすればリグレットを救えるのか。教えてくれ、頼む！」

初代アザゼルは俺から目をそらした。空を見上げ、独り言のように呟く。

「遺伝子は運命まで相似させるらしい」

彼の顔にようやく感情らしきものが浮かんだ。同情と憐憫《れんびん》。それが俺に向けられたものなのか、彼自身に向けられたものなのか。俺にはわからない。

「お前は私によく似ている。容姿だけでなく、行動や考え方までよく似ている。謎を解きたい。真実を得たい。その思いに取り憑かれて禁を犯した私に、お前はそっくりだ。嫌になるほどな」

彼は俺に目を戻し、やはり無表情に言った。

「知れば、お前も戻れなくなる」

「かまうものか！」

「お前はかまわなくても、『世界《エマ》』は揺らぐ」

愕然として、俺はアザゼルを凝視した。

「なぜ、彼女の真名を知っている？」

「私が真実《ウェリタス》だからだ」

アザゼルの呟きは、かすかに自嘲の響きを帯びていた。

「私は観測者だ。観測してしまった未来を変えることも、お前を止めることも出来ない。こうしてお前が私を見てしまった以上、お前が真実を知っても知らなくても——もはや結果は同じだろう」

彼は組んでいた腕を解くと、俺を見上げて宣言した。

「世界は滅ぶ」

「——なに？」

「原因となるのはお前の死だ」

その一言に、俺の心臓は凍り付いた。

「俺の死が……世界を滅ぼす？」

アザゼルは頷いた。

「私が観測したのは滅びの未来。それを回避する方法は、私には見えない。真実を知るということは、お前も私と同じ未来を目にするということだ」

そこで彼は俺を指さす。

「だが、お前は私とは違う。同一の遺伝子を有していても、お前と私は異なる個体だ。お前は、私とは別の地平を切り開くかもしれない。可能性は果てしなくゼロに近いが——それでも皆無ではない。それに、すべてを賭けてみよう」

「なんだっていい」俺は早口に捲し立てた。「彼女を救う望みがあるなら、どんなに可能性が低かろうと、俺はそれに賭ける。一億分の一、いや百億分の一でも可能性が残っているのなら、俺はそれを摑んでみせる！」

「その言葉——忘れるな」

真剣な眼差しが俺の目を射る。それは長い長い間、絶望の暗闇だけを見てきた目だった。後悔と自責の念に苛《さいな》まれながら、世界の終わりを見続けてきた者の目だった。

真実《ウェリタス》——絶望の観測者。

「『本』を閉じろ」と彼は命じた。「表紙に手を当て、『スタンダップ』を唱えろ。私と同一遺伝子を持つお前なら同期率は九九・九九九九九九九九《テンナイン》だ」

そこで彼は言葉を切り、揶揄するように笑った。

「飲み込まれるなよ」

言い返す代わりに、俺は『本』を閉じた。そして表紙に手を当てて、叫んだ。

「スタンダップ！」

再び『本』を開く。

途端、あたりが真っ暗になった。

ゴウゴウと風が鳴る。足下に感じていた大地の感覚がなくなる。激しい風圧で息も出来ない。

落ちていく。

落ちていく。

浮き島が遠ざかる。あれは第十三聖域『理性《リーズン》』。楽園という名の牢獄。理想郷という名の棺《ひつぎ》。あそこでだけは死にたくない。

空を切り裂き、落ちていく。待ち受けるのは穏やかに澄んだ青き湖。この高さだ。湖面は強化ガラスのように硬いに違いない。

着水まで、概算で二十秒あまり。

あと二十秒の余命。

それだけあれば充分だ。

そう長くもない、価値もない、この人生を振り返るには。

本書は2008年6月に中央公論新社C★NOVELSから刊行された
同タイトルの作品を新装版として加筆・修正したものです。

多崎 礼
（たさき・れい）

2006年、『煌夜祭』で第2回C★NOVELS大賞を受賞しデビュー。
著書に「血と霧」、「レーエンデ国物語」シリーズなど。

〈本《ほん》の姫《ひめ》〉は謳《うた》う

3

2024年3月12日　第1刷発行

著　者　多崎《たさき》礼《れい》
発行者　森田浩章
発行所　株式会社講談社
〒112-8001
東京都文京区音羽2丁目12-21
電　話　編集　03-5395-3506
販売　03-5395-5817
業務　03-5395-3615

本文データ制作　講談社デジタル製作
印刷所　株式会社KPSプロダクツ
製本所　株式会社国宝社

定価はカバーに表示してあります。

ISBN978-4-06-534808-6
N.D.C. 913 302p 19cm